复旦大学中文系作家班

创办 30 周年(1989—2019)纪念

复旦大学中文系高山流水文丛
顾问：陈思和　骆玉明　主编：陈引驰　梁永安

保卫水稻

聂　茂／著

复旦大学出版社

总序

"五四"新文学运动一百年来的历史证明：新文学之所以能够朝气蓬勃、所向披靡，为中国社会的进步和发展作出了那么大的贡献，一个很重要的原因，就是它始终与青年的热烈情怀紧密连在一起，青年人的热情、纯洁、勇敢、爱憎分明以及想象力，都为文学创作提供了丰厚的资源——我说的文学创作资源，并非是指创作的材料或者生活经验，而是指一种主体性因素，诸如创作热情、主观意志、爱憎态度以及对人生不那么世故的认知方法。心灵不单纯的人很难创造出真正感动人的艺术作品。青年学生在清洁的校园里获得了人生的理想和勇往直前的战斗热情，才能在走出校园以后，置身于举世滔滔的浑浊社会仍然保持一个战士的敏感心态，敢于对污秽的生存环境进行不妥协的批判和抗争。文学说到底是人类精神纯洁性的象征，文学的理想是人类追求进步、战胜黑暗的无数人生理想中最明亮的一部分。校园、青春、诗歌、梦以及笑与泪……都是新文学史构成的基石。

我这么说，并非认为文学可能在校园里呈现出最美好的样态，如果从文学发生学的角度来看，校园可能是为文学创作主体性的成长提供了最好的精神准备。在复旦大学百余年的历史中，有两个时期对文学史的贡献是不可忽略的：一个是在抗战时期的重庆北碚，大批青年诗人在胡风主编的《七月》上发表个性鲜明的诗歌，绿原、曾卓、邹荻帆、冀汸……形成了后来被称作"七月诗派"的核心力量；这个学校给予青年诗人们精神人格力量的凝聚与另外一个学校即西南联大对学生形成的现代诗歌风格的凝聚，构成了战时诗坛一对闪闪发光的双子星座。还有一个时期就是上世纪70年代后期，复旦大学中文系设立了文学创作与文学评论两个专业，直到1977年恢复高考的时候，依然是以这两个专业方向来进行招生，吸引了一大批怀着文学梦想的青年才俊进入复旦。当时校园里不仅产生了对文学史留下深刻印痕的"伤痕文学"，而且在复旦诗社、校园话剧以及学生文学社团的活动中培养了一批文学积极分子，他们离开校园后，都走上了极不平凡的人生道路，无论是人海浮沉，还是漂泊他乡异国，他们对文学理想的追求与实践，始终发挥着持久的正能量。74级的校友梁晓声，77级的校友卢新华、张锐、张胜友（已故）、王兆军、胡平、李辉等等，都是一时之选，直到新世纪还在孜孜履行文学的责任。他们严肃的人生道路与文学道路，与他们的前辈"七月诗派"的受难精神，正好构成不同历史背景的文学呼应。

　　接下来就可以说到复旦作家班的创办和建设了。上世纪八九十年代之交，复旦大学受教育部的委托，连续办了三届作家班。最初是从北京中国作协鲁迅文学院接手了第一届作家班的学员，正如《复旦大学中文系"高山流水"文丛》策划书所说的，当时学员们见证了历史的伤痛，感受了时代的沧桑，是在痛苦和反思的主体精神驱使下，步入体制化的文学教育殿堂，传承"五四"文学的薪火。当时骆玉明、梁永安和我都是青年教师，永安是作家班的具体创办者，我和玉明只担任了若干课程，还有杨竟人等很多老师都为作家班上过课。其实我觉得上什么课不太重要，我已经完全忘记了当初的讲课情况，学员们可能也忘了课堂所学的内容，但是师生之间某种若隐若现的精神联系始终存在着。永安、玉明他们与作家班学员的联系，可能比我要多一些；我在其间，只是为他们个别学员的创作写过一些推介文字。而学员们在以后的发展道路上，也多次回报母校，给中文系学科建设以帮助。

三十年过去了。今年是第一届作家班入校三十周年（1989—2019）。为了纪念，作家班学员与中文系一起策划了这套《文丛》，向母校展示他们毕业以后的创作实绩。虽然有煌煌十六册大书，仍然只是他们全部创作的一小部分。因为时间关系，我来不及细读这些出版在即的精美作品，但望着堆在书桌上一叠叠厚厚的清样，心中的感动还是油然而生。三十年对一个人的生命历程而言，不是一个短距离，他们用文字认真记录了自己的生命痕迹，脚印里渗透了浓浓的复旦精神。我想就此谈两点感动。

其一，三十年过去了，作家们几乎都踏踏实实地站在生活的前沿，在商品经济大潮的呼啸中，浮沉自有不同，但是他们都没有离开实在的中国社会生活，很多作家坚持在遥远的边远地区，有的在黑龙江、内蒙古和大西北写出了丰富的作品，有的活跃在广西、湖南等南方地区，他们的写作对当下文坛产生了强大的冲击力；即使出国在外的作家们，也没有为了生活而沉沦，不忘文学与梦想，是他们的基本生活态度。他们有些已经成为当代世界华文文学领域的优秀代表。老杜有诗："同学少年多不贱，五陵衣马自轻肥。"这句话本来是指人生事业的亨达，而我想改其意而用之：我们所面对的复旦作家班高山流水般的文学成就，足以证明作家们的精神世界是何等的"轻裘肥马"，独特而饱满。

其二，三十年过去了，当代文学的生态也发生了沧桑之变。上世纪90年代以来，文学已经从80年代的神坛上被请了下来，迅速走向边缘；紧接着新世纪的中国很快进入网络时代，各种新媒体文学应运而生，形式上更加靠拢通俗市场上的流行读物。这种文学的大趋势对"五四"新文学传统不能不构成严重挑战，对于文学如何保持足够的精神力量，也是一个重大考验。然而这套《文丛》的创作，无论是诗歌、散文还是小说，依然坚持了严肃的生活态度和文学道路。我读了其中的几部作品，知音之感久久缠盘在心间。我想引用已故的作家班学员东荡子（吴波）的一段遗言，祭作我们共同的文学理想：

> 人类的文明保护着人类，使人类少受各种压迫和折磨，人类就要不断创造文明，维护并完整文明，健康人类精神，不断消除人类的黑暗，寻求达到自身的完整性。它要抵抗或要消除的是人类生存环境中可能有的各种不利因素——它包括自然的、人为的身体和精神中纠缠的各种痛苦和灾难，他们都是人类的黑暗，人类必须与黑暗作斗争，这是人类文明的要求，也是人类精神的愿望。

我曾把这位天才诗人的文章念给一个朋友听，朋友听了以后发表感想，说这文章的意思有点重复，讲人类要消除黑暗，讲一遍就可以了，用不着反复来讲。我不同意他的观点，我说，讲一遍怎么够？人类面对那么多的黑暗现象，老的黑暗还没有消除，新的黑暗又接踵而来，人类只有不停地提醒自己，反复地记住要消除黑暗，与黑暗力量做斗争，至少也不要与黑暗同流合污，尤其是来自人类自身的黑暗，稍不小心，人类就会迷失理性，陷入自身的黑暗与愚昧之中。东荡子因为看到黑暗现象太多了，他才要反反复复地强调；只有心底如此透明的诗人，才会不甘同流合污，早早地离开了这个世界。

我之所以要引用并且推荐东荡子的话，是因为我在这段话里嗅出了我们的前辈校友"七月派"诗人中高贵的精神脉搏，也感受到梁晓声等校友们始终坚持的文学创作态度，由此我似乎看到了高山流水的精神渊源，希望这种源流能够在曲折和反复中倔强、坚定地奔腾下去，作为复旦校园对当今文坛的一种特殊的贡献。

复旦大学作家班的精神还在校园里蔓延。从2009年起，复旦大学中文系建立了全国第一个MFA的专业硕士学位点。到今年也已经有整整十届了，培养了一大批年轻的优秀写作人才。听说今年下半年，这个硕士点也要举办一系列的纪念活动。我想说的是，作家们的年龄可以越来越轻，我们所置身的时代生活也可以越来越新，但是作为新文学的理想及其精神源流，作为弥漫在复旦校园中的文学精神，则是不会改变也不应该改变，它将一如既往地发出战士的呐喊，为消除人类的黑暗作出自己的贡献。

写到这里，我的这篇序文似乎也可以结束了。但是我的情绪还远远没有平息下来，我想再抄录一段东荡子的诗，作为我与亲爱的作家班学员的共勉：

> 如果人类，人类真的能够学习野地里的植物
> 守住贞操、道德和为人的品格，即便是守住
> 一生的孤独，犹如植物
> 在寂寞地生长、开花、舞蹈于风雨中
> 当它死去，也不离开它的根本
> 它的果实却被酿成美酒，得到很好的储存
> 它的芳香飘到了千里之外，永不散去
> 停留在一切美的中心
> ——《停留在一切美的中心》

陈思和

2019年7月12日写于海上鱼焦了斋

目录

序言　聂茂：散文的孝子与逆子 / 耿立 / 001

第一辑　风云风烟 / 001
　　九重水稻 / 002
　　保卫水稻 / 008
　　农家的孩子 / 013
　　农事 / 016
　　故乡的路 / 020
　　曾经有过的日子 / 023
　　竹山湾纪事 / 026
　　往事 / 029
　　父亲三题 / 032
　　故乡泪 / 038
　　关于母亲的最后宣读 / 041

第二辑　风景风物 / 057
　　我记得，我感动，我爱 / 058
　　生命中的沉重 / 063
　　生命中的闪光 / 066
　　朋友的爷爷 / 069

邹老师 / 074

背河者 / 076

湘江情缘 / 078

雪峰山上的古松 / 082

湘江之上，麓山之下 / 087

春天送走的老人 / 097

种葵花的孩子 / 100

第三辑　风雨风流 / 103

永古的石头 / 104

南方之南 / 109

梅的传奇 / 112

速度与激情 / 115

菊花石礼赞 / 128

乡村散曲 / 131

永远的水 / 135

漂泊的灵魂离天堂最近 / 140

大雨 / 144

温柔的疼痛 / 149

高山流水 / 157

第四辑　云淡风轻 / 163

没有屋顶的房子 / 164

乡村牧歌 / 166

母亲的金耳环 / 169

父亲的康乃馨 / 172

地老天荒总是情 / 176

风之歌 / 178

雪鹤 / 182
脚步声，轻轻 / 184
稻谷之思 / 186
隔荷看月 / 191
永远的岸 / 194

第五辑　风格风骨 / 199

第一枝玫瑰花 / 200
风雨贺龙桥 / 202
远古的跫音 / 205
明天 / 210
清明时节 / 212
插满玫瑰的小屋 / 214
士兵的光荣 / 217
送友 / 221
希望点歌 / 223
秋日的天空 / 226
生死之间 / 231

第六辑　风尚风范 / 235

画家与模特 / 236
残阳 / 240
岔道 / 242
大毛 / 245
渡口 / 248
恶雪 / 250
罗疤子 / 253
石匠 / 256

阳叔 / 259

馆王 / 262

荷花 / 266

第七辑　风俗风味 / 269

垂钓者 / 270

枫树 / 274

鸽子 / 277

荒夜 / 280

琴声 / 282

雪夜 / 286

谣曲 / 289

萤火虫 / 293

一捆柴禾 / 295

月牙镯子 / 297

蓝色天空 / 299

后记　苦难的岁月，文学的馈赠 / 304

序言 聂茂：散文的孝子与逆子

耿立

  我还记得多年前在《人民文学》读聂茂兄《九重水稻》时的震惊，上世纪90年代初，散文还在沉重的甲壳中徘徊，当时余秋雨、周涛的散文还未成名，散文还在短小精干、花花草草、小感慨小恩怨里徘徊，相比于小说诗歌戏剧的探索和先锋，散文的老旧陈腐，远离生活远离世事远离人心，只是模拟，只是复制，大多数人做散文家族的孝子，而聂茂兄出来，亮出了一种散文的起义者革新者，逆子的模样。

  聂茂写水稻"播种、育苗、插秧、拔节、抽穗、壮籽、开镰、扬秕、入仓，这就是水稻的全过程，是血汗写就的劳动史，是农民辛酸的缩影，爷爷和父亲的缩影"，这是水稻的一生，也是农人的一生。在这文字里，他脱掉了那些散文的所谓的诗意，写出了生活本来的模样，没有夸饰，没有缩小，也不空泛地借物言志抒情。当时文坛充斥的散文，往往借俗不可耐的一花一草来讲人生的哲理，再掺杂廉价的诗意，比后来的心灵鸡汤还倒胃口。

  聂茂出身农村，后来还写了《保卫水稻》《农家的孩子》《世界上最爱我的那个人去了》等一批关于土地、劳作、亲情和风俗农事的文字，特别是《世界上最爱我的那个人去了》这文字，让我感到，这是当代亲情散文新的收获。

亲情、乡土这是当代散文最烂熟的题材，很少人能开出新境界，往往陷入尘俗，而聂茂兄写出了亲情里的困境与不堪忍受的沉重，他写出了一个苦命的母亲，一个民族画像的母亲。

"从苦水里泡大的母亲，她的身体被针刺得遍体是伤。在她生命的最后时刻，针打不进了，药水吸收不了。这一辈子，除了生活上的凄苦之外，她身体上的痛苦也每时每刻地陪伴着。她没有真正过上几天无病痛、真正轻松、像正常人一样清爽的生活。"

读聂茂兄这篇文字，我眼前是罗中立的油画《父亲》，这是一个民族的造型，犹如艾青的《大堰河——我的保姆》。这文章对我心有戚戚焉，我想到的是我的父亲和母亲，由这，我思考一个亲情散文为何稍有突破的症结，那是散文家内心的暗弱，不敢面对生活的残酷与真相。散文家不敢面对人世和内心的黑暗，而聂茂兄却秉持散文内在的自由、精神的自由，把散文的本质的属性发挥得淋漓尽致。

聂茂兄的散文《保卫水稻》，既是一篇散文，也是一部散文，我把它看成是聂茂兄的散文的代言书、灵魂书，在当下散文界，我把聂茂兄看成是散文的孝子和逆子的混合体，而且主要是逆子，在通读《保卫水稻》后，我想以聂茂兄的文本生出的文体，做一个清理，既求教于聂茂兄，也求教于散文界。

如果散文是个家族，我愿把散文家族的人分成孝子和逆子。

孝子在散文中采取的是文化保守主义，对散文的传统伦理规规矩矩。犹如《圣经》中的十条诫命，这十条诫命，对虔诚的教徒来说，是生命，是信仰，是根基。

而对今日之推崇个人主义、自由主义、我行我素的人来说，这就是捆绑，是枷锁，我是"我"的自由，别人无权干涉。

在我看来，散文的孝子，虽然不是完全反对吸收新的艺术手段,但缺乏前瞻性和建设性是无疑的,对散文这个结构已然相对稳固、从众的文体,他们很少起来革除散文的时弊。

从近百年的创作实绩看,小说、诗歌、戏剧、散文四种文体,散文是最顽固守成的,缺少先锋,而先锋毋宁是一种美学态度,是新锐。相对其他文体,散文好像没有年轻过,热血过,胡闹过;年轻的特点就是曾有过胡闹的岁月可供留恋和回顾。

从这个意义来说,我最看重的还是散文的逆子,是他的革命性,把原有的脉络斩断,把门打开,然后摔门,"哪"的一声离家出走。

逆子是独立意识不想被裹挟,他质疑散文的传统美学,从来这样就对么?也许,质疑有缺憾,但质疑和不满,恰是前行的开始。

逆子是脱出原来轨道,想走出一片天地,虽然跌撞,头破血流,有荆棘,但这路是自己蹚出来的。

散文的孝子是"宗经明道"、"经世之用"的教化;或者是独抒性灵、不拘格套的小品;是欲扬先抑的托物言志,是结构的线性与单一;是首尾的圆合,是可无限复制的 DNA。

而散文的逆子是叛徒,是敢做散文的公敌的胆量和担当。

孝子是守成,守着已经烂熟的文体,驾轻就熟。传统散文太大中至正,只是轻飘地抒情,很少有悲剧的结构、思想的骨架,语言更是打磨的端庄,炼字炼到没有火气,求精巧,落入小家子的言筌,你在传统散文里很少看到幽默的反讽的语调。史铁生在答夏榆问的时候说:

"其实散文很少追问,很少疑问,对写作而言,有两个品质特别重要,一个是想象力,一个是荒诞感。想象力不用说,荒诞感实际上就是你在任何时候都能看到并不好的东西,看到并不能使我们的梦想都能够符合心愿的东西。也就是说,我们对一个现实的世界永远存疑。"

散文到今天，应该有能力来对荒谬的世界指证，更应该有大的悲悯，面对大的悲哀与绝望的力量，这就如司马迁，也如鲁迅。

散文的逆子，是一个精神异禀的独行侠，他很少有伴，他以自己的影子为伴，他不需要与人抱团取暖。

散文孝子在创作时，写作的自由往往是被剥夺的，他要让渡出自己的自由或者思想，散文的孝子是守成的，但对有些写作者来说，付出自由的思想是痛苦的，有的人并不总是为了家的安逸而放弃外面的风景，所以孝子会转向逆子。

要么平庸，要么孤独，要么孝子，要么逆子。其实，这也是可互相转化的，对唐宋古文来说，晚明的小品是逆子，但对现在的散文家族来说，晚明的小品成了传统散文家当里的宝贝。

对有些写作者来说，做孝子是安全的，逆子在有些人来看是不安全的，散文的异端出来，很可能被骂杀打杀，也可能被捧杀。

散文家族的孝子，也可以叛变，也可以起义。对旧的散文模式的叛变和起义，从旧的营垒里出来，更知道散文家族的软肋。吴冠中说过，如何面对传统？就是用最大功力打进去，用最大功力打出去。

从本质上来说，散文的精神是自由，接近于无所羁绊的逆子，接近于心性，接近于人的本质。

从这点说来，我想引用周作人在《人的文学》中说的："我们现在应该提倡的新文学，简单的说一句，是'人的文学'。应该排斥的，便是反对的非人的文学。"周作人说，"人"的问题，在欧洲早已经得到发现和解决，而在中国现在才要"重新发现'人'，去'辟人荒'"，什么是人的文学？周作人的界定是："用这人道主义为本，对于人生诸问题，加以记录研究的文字，便谓之人的文学。"并指出了两种重要的描写方法：一是从正面展现"这理想生活，或人间上达的可能性"；二是从侧面的角度来写平常人的生活,或从反面的角度来写"非人的生活"。

周作人的《人的文学》,"首先揭起以西方人道主义为基本精神的'人的文学'、'平民文学'的旗帜,从而使文学革命由'破坏'阶段进入'建设'阶段,由形式上的改革进入实质上的形式与内容并重,加速了文学革命的进程"。如果从这个源头看待现代散文的起源,这是逆子或者是叛徒建立起来的谱系,有人说:中国新文学实质性的宣言是周作人的《人的文学》,这是不错的。

散文的孝子是要牺牲个性的,而一个有独立思考的人,放下个性,无疑是溺毙。其实关于孝子的散文守成的话题,我愿意借用陈来先生关于文化保守主义的"概念"两个基本含义来开阔一下散文写作和散文家族的视野:

> 一是指近代社会变迁过程中,反对反传统主义的文化观和对传统文化的全盘的、粗暴的破坏,在吸收新文化的同时注重保持传统的文化精神和价值。另一是指在商业化、市场化的现代社会里,注重守护人文价值、审美品位、文化意义及传统与权威,抗拒媚俗和文化庸俗化的一种立场。

从陈来先生的话里,假设有这样的散文的孝子,也是一种福分。这样的散文家族的孝子,有着开阔的胸襟,也有着自己清醒的坚守,在坚守着求变,并包容逆子。

其实散文家处在某段,既是孝子也会是逆子。大家的共识,不是使散文死而是使散文生,这是一种对散文的虔诚的程度,散文的孝子是信的成分多,而逆子是疑的成分多。

散文的孝子在家,逆子离家,但流浪者在外流浪久了,也会找到一个家。

感谢聂茂兄给我写序的机会,让我在他《保卫水稻》解读的过程中想到了这个话题,知我罪我,抱歉了,聂茂兄。

2018年10月31日于珠海

(作者系著名散文家,广东科学技术职业学院文化与传媒学院教授)

第一辑　风云风烟

　　面对水稻，可以想起许多事情，包括陈胜起义、刘邦称帝、朱元璋登基以及后来那个站在天安门城楼上庄严宣告"中国人民从此站起来了"的著名老乡，他们都是水稻的儿子。每一棵水稻都是一个可触摸的希望，是拜下去就不再起来的肉体，是痉挛不已的魂。它朴素的叶、挺拔的茎、饱满的籽，经历了多少风风雨雨！

九重水稻

　　面对水稻,我常常产生面对父亲的感觉,一种泥味的情愫悄悄爬上心头,久久不去。

　　水稻,当它还是种子的时候,寒冬已经过去。母亲从谷缸里取出一捧又一捧稻子,轻轻抚摸,像抚摸即将出嫁的女儿,嘴里不停地唠叨着。稻子就这么在母亲最初的祈祷中沐浴风、阳光和布谷鸟的鸣叫。父亲卸下破棉袄,把厚脚板伸进刺骨的稻田,犁、耙、积肥、封埂,整理出一小丘一小丘,铺上薄薄的牛粪,然后将一手汗湿的稻子从指缝间慢慢撒下,把早已准备好的碎苔藓均均匀匀盖上。倘若气候恶劣,还要扯起塑料薄膜。一个半月左右,嫩绿的幼苗长出来,可以移栽了。

　　常常是细雨濛濛的早晨,一声粗犷的喊叫声划破寂静的山庄,随即,男的,女的,老的,少的,从各自的屋里冒出来,光手光脚,说说笑笑,夹杂些走调的歌声走向田野。每年的插秧季节非常快活,人人头顶一方天,不愿披蓑戴笠,任淅淅沥沥的雨温温柔柔地下。情窦初开的少女一边弯腰扯秧,一边偷偷传递羞涩。不管多么穷苦的家庭都要在这个时候做些好吃的东西,比如春笋炒蛋、蘑菇汤、鱼干、猪肉和米酒,人人放开肚皮吃,放开手脚干。一蔸又一蔸禾苗被移到适当的位置,快乐地成长。不几天,空荡荡的田野便盖上一层淡绿色地毯。

　　有一回,我发现爷爷躲在屋旮旯偷偷地流泪,饭也不吃,我很吃惊，问他怎么了。爷爷抓住我的手，抖抖地说，他老了不中用了，看到大家都在干活他太难受。他原以为还能插一回秧，可关节疼得他走都走不动。爷爷汲满苦难的眼睛溢出浊泪，我第一次懂得劳动是一件幸福的事。

往后，许许多多的事等待农民去做，等待父亲和我去做。父亲扛着锄头，整日在田塍上踱来踱去。正是水稻生长的时候，田里的水不能太满，也不能太少。我那时只有七岁，光着脚丫在田里扯稗草。父亲说，他在我这个年龄已经能做许多事了。我听后十分难受，努力多做一些事。父亲走下稻田，用锋利的脚将禾苗的泥土掀松，并且检查我的劳动，还不时弯下身来扶起被我踩倒的禾苗，或者扯掉一些野草，然后施肥、杀虫、追肥、看水，忙个不休。

一天夜里，很好的月光，父亲许久没有回来，母亲要我去找，结果发现父亲躺在田塍上，吸着旱烟，极惬意的样子。我正要说话，父亲立即摆摆手，示意我躺在他身边，听水稻拔节的声音，十分悦耳。四周有蛙声、虫鸣和微微的风。我觉得很美丽，就伏在父亲的大脚上睡着了。醒来的时候，我忽见母亲不知什么时候也来了。没有谁说话，只有水稻与水稻的交谈声，父亲粗重的喘息声，不知疲倦的蛙声，绵绵的虫声以及大地本身的搏动声。我凝望天空中那轮姣美的月亮，想了一些心事，一些在我那个年龄本不应该有的心事，包括早婚的姐姐和她那双被泪水打湿抓住门槛不放的大手，复又睡去，直到冰凉的一滴露珠般流到我的腮边，我睁开眼睛，母亲已经轻轻地揩去了它。

天空下，无心睡眠，我跪在田塍上，跪在父亲母亲身旁，像他们一样，虔诚地守望水稻。

一蔸水稻就是一个家庭，它们和和睦睦，共同分享阳光雨露，共同对抗孤独寂寞，没有一棵甘心落后，也没有一棵独领风骚。它们团结紧紧，手拉着手，肩搭着肩，你携我一下，我扶你一把，真诚相待，兄弟一场。父亲说，别看它们不能说，其实什么都懂，爱谁，恨谁，清清楚楚。父亲说这话的时候，我已经学会了作文。记得我在一篇《水稻颂》的作文中这样写道：水稻，你是我们的好兄弟。你的核就是人人要吃的大米，你的皮辗碎可以喂猪，可以助火，你的躯干可以盖房，可以烧水，而灰烬又是上等肥料。农民伯伯砌房用的砖常常在中间掇一把稻草，这样就有骨头，有力量，不会塌方。把你的躯干斩碎熬出的水可以治许多病……当我把这篇自以为是的作文念给父亲听时，父亲没好气地说：你懂什么？水稻稀罕你的夸奖？！父亲扔下我，背着手走了。我在无限伤心中把作文投入火中，握着一棵稻草，一阵颤栗。

水稻在我的牵挂中、在父母的辛勤劳作中一天天长大。水稻抽穗的时刻激动人心。一棵棵腆着肚子的水稻像怀胎十月的年轻母亲焦急地等待着。终于，黄澄澄的太阳暖融融地停在空中。风止了。水稻在我们热切注目下慢慢分娩。没有挣扎，没有血迹，没有痛苦的呻吟，一切都在神秘的静谧中。一个又一个满怀母爱的稻子诞生了，它们舒展着蜷曲的发丝，欣欣然，接受太阳的洗礼。这时，父亲紧抿着唇，拳头握得啪啪响。母亲扪着胸脯，垂着头，呢喃什么。我发现田边一棵刚刚分娩的水稻弱不禁风地摇晃两下，便伸出手去，试图扶起来。父亲居然严厉地说：你想干什么？它不会站起来？！母亲也拉我一下，说：走开，别让你的脏手碰坏了它！我看看自己的手，又看看偃立的水稻，突然想哭。

几天后，水稻抽穗差不多齐了，一束束淡黄的谷舌像一双双高举的手。父亲心满意足，哼起乡村小调，我跟在他后面，像忠实的狗。可他看都不看，他的目光始终没有离开水稻。我用父亲卖稻子的钱知道什么是绿色素什么是光合作用。父亲虽然一字不识，却比我懂得更深刻。他高高地卷起裤腿，光着膀子，将密匝匝的水稻分成许多小块，并且将水放干，让水稻壮籽……

我永远不会忘记那个灾难深重的夏天，一场可咒的飓风将父亲苦苦经营的梦倾轧在丰收的边沿，泼雨铺天盖地，软弱的村庄被冲得七零八落，房屋倒塌，瓦砾四溅，戳入泥土。爷爷来不及转移，一腔老血全部交出。临死前，爷爷要父亲捧来一把稻子，他机械地抚摸两下，闭上了眼睛。

出殡那天依然下着暴雨，八条庄稼汉抬着棺木艰难地走着，没有红旗，没有锣鼓，没有花圈，没有鞭炮，甚至没有眼泪。我们顶着雨，迎着风，一步一步向前，没有人抬头看看天空。狂鸦疯叫着，撕碎每个人的心。我无法忍住的呜咽招来父亲残暴的耳光，血从我的嘴角流下，很快被雨水冲洗得无影无踪。父亲用稻草盖在坟上，点起三堆香火，祝爷爷安息。

第五天，风平浪静。村民们顾不上重建房屋，急匆匆来到田边。啊，那是一幅多么惨败的景象啊！黄灿灿的稻子不见了，取而代之的是光秃秃的水稻杆。田野四周，一片狼藉，目不忍睹。有人抑不住，哭起来，一如电流，灼痛每个人几近麻木的神经，两行泪水在疯狂的振荡中决堤而出，汹涌不止。每个人的脸色猪肝一般。我看见父亲慢慢蹲下来，狠命抱着头，一阵抽搐后，伸出粗筋暴露的大手，猛地插进泥土。父亲号叫一声，抽回手，指甲片片翻起，血染红了泥土。母亲披头散发地跑过去，被父亲粗野地推倒在地。我扶起母亲，跪在父亲脚边，怔怔地望着，无话可说。

人们三三两两地回去，泥浆从胸脯驳落。竹棚内外，不时传出凄厉的叫声。然而，面对水稻，村民们还得活下去，父亲、母亲和我也要活下去。

开镰了，没有往年的欢呼声，没有此起彼伏的吆喝，甚至没有打稻机仇恨的喘息，只有镰刀发出的嘶哑的啜泣。

一年一度的"尝新节"取消了，杀猪、捕鱼、打狗、烧酒跟着取消。大家像在岩石上坐了半年，一无所获，但还得挺起腰杆劳动，动不了也要动，要活命就得挣扎着干。此时此刻，我体会到的劳动已变成了刻骨铭心的痛苦。我握着祖祖辈辈握过的光滑的镰把，热泪夺眶而出。

炎炎烈日下，田里的水沸了一般，弯下身去，一股闷热直逼上来，令人头昏脑旋。父亲包着头巾，佝下被太阳晒黑的脊背，努力地割。母亲带病来到田里。我学父亲的样，包着头，努力地割。我蓦地想起第一次割稻，我小心翼翼地下田，轻悠悠地抓着稻杆，我的手立即被稻叶割裂了。父亲不但不安慰，反而骂道：软骨头！干活就要像副干活的样！你不是公子哥儿，你是农民！应该像牛那样，花大力气，懂吗？后来读书的时候，老师要我朗读"锄禾日当午，汗滴禾下土。谁知盘中餐，粒粒皆辛苦"，念到第三句，喉咙哽咽，再也念不下去了。父亲说，你好歹懂了一些道理……

突然，母亲晕倒在田里。父亲沉着脸，把她背回去，不一会又返回，没事一样继续割。我没问母亲是否好了一些，只见父亲大把大把地割着稻杆。一外地人站在田边，看了许久，忍不住问父亲：没有谷粒的稻草割它何用？父亲头都没抬，闷声答道：还有晚稻！

很快，稻草刈倒大片。最后一天，父亲破天荒要我歇歇，我坐在田塍上，看父亲机械地割稻。临近中午，父亲终于直起腰，我用笋叶盛来一包井水，喊他过来坐坐，父亲不理，朝一个角落走去：啊，那里有一棵饱满的稻穗，唯一的幸存者，它深深地垂着头，似在向父亲致敬。父亲走到它身边，握着镰刀，迟迟不忍下手，仿佛割它就是割自己的手指自己的肉，直到一阵风吹来，稻子扑在镰刀上。我看见父亲拿起那棵沉实的稻子，眼睛通红。

随后，父亲赶着牛，又一次犁、耙，将田整平，插上晚稻。那年晚稻很丰收。我在母亲的祝福中考入一所重点中学。从此，我远离父亲，远离水稻。每每看见同学们不经意地将饭乱扔，我就想起父亲。他曾告诫我：一粒饭哪怕是掉在茅厕里，也要拾进嘴里，这就是农民的本色。我是农民的儿子，一身的泥味、汗味、水稻味。珍爱水稻，就是珍爱父亲。

播种、育苗、插秧、拔节、抽穗、壮籽、开镰、扬秕、入仓，这就是水稻的全过程，是血汗写就的劳动史，是农民辛酸的缩影，爷爷和父亲的缩影。

面对水稻，可以想起许多事情，包括陈胜起义、刘邦称帝、朱元璋登基以及后来那个站在天安门城楼上庄严宣告"中国人民从此站起来了"的著名老乡，他们都是水稻的儿子。每一棵水稻都是一个可触摸的希望，是拜下去就不再起来的肉体，是痉挛不已的魂。它朴素的叶、挺拔的茎、饱满的籽，经历了多少风风雨雨！

面对水稻，我不再嘲笑城里的孩子不知道大米从何而来，我已经算个城里人，虽然没有恋爱没有结婚，但我相信并且有能力成为某个孩子的父亲。我要告诉我的孩子：大米不是从麻袋里来的，而是你的爷爷你的父亲日日夜夜在泥田里爬滚才结出不忍抚摸的一粒，你是农民的后代，你的血液透出一股抹洗不掉的泥味、汗味和水稻味。你要热爱它们，就像热爱你的祖先，热爱爷爷和父亲。

现在，我的父亲老了，稻草人一样，随时可能跌入泥土不再起来。每逢假日，我回乡探望，父亲总是要我搀扶他，踽踽地走到侍弄了一辈子也没有侍弄够的田边，喘着粗气。凝望水稻。偶尔，他递给我一支卷好的旱烟，尽管我不能抽，但还是大吸一口，辣得喉咙直冒烟。父亲便回过头，苍白地笑了。

夕阳下，我默默地看着父亲，感受水稻的宁静……

保卫水稻

为什么我眼中常含着泪水,
因为我对这土地爱得深沉。

——艾青

母亲又在修水车。每年"双抢"后,田里的秧刚转绿,母亲就开始修水车。

那时,我九岁,刚刚上学。父亲到柳州修铁路去了,家里的事全部落在母亲肩上。

我们那儿属丘陵地区,旱多,水少,虫猖狂。民谣"点麦种稻你莫贪,十年蝗虫九年干",说的就是我们家乡。

但是,种田人不可能不贪,尤其是责任田后,修堤,挖沟,筑坝,掘井,村民们想尽种种法子与大自然对抗。

在我的记忆中,天空总是光溜溜的。太阳从山屁股后一爬出,地上便火一般热。母亲蹲在门前枫树下,一心一意修水车。我在灶屋烧火、做饭、煮潲,汗渍渍的。偶尔,母亲回头冲我喊:"找个钉子来。"或者是:"饭烧焦了,快熄火,我就回来呷饭。"

母亲三五下扒完饭,嚼都不嚼,囫囵咽下,赶紧和潲喂猪,招呼鸡鸭狗兔,前前后后,穿梭似的,拿起竹帽、农药,背上喷雾机,杀虫去。

我在田埂扯鱼草,戴着自做的紫叶帽,努力地扯。我希望多扯一些鱼草,把塘里的鱼喂得老大,好多卖几个钱。

有一回,我刚刚走在田边,听到有人在啜泣,抬头一看,竟是木犁一样趴在田里的母亲。我扔了竹篓,下田,走到母亲身边,只见母亲抚着一棵棵卷了叶片的水稻,像抚着一个个患病的孩子,泪流满面。这时,我才看清,田里一团一团禾苗,蔫巴巴的,倘不仔细,还看不出来。母亲说她原以为是枯心虫,杀"敌敌畏"不碍事的,谁知不是。母亲风风火火请来了植保员,这个大男人看了半天,说,是稻瘟病,泛杀不行,要加大剂量一蔸一蔸杀。母亲像接了圣旨,仔仔细细地一蔸一蔸杀。晚上还背着手,在田边转悠,我跟在后面,不知道她喃喃地嘀咕些什么。

母亲时常望着天空发呆,我跟着往上看,可天上玻璃一般,什么也没有。母亲忍不住抓住我的小手,我从她那冰凉的颤抖中突然感觉到一种无言的悲哀:这晚稻苦死枯活插了下去,汗出了,虫杀了,肥施了,禾苗也长出来了,只要有水,坐等收成。可老天爷偏偏作对,太阳不疲不倦地出,云的影子都不见。村民们急得团团转,水库的水太远,买不来,塘里的水早已放平,井里的水也浅下去。那些天,母亲疯了似的在田边徘徊,双手直搓:何得了呀,何得了呀。我紧紧抓住母亲痉挛的手,揪心的痛苦沿着树皮般粗裂的大手烙在我幼小的心灵。我极力忍住发酸的鼻子,不让泪水流出来。因为我分明看见母亲眼中蓄满了泪水,可她就是不让它流出来。我咬着唇,死死地咬着,一股恐惧而又滚烫的感觉猛地冲向喉咙,我终于没忍住,丑陋地哭了。

没有办法,母亲疲惫不堪,拉起我,又去车水。两人并排坐在一根横木上,用力踩,浊水汩汩地流进田里。渐渐,塘里的鱼挣扎起来,左右跳跃,发出"泼喇,泼喇"的哀鸣。母亲脚一软,水车哗啦啦倒回去。我看着那快要露出鱼脊的池塘,想哭极了。要知道,这鱼是我一根一根草喂养大的啊。母亲曾说,要是今年塘里的鱼超过二百斤,她裁一身好衣服给我穿,我不是图一身好衣服，而是心痛那刚刚长膘的鱼们年轻轻就要死去。其实，我晓得母亲更不愿意将塘车干，这个时候的鱼卖不了好价钱。然而，为了水稻，母亲权衡再三，终于狠了心：车下去！

月亮挂在天顶，孤独地照。闷热的风在我们身边擦来擦去。我们愈来愈乏力，愈来愈慢。突然，脚下泼喇喇一声水响，一条鲤鱼车了上来。母亲爬下去，一把抓住。鲤鱼乖乖地贴在母亲掌心，没有挣扎，甚至连嘴上的红须也没有动，只是极温柔地瞪着蒙眬的眼睛，静静地望着主人。它以为主人一定会放它到一个又大又鲜的塘里去的。然而，母亲用力一掐，鲤鱼的嘴流出一丝血水，死了。我看着母亲将鱼轻轻地放在一堆稻草上，回过头来，揩去我嘴角上涩涩的一滴汗，继续车水。继续有鱼上来，并且一一死去。泥水愈来愈浊，修好的水车慢慢损坏，到最后，车叶全部脱落。我将车叶装进竹篓，望着母亲费力地扛着车身，想想她又要花无数个日日夜夜才能修好它，泪水不知不觉就流了出来……

塘里的水全部车干，水稻仅仅快活了一天，烈日狂照，水一下子蒸发了，禾苗又可怜巴巴地蔫下来。母亲急得蓬头垢面，在田埂上不停地走。有一夜，我跟在母亲后面，走着走着，忍不住停下撒尿，母亲见我将尿射到外面，立即给了我一栗凿："短命鬼，给你讲了多少回，尿不要射到外头，它是肥，更是水！"我摸着脑壳上麻麻的痛，眼睛潮湿了。

村里的池塘全车干了，雨仍然没下。一种巨大的恐惧笼罩在村民们头上，人们饿狼般窜到井边，绳子与绳子缠在一起，有人打起架来，扁担对扁担，头破血流，仅仅为了一桶水。

母亲久久地攥着绳子，寻找机会，可井口挤满脑袋，哪里能够插进去？等精壮后生全走开，剩下些老弱病残，母亲才抓住机会，放下木桶，提上大半桶浑浊的井水，正要倒进桶里，忽见村里的"五保户"、七十高龄的打呱老人提着小木桶可怜巴巴地站在烈日下发抖。母亲叹口气，将水倒进她的桶里，冲她耳朵喊：

回去放些石灰,将浊泥沉淀出来,慢慢呷!又要我把水替老人送回去。

终于挑回一担水,母亲麻利地撒进些石灰,沉淀出清水,我贪婪地喝一口,一股生味直刺鼻孔,再也咽不下第二口了。

母亲将其中一桶用来洗脸洗澡,两人合用一盆水,母亲洗了我洗,我洗了倒进尿桶,挑去淋禾。母亲望着另一桶清水,想想,小心翼翼地倒出一半,由我挑起也去淋禾。我用小木瓜一蔸一蔸淋;母亲用瓢,一瓢淋三蔸,均均匀匀。

白天晚上,田垅间总是人来人往。彼此见面,也懒得招呼,径直过去,一副不幸之至的样子,让人紧心。好歹又熬过两天,第三天中午,晴空一声霹雳,打呱老人掉进井里亡了!我们惊慌失措地赶到井边,那里只剩下一个小木桶,老人的尸体已被人抬走了。人们议论纷纷。我看见母亲用力揪住胸口,慢慢蹲下来,喘着粗气,脸色苍白。我瞪着天空中那冷酷的太阳,嘴角咬出了血。

远处,有人尖厉地嘶叫了一声。

天气太热,尸体不能过夜。几个村民上山挖了个坑,太阳落山前,将打呱老人抬出埋了。村长在墓前只说了两句话:对不起,老人家,我们都去田边了,没照顾好您。您若有灵,就到龙王那儿去一趟,救救水稻。

几挂鞭炮响后,人们便匆匆回来,走向稻田。

水,水,水,至高无上的水!那晚,我做了个奇怪的梦,梦见自己变成一桶清亮的水,母亲把我挑到田边,一瓢瓢淋在禾蔸上,最后一瓢她舀到了我的眼珠,淋下后才发现是我,她紧紧地搂住那一蔸水稻,哭喊:这是我的儿啊……

早晨,我将梦原原本本对母亲讲了,母亲黑着脸,一言不发。我疑心要是变成水,母亲真会把我浇在禾蔸上的。我猛地扑上去,紧紧地搂着母亲,叫了一声"娘……"喉咙哽咽得说不出话来。母亲缓缓地回过头,缓缓地将树皮般的手轻轻压在我的手上,并且轻轻抚摸，我感到有许多蚯蚓在我心上蠕动，抬起头，母亲发直的眼睛令我颤抖。

就在大家快要绝望的时候，东边终于起了乌云，并迅速漫开，风也刮起来，没多久就下起了倾盆大雨。村民们狂呼着冲进雨中，躺在田埂上，坐在池塘旁，靠在水井边，袒胸露臂，毫无顾忌，任雨水涮涮冲洗。

母亲带着我站在自家田边，守望水稻，一言不发。良久，母亲才伸出苍白的手，抚摸稻叶，湿漉漉的。我弄不清那一滴一滴掉下来的是泪还是雨，我更弄不清是母亲哭了还是水稻哭了抑或两者都哭了，但有一点可以肯定：我哭了，深深地。

傍晚，雨过天晴，村民们生气勃勃地回到村庄。我跟在母亲后面，默默地走。母亲忽然止步，问我：

"你说，这雨怎么下起来的？"

"天老爷憋不住就下了嘛。"

话一出口，马上想起上次射尿的事，觉得这话回答得蛮妙。但母亲庄重地摇了摇头，低声说：

"是打呱老人，是打呱老人跑到龙王那儿去了，懂不懂？"

我似懂非懂。母亲不再说什么，回家拿了些纸钱，拖上我，上老人的坟地去。

刚一到，我惊呆了：村长和一大堆男女正在默默地烧纸钱。母亲悄悄凑上，划燃火柴。我看看母亲，看看村民们和打呱老人的坟堆，又看看山脚下那一大片欣欣然的水稻，立刻跪下来，流下了刻骨铭心的泪水……

农家的孩子

农家的孩子浑身散发出汗味和泥味。他们没有玩具，只有自制的柴叶帽、陀螺、卷叶笛和萤火虫。他们像路边的小草，特别贱，也特别倔强。晓得走路了，就得学会自己管自己：饿了，抓一口剩饭塞进口里；渴了，舀一杯井水灌下去。他们活得有滋有味，没有人管，也不需要人管，他们都是小大人。没有牛奶、面包和娃哈哈，他们却长得牛犊一样结实。

农家的孩子五岁六岁就开始尝到了生活的艰辛。他们当然也想玩，可他们要带弟弟妹妹，要烧火做饭，要打猪草鱼草，要背着竹篓上山拾柴禾。农忙的时候，他还得扯秧苗、看水，光着脚丫满田里拾稻穗……倘若做不了或没做好，粗鲁的父亲就打他们，母亲还帮着父亲骂他们，咒他们为何不死光。他们就吓得直哭，就乖乖接受了父亲的栗凿子或者忍着空肚子饿一天。完了，他们也就忘了。因为，对他们来说，这的确算不了什么。

农家的孩子盼过生日，这种时候，他们忽然变得骄气和任性，母亲也不再骂他们，还会煮三个鸡蛋。他们捂着熟鸡蛋端详许久，玩味许久才小心翼翼地剥壳、津津有味地一指甲一指甲地挑着吃，那么认真和仔细。他们甚至会给伙伴一个鸡蛋，尽管伙伴没有什么生日礼物，但伙伴的目光是羡慕和讨好的，他们会牢牢记住这心境、这情绪、这酽酽的如山茶花开的温馨……

农家的孩子盼过年。这不仅有好吃的好穿的好玩的，还有鞭炮和走亲戚。他们也许还能得几角压岁钱。重要的是，这个时候整天绷着脸的父亲露出了笑容，并破例允许他们疯玩，即使做错了事，也不会挨打挨骂。伙伴们把各自好吃的东西都慷慨地奉献出来，每个人都有些许羞涩和温柔，一遍又一遍的拜年和祝福使整个天空都布满欢乐。

春天很快就来了。农家的孩子顾不上读书。七岁八岁了还在山上放羊放牛，一大堆白花花的羊令他们应接不暇。而放牛的时候，他们总喜欢骑在老实本分的牛背上，夕阳下的牧牛郎被诗人们美化了一遍又一遍。可谁知道，这些农家的孩子一次次站在山头，望着山脚下的茅房、水车、池塘和草垛发呆？他们渴望走近又害怕走近。山外空旷迷蒙。一只杜鹃啼叫一声，从头顶掠过。他们也有唱歌的冲动，可他们不知道曲谱和歌词，而完全是凭一种本能，终于发展成为"喊歌"。祖先喊过，爷爷喊过，父亲喊过，他们也终于喊了出来！他们的幻想、希冀和向往就寄托在这一声长长的"啊！——"中，理解他们的大山因此把声音留在空中，久久不去。

农家的孩子难得有病，一旦发烧或感冒，母亲用些稀奇古怪的土方：一把辣椒粉，一片生姜或几根葱叶就打发完毕。倘若不好，再烧一把稻草，弄得他们一身大汗，然后蒙住厚厚的被子，半小时后放出来，舒舒气，好了。实在病重，也会找医生。打针、吃药，他们十分听话。他们甚至把沾在指尖上的药粉用舌尖舔干净。有时，父亲见他们好得不快，又拾来尖利的碎玻璃，往他们的十个手指十个脚趾一一刺遍，放出大片污血，然后往水里一洗，那脸盆就有了淡淡的红色，他们望着水里的血，一脸平静。

细说来，农家的孩子胆子特大。上高高的树上掏鸟蛋，很可能捉住一条冷冰冰的蛇；跃入深潭抓鱼儿，很可能被鳖咬住。一次又一次的流血，一个又一个的伤疤并未吓住他们。蛇咬了，扯一把青草擦洗伤口；鳖咬了，涂上一层唾液，便不再管了。黑沉沉的夜晚，他们能在崎岖的山路上疾走。爷爷奶奶病了，翻山越岭去找赤脚医生的就是他们。暴风雨中，他们还能冲雷公做鬼脸，一道闪电划过，他们竟然伸出手去，似乎要抓住那道闪光。随后响起的一声炸雷让他们好强地哈哈大笑，尽管笑声是那么幼嫩。

在陌生人面前，农家的孩子特别胆小。他们躲在母亲背后，抱住一条腿，只露出一双圆圆的眼睛。他们害怕、笨拙，大气不敢出。他们看到城里的孩子由衷地露出羡慕和向往。他们开始懂得自卑，这种感觉像烙铁在幼小的心灵深处烙下一道道伤痕，委屈而刺心。

农家的孩子喜欢在梦中流泪，也喜欢在梦中撒娇和欢笑。而更多的时候，他们疲倦得连梦都做不出来……

农事

哥戴着草帽,背着喷雾机,在田里杀虫。天气已经很热,闷闷的风贴着水稻沉重地吹。哥穿一身破烂的黑衣裤,用稻草束着腰,裤管用布带缠得严实。因为这是最后一次杀虫,稻子已经沉甸甸,稻杆坚硬,稻叶锋利,为不伤手脚,哥只好和衣和裤踩在田里。水稻长得厚,密不透风,为了将农药喷匀,哥弯着身子将稻杆拨开,不放过任何一个角落。

我在田埂上扯猪草,心里记着母亲的话:云乃崽,那头猪就交给你了,喂得好,卖了钱就给你读书;喂不好,就甭怪娘心狠。我当然想读书,我都十岁了。每次扯猪草,我仿佛看见自己已背着书包高高兴兴去上小学,一股小小的温暖充盈我的心窝……

突然,哥嘶叫一声,慢慢倒了下去。我慌忙跑过去。哥脸色苍白,一头歪倒在田里,身上的喷雾机将他的脸压在泥里。

我扶起哥的脑袋,摇他,叫他,喊他,可他翻着白眼,满嘴泡沫,说不出话来。我扔了猪篓,发疯般喊救命。

哥被抬到禾场上,父亲母亲都匆匆赶来,见我号啕大哭,母亲狠狠地瞪我一眼,斥道:哭死!父亲将一盆清水劈头浇在哥的头上,嘀咕道:这农药太毒,也不戴个口罩。父亲似在责备哥,我忽地明白了:这农药在喷杀的时候,药雾弥散在空中,被哥吸进鼻孔而中毒了。

母亲拿出一根胶管,父亲用筷子撬开哥紧闭的嘴巴,将胶管慢慢插进哥的喉咙。然后，母亲用竹瓢，把半桶粉红色的解毒水缓缓灌进哥的肚里。灌一阵，哥就要呻吟一阵，并且身子不停地抽搐。不久，脏水全部泄出来，哥脸上慢慢现出本色，眼睛也能动起来。

灌完，哥瘫在地上直喘粗气。我要去搀扶哥，被父亲喝住了：他不会坐起来？我立即缩回手，哥努力挤出一丝苍白的笑容，我赶紧偏过头去，跑开了。

但治虫要紧。第二天一大早，哥拖着虚弱的身子，戴上口罩，又去喷农药了。

我依然像往常一样，一天去猪栏边看好几次。母亲见了很不高兴：有什么好看的？猪是看大的吗？还不快去砍柴！我揉揉眼角，去了。

稻子渐渐黄了。田里的耗子却猖狂起来，夜夜糟蹋稻子，或咬断稻秆，或吃掉稻穗，甚至在里面做窝，胡追乱咬，十分可恶。一家人便都去田边赶耗子。

田埂四丘，父亲、母亲、哥和我各占一丘，每人手里一只手电，一根长竹杆，不停地敲打，或者在田埂上来回走动，使老鼠不敢接近稻田。

有一夜，因为太累，我不知不觉睡着了。也不知过了多久，脑壳上一阵钻心的痛将我从梦中惊醒，父亲赫然站在身边，骂道：短命鬼！要你守耗子，你倒睡觉了。要得，明天你不要呷饭了！

我从地上爬起来，一边揩眼泪，一边用刀敲着竹杆。月光真冷，好高好美的月亮呵！

那些天，村子里没有什么人睡觉。大家点着火把，或敲着脸盆在田垄上走来走去，没个停歇。

但是，人毕竟不是铁打的。白天要干活，晚上又要赶耗子，许多人都支撑不住。我看见母亲一脸菜色，很少说话；父亲神情憔悴，一兜接着一兜地吸着叶子烟。

最可怜的要数哥了，他的身体本来就没恢复过来，如今又要承受这超负荷的农事，他的脸变得像一块干牛粪，走起路来摇摇晃晃，眼睛呆呆的，毫无光泽，谁见了都觉得"悬"。

　　就在这时，不知哪位乡亲发现了新大陆：用电打耗子。田垄上有电线杆，从上面接一根线围在田边，老鼠就过不了。哥极力说服父母，在我家田里也拉上了线。一家人终于可以睡觉了。

　　然而，几天后的一个傍晚，哥照例去田边接电线，没想到他一去就再没有回来。哥倒在田边，一只手伸向一蔸被人踩倒的稻子，脚则触上了那根冷酷的电线。

　　哥被电打死，整个村子都震惊了。母亲抱住哥的尸体，哭得死去活来。我头脑空空，四肢麻木，只觉得哥那疲惫的身影老在眼前晃来晃去。父亲一声不哼，蹲在田埂上，不停地抽着老旱烟，一只手死死地攥着那蔸被人踩倒的稻子，眼睛通红。

　　出丧那天，母亲痴痴呆呆从邻居弄来一碗米饭，一口一口喂给哥。我突然记起，哥死的时候没有吃饭，泪水不知不觉就流了出来。母亲喂到最后一口时，停了下来，慢慢回过头，望着我。母亲要我也去喂一口，我呜咽着跪在哥的尸体旁，又想起了他农药中毒的那一次，他的呻吟、抽搐和苍白的笑……我无法喂下这口饭，手中的碗掉在地上碎成一朵花。

　　十天之后，稻穗黄了。村民们打鱼、宰狗，准备开镰。缄默了好些天的父亲终于说了话：把那头猪杀了吧。我捂住耳朵，猪的号叫刀片一样穿过我单薄的身子。至今想来，仍不寒而栗。

　　那年稻子特别丰收。一家人日夜不停地割，可似乎永远割不完。没有一丝风，只有白森森的太阳冷漠地停在头顶。每天天不亮正是最好睡眠的时候，父亲就把我叫醒了。一整天佝在田里，很少有抬头伸腰的机会。一次，我实在支持不住，但又没有理由离开稻田，一狠心，用镰刀割破了手指，血一滴滴流下来。

　　母亲以为我是不小心割破了手指，便让我去禾场晒谷。这个差事比割稻好些，干累了可在屋檐下也歇歇。

不久，人们慌慌忙忙将禾场上各自的谷集成一堆堆，并拖来干稻草，准备盖住。我看看天上，太阳白花花，便没有理会，依然坐在屋檐下打瞌睡。等我再睁开眼，猛地发现一块庞大的雨云已牢牢地罩住天顶，收谷来不及了。雨似瓢泼，劈头盖脑地砸下来，狂风乱卷。

父亲母亲从田埂上跑回来。雨水已将谷子冲得乱七八糟，损失大半。父亲一见这个样子，眼都气红了，不由分说，拖起我丢进村前的塘中央。我挣扎着爬上来。母亲又哭骂着给了我两巴掌。我知道闯了大祸，便什么也不说，任不争气的泪水刷刷地流……

晚上，我孤孤单单上哥的坟地去，我有许多的话要对他说。可是，坟上赫然坐着一个人，竟是父亲！我顿时怔住了。

父亲伸出锯子般的大手，将我拉过去，坐在他身边。四周很静，空中无月。过了好一会儿，父亲才从牙缝里挤出一句话来：

"赶明儿，你去读书吧。"

故乡的路

弯弯曲曲像瘦瘦的布条一样从矮矮的山脚下迤逦而去的是故乡的路。

故乡的路铺满愚昧和屈辱，每一处打弯的地方都有我的沉思，每一个凹凸的中心都有父老乡亲带血的故事。

我的村子一个叫文七公的老人，大年初一的早晨，他发现自己贴在门上的观音图被风吹得倒转了头，顿时呆了。他觉得自己冒犯了神灵，罪不可赦，便于当天一步三跪去观音庙请罪，寒冷的风刀子一般在空中乱舞，狭窄的路上尽是碎利的石砾，文七公的膝盖跪烂了，苍老的血殷殷地流。周围的鞭炮和酒香对他没有任何感觉。没有谁劝说，似乎他是罪有应得。有村民甚至担心文七公惹恼了神灵而降罪于他们，因而希望文七公去了观音庙后死在那里不要回到村子来。奇怪的是，文七公在傍晚时分又木头般地回来了。他什么话也没说，关上那扇透风的柴门，再也没有出来。一周后，他们的家人把文七公抬到山上埋了，冷冷清清。雨下得好大！

我看见那张薄薄的观音图在阴暗的角落狰狞地笑了。天空是那么低沉，村子是那么零乱，田土是那么萧条和寂寞。没有声音，只有观音图寒冷的笑声在村子的上空久久地回荡；没有颜色，只有文七公的鲜血在故乡的路上惨然发光。文七公沿着那条走了一辈子的山路走到观音庙前，他的心死了，而愿望还活着。临终前，他是否与倒挂门上的观音图进行了一次痛楚的凝视？

　　故乡，被茅棚和草垛包裹的故乡，门前的水在清清地流。山上的竹子割倒又长出，土里的麦子、田里的稻子和山坡下的冬瓜、白菜和萝卜将故乡的路封锁起来。于是，老农们的脸总如猪肝一般黝黑，少女的眸总如葡萄一样透明。而黝黑的脸一天天打折最后变成一支枯萎的菊花；透明的眸一天天黯淡最后变成一口哀怨的老井。文七公的前面有赵六爷、马五爹，文七公的后面有张八叔和王九伯。他们以各自的方式延伸着同一个悲剧，他们从不同的路上最终回归到故乡的路上来。

　　故乡的路淅淅沥沥地下着雨，这雨从洪荒时代一直下到今天，并慢慢渗入土地的骨子里。

　　许多从故乡的路上艰难走出的游子无法从原路上认出故乡并回归故乡。许多试图走出故乡的村民总是在接近山口前倒下并不再起来。故乡的苹果树结满了果实，可果实不是酸甜而是苦涩；故乡的野李开满了花朵，可花朵不是艳红而是紫黑的。一个山女患病了，家人请来了巫医，巫医强奸了山女，最终把山女治死了。山女渴望着生活可她避免不了死亡，她死在不该死的时候，她死在不该死的地方。她死的方式触目惊心，但无法触动古老乡村那麻木不仁的灵魂，一如文七公的死平静而凄怆。

　　故乡，总是在漆黑的夜晚做着同一个梦。梦的主题与那条又瘦又小的路有关。当山外的风吹醒了大片大片的油菜花，当沉重的土炮将一个个由苦难垒成的山堡掀开，当文七公和山女的冤魂被手扶拖拉机无情地辗碎……故乡的路在罂粟花开的正午接近山口，铁铣、火铳、锄头和炸药，故乡的路血迹斑斑又伤痛累累，它总在延伸、延伸、延伸，越过愚昧的沼泽，越过愚昧的屈辱的历史，向外面的钻塔、向城市的边沿乃至霓虹灯中心挺进！

　　故乡的路一如我的手臂，总是在我快要倒下的时候将我撑起。故乡的路在我的蓝天下缓缓延伸。终有一天，我仍会从走进城市的路上回归故里。那沥青的、水泥的乃至橡皮的大路全是依赖故乡泥泞的小路建成的。尽管风暴迭起,尽管苦难深重,但故乡的路一如母亲的目光永远维系着我漂泊的心灵。

曾经有过的日子

姐没吃早饭就去大队草席厂了。我坐在门槛上，手里捏着一团薯渣，呆呆地望着姐的背影，姐像一根黄黄的豆芽菜，一点不像十五岁的人。我担心她终有一天会像大哥一样躺在床上翻着白眼，再也爬不起来。

父亲母亲早去田里干活了，我不知道他们是否吃过饭。我慢慢啃着手中的薯渣，这黑黑的东西很像一团小小的牛粪，每咽一口，都有一股艰涩的霉酸味直刺鼻孔。我紧闭着眼睛，死死地关住嘴巴，不让薯渣呕出来。我仿佛看见姐捂着饥饿的肚子在田埂上默默地走，泪水充盈了眼眶。

从山上砍回一担柴已是中午了。母亲要我给姐送午饭。我一看竹篮里放的又是黑黑的薯渣，就不愿去。父亲不看我，敲了敲烟斗，从牙缝里挤出一句话，说：要她吃，不然饿死的。母亲一边揩眼角，一边摸着我的头，催我去。

从草席厂到我们村子要经过一口长长的池塘。我刚出村，老远就看见姐从草席厂里走了出来。我提着竹篮，一反往日沉重的步伐，快步走向池塘。姐从我轻快的脚步中断定我送去的是薯渣以外的东西：一碗稀饭或者是一块荞麦粑。她实在饿坏了，急急忙忙走过来。在池塘岸边，我们相遇了。姐一看竹篮里仍然是黑黑的薯渣，顿时愣了。我呆呆地望着姐，为自己的欺骗感到内疚。姐眼圈一红，转身要走，我猛地追过去，抓起薯渣塞在姐的手里，哽咽着说：姐，你要吃,不吃饿死的……姐见我哭了,就将薯渣往嘴边放去,慢慢地,又放了下来,温柔而忧伤地看着我,仿佛在说:我咽不下,实在咽不下去啊!姐的眼眶蓄满泪水,我默默地看着她,感受一种揪心的疼痛。临走,姐小声对我说:这薯渣你能吃就吃,吃不下就丢掉,不要告诉父亲说我没吃,懂吗?我一边抹泪,一边点头。

傍晚,同去打席的人都回来了,唯独姐没回。我胸口一紧,立即跑出去,却发现姐坐在一丘稻田的角落,口里嚼着一根嫩草,很机械地嚼着,眼睛一眨也不眨地望着水稻。夕阳温柔地照射过来,照在姐瘦小而苍白的脸上,显得异常宁静。我轻轻地走过去,叫了一声姐,喉咙酸得说不出一句话来。

姐将嘴里的碎草吐出来,咽了咽口水,拉我坐下,抓住我的手心。我感觉她的心跳平稳而舒缓。姐没有叹息,也没有跟我说话,只用手抚摸湿漉漉的稻叶。微风吹来,稻叶发出沙沙的响声。姐瞪着眼睛,似乎要努力听懂水稻在说些什么。

往后,姐每次从草席厂回来都要在田埂上坐一坐,默默地守望水稻。如果发现哪一蔸水稻弯了身或被打猪草的细伢子踩岔了,她要小心翼翼地扶起来。有一回,她发现一丘田老是太干,早晨放了满满的一丘水,到下午又没了。姐便在田埂四周到处找洞,终于发现了。姐以为是老鼠洞,就灌水进去,又用泥巴去堵。不料竟窜出一条蛇来,将姐咬昏在地,幸被及时发现。父亲又气又急,把姐受伤的手尖划开,将毒血全部放出来。姐一脸干白,虚弱得连叫一声痛的力气都没有了。

打草席靠的是手巧脚灵,姐受伤后,厂里要她休息几天,可她第二天就去了,手不能用,就用嘴叼草。一天下来,姐的嘴又红又肿,众人见了,无不痛心。

在田角边,我拉住姐的手,轻声说:姐,你不要命啦!姐低着头,没有回答我的话,目光忧伤地望着稻田。我偷偷地哭了。

我十岁生日那晚,母亲用火罐蒸了一罐饭给我吃。我一粒粒数着吃,贪婪又幸福。我舍不得吃完,留了半罐饭给姐吃,姐吃着吃着,突然明白了:噢,今晚你暖寿?我神气地点点头。姐一下子不吃了,说:你全吃下吧,我晓得你还没吃饱……没容姐说完,我故意快活地拍拍肚皮说:我早就吃饱了呢!姐犹豫一下,重又羞涩地吃起来。那一刻,一股甜蜜的感觉充溢我小小的心窝。姐吃完后,又用舌尖将碗舔得干干净净,末了,咂咂嘴巴说:等我生日那天,我一定还你!姐说得那么认真,我顿时难受极了。

有一天,家里突然来了一个男人,姐不在家。父亲母亲笑容满面接待了他。我在灶屋烧火,不大明白他们说些啥,但我隐隐约约听出与姐有关。临走,我看见那人递给父亲八十元钱,他说,过些日子再挑一担谷子来。

当晚,父亲母亲对姐特别客气。我感到很别扭,吃了一碗麦糊糊就早早地睡了。等我醒来时,发现姐姐的床上还是空的。我赶紧爬下床去找,结果,发现姐跪在那丘最绿的稻田哭泣。我浑身一颤,上去轻轻地问:姐,父亲是不是要把你嫁掉啊?姐听我这么一问,猛地搂住我,泪水止都止不住,珠子般下掉……

那一年,姐还不到十六岁,我听见母亲对姐说:妹崽,莫伤心了,跟着娘命苦。你又吃不下红薯渣,嫁你是替你找一条活路。姐一句话也没说,只一个劲地哭。

出亲那天,姐躲在房里,拚命吃红薯渣,吃了吐,吐了吃,泪流如注。父亲母亲劝不住,我也劝不住。结果,一家人抱作一团,失声大哭。

鞭炮放响了,唢呐吹起来。新娘突然不见了。送亲的惊慌失措,到处找也没找到。有人担心姐寻短见。

我赶紧跑到姐常去的稻田边,不见人影。我吓坏了,大声喊,也没有回音。当我发疯般往回跑时,猛地听到有人哭泣。是姐?果然是她!姐坐在一丛最密的稻叶后,双手握着水稻,蓬头垢面,两眼发直……那情景,我永远不忘。

竹山湾纪事

无论我到了那里,总忘不了我的出生地——竹山湾。

说是竹山,其实并没有多少竹林;说是山湾,也并无溪水从门前流过。山倒是不少,可山上的树长得不高,山上的林长得不密,山上的石头也没有奇形怪状、巧夺天工的。在我的记忆里,四周长满着野草,房子也很破旧,油菜花中夹杂着许多苦菜花。门前有一口池塘,塘里的水很浑浊;屋后有一条水渠,渠里早已被淤泥堵塞,过不了水,成了死沟。

我们家那时生活穷苦。父亲生下来就不见他的父亲,他长到两岁时母亲又病死。父亲没有叔叔伯伯,也没有兄弟姐妹。好在他有一个后奶奶。父亲就靠后奶奶带大。见了他的人都说他会死的,可父亲奇迹般地活了下来。到十三岁时,父亲娶了当时才九岁当童养媳的母亲。从此,苦难像阴影压得父亲喘不过气来。母亲共生了十个孩子,可有一半或送人或病死了。自我懂事起,我就看见母亲总是患病。她开了三次刀,脸上总是一片灰白。

父亲从没有学过医,却有一套治中暑的绝活。每年夏秋,特别是家忙的时节,父亲总要救活多个昏迷不醒的病人。他治病的方式很简单,也很原始:首先将病人紧闭的嘴巴用筷子撬开,父亲用手指夹着病人的舌头用力一拉,然后掐病人的血脉,把病人全身弄得一片通红。有时还找来碎玻璃片,将病人的手指脚趾刺破,放出一行行污血。病人醒来后,父亲已是满头大汗。别人要送礼,父亲从来不要。母亲赞同父亲的做法,总是替父亲助手。

有一年春节,家里已没有粮食。天还没亮,父母就把我们兄弟姐妹叫醒。父亲领着我们上山挖蕨,因担心被村民瞧见,便起得特别早。我们懵懵懂懂地走在父母后面,刚到村口,意外地碰到了一位邻居。他问我们干啥去,父亲有点慌,想撒谎又不会,想实说又难启齿。还是母亲说开了:"我们去挖点土,开春了,麦子还没点哩。"邻居看着我们扛着锄头,背着竹篓有点疑惑,但没吱声就走了。傍晚时分,家家户户炊烟袅袅,灯火通明,小家伙们还放起了鞭炮,我们这才悄悄地下山,一到家门口,父母和我们全惊呆了:门口放着一篮鱼肉、米和鸡蛋等食品。父母怔怔地站了好一会儿,才打开门,让我们进去。父母去找早上碰到的那位邻居问:篮子里年货是谁送的?邻居回答说不知道。父母又挨家挨户去问,可谁也不承认送了东西。

当晚,仍旧让我们吃挖回来的苦菜和蕨根。我们那时还小,怎么也想不通,边吃边流泪。父亲看着我们,一言不发。

那晚,父母没有动过筷子。

第二天是大年初一。早晨一起来,父亲把家里唯一正在下蛋的母鸡杀了,炖好后,用小碗分了二十下。分完,母亲要我们挨家挨户去送。我们有点不情愿,父亲说:"去吧,孩子们。送完,我们回来吃篮子里的好东西。"

父亲这么一说,我们分头去了。每人捧着一碗香喷喷的鸡汤,实在忍不住馋时,便用手指头在汤里一蘸,然后吮着指尖,感到十分香甜。

村子里除我家之外,总共二十户,我们全送到了,没有一户因为送的东西少而拒绝。回来后,我看见沉默了一整晚的父母开始说起话来。父亲在灶膛里烧火,母亲把我们昨晚没有吃完的蕨和从篮子里割的一点肉炒了一大碗,还煮了鱼头汤和米饭。我们兄弟姐妹的脸上荡漾着笑容。就在我们吃饭的时候,村民们端着碗陆续来到我家，他们夹了一点蕨后放进一大块鱼或一块肉，然后笑着，边吃边走开了。村民们全走了，一大碗蕨也全没了，留下来三碗满满的肉食。我们欢快地吃着、叫着、跳着，可父亲不知怎的却流出了眼泪……

当时的情景一如竹山湾的井水，质朴而清洌，滋润我以后的日子，让我永远记住并对苦难的生活感恩不已。

往事

其实这是一件小事。但不知怎的,我时时想起它,且每一次想起,心里总有一种说不清的滋味。

那年我大约十岁,年成很不好,下了许久的黑雨。开春不久,我家就断粮了。为了挣几个买红薯的钱,父亲忍住胃痛去数百里外的地方挑盐,做苦力。父亲走了不久,母亲累病了,躺在床上,接连三天没进一滴水,一口粥。望着奄奄一息的母亲,我和姐姐急得直哭。

总得让母亲吃点东西才行,否则真会死的。

这天中午,我去外面扯猪草,路过一口池塘时,突然发现池塘中央有一条翻了白的死鱼。我用石头投它,希望它随水的波动飘到岸边来,但那条死鱼似乎对投的石头无动于衷。当时,我满脑子里想的就是快快把鱼捡回去,煮好让母亲吃。因此,我不顾水冷,脱掉衣裤跳进池塘,顿时感到有许多的小针在我身乱刺。我不顾这些,奋力游向池塘中央。就在我快接近死鱼时,我猛地发现那鱼似乎动了一下。我马上停止了游动,瞪着恐惧的眼睛。有关水鬼变成死鱼引诱小孩上当的故事乌鸦般向我逼来。我感到有些绝望,力气也愈来愈小。我甚至觉得那条死鱼就是水鬼的手变的,只要我一伸手,它就会抓住我的手用力往水底拉。

我望着近在咫尺的死鱼,不知如何是好。我真想游回去,但一则担心只要自己一转身,那鱼就会从水底伸来一只黑手,二则母亲病得太重，不能再拖下去。而一想到母亲，我仿佛听见了自己心底幼稚的呼喊：快去吧，即使死，也是为母亲死的啊！

我终于抓住了那条死鱼，那条冷腻腻的、实实在在不足两斤的草鱼。

我几乎是一口气跑回了家。正好，姐姐不知从哪个好心人那儿借来了一点米，准备做饭。见了我手中的鱼，姐姐露出了惊喜的目光。

我们姐弟俩正在灶屋忙碌的时候，母亲似乎感到了异常，挣扎着爬下床来。见我在剖鱼，忙问从哪里弄来的。我随口答道："在自家鱼塘里捡的哩。"母亲叹了一口气，嘀咕道：怎么又死鱼了？

姐姐将母亲扶上床后，我一个劲地往灶膛里加干柴，把火烧得旺旺的。饭很快就煮熟了。姐姐把鱼切成小块，将舀不出油的小油罐倒放在锅底上，好歹有了一点油量。接着，姐姐从咸菜坛里捞出一把酸豆角，切碎，与鱼煮在一起。不一会，两碗酸豆角煮鱼端到了桌上。

我们把母亲扶到桌边，装了饭给她。许是饿极，母亲大口地吃起来。我们姐弟也跟着吃，心里好高兴。

就在这时，一个中年妇女气冲冲地闯进我家，不分青红皂白，指着母亲就尖刻地数落起来。母亲停了吃，叫那中年妇女为"林大嫂"，要她有话慢慢说。林大嫂气咻咻地指责我捡了她家塘里的鱼。她说为了那条鱼，她已在池塘边转悠了两三天，没想到刚一回去吃饭就被我捡走了。林大嫂说话时，母亲拿眼睛扫了我一下，脸上毫无表情。林大嫂数了一大通难听的话后，甩手走了。

房里顿时静下来。我十分难过，为母亲，更为自己。姐姐说林大嫂太过分了，"死了的鱼谁都可以捡，我家的死鱼也让别人捡过嘛！"姐姐气得一脸通红。

我原以为母亲会大骂我一顿，甚至把碗里的鱼一块一块夹出丢掉，或者连同酸豆角一起倒掉。母亲的性格我太熟悉了。

出乎意料,母亲什么也没做,只是停了一下,又开始吃起来。但这一回她吃得非常缓慢,仿佛在一粒一粒数着吃,仿佛每咽一口都十分艰难。母亲示意我们也吃,她还把鱼块悉数夹到我们姐弟碗里,我一边吃一边流泪。

接连几天,母亲很少说话,但她的病慢慢熬了过来。她能干活了。我们姐弟俩长长地舒了一口气。

日子过得清贫而孤单。我们每天有忙不完的活,关于"捡鱼受辱"之事也就渐渐淡忘了。是母亲使我重新记起此事并永不再忘记。

那年快过年的时候,大约是小年后的第二天,我家的池塘干了,所有的鱼都卖了出去,只留下两条四斤多的草鱼。当时我想,过一个年才吃两条鱼,真小气。

谁知第二天一早,母亲把其中一条草鱼抓起,用稻草拴着鱼嘴,要我把它送给林大嫂。母亲的口气很坚决,我只好照办。林大嫂在另一个村子,当我把鱼送给她时,她起初一阵愕然。我正要解释,林大嫂忽然笑了,说:"我晓得了。你走哩。"

从林大嫂那儿回来,我似乎突然长大了几岁。我明白了母亲皱纹为何如此的触目惊心,明白了故乡的山路为何如此的狭窄而曲折……

父亲三题

一、父亲为我送行

　　1984年秋天的痛苦与父亲有关。父亲在那个秋天的一个泥泞的上午为我送行,我没有在细雨朦胧心迷离的时刻说一句话,父亲执意要挑行李使我产生一种类似客人的陌生感。望着父亲的白发、皱纹、微驼的背和极力抑制的喘息,我深深地垂下头颅有如成熟的谷穗。

　　一个大学生,一个几天前什么也不是而今吃了皇粮的大学生,一个几天后还要花父亲很多很多浸满汗水的钱的大学生,在斗大的字识不了一箩筐的父亲眼里,他的儿子很高大,他愿意为儿子分担力所能及的一切。

　　我能说什么?

　　父亲老了。我一次又一次在距离太远的时候停下来等他。我在天空下等他。路上投过来一些惊奇的目光让我羞愧不已,但我拗不过父亲。

　　走进浊水四溢的车站,火车已经到了,父亲斜靠在门槛上,用只有大年初一才舍得穿的较为体面的黑卡叽布制作的衣服的袖口揩额上的汗珠,我赶忙递过崭新的手帕,父亲迟疑了一下,摆摆手,示意我快去买票。我快快地缩回手,说了声"别走开",转身向售票口冲去。可是,等我出了一身大汗急急忙忙地挤出人群时——父亲不见了。

我左顾右盼。

我心急火燎。

还有莫名的怒气。

火车开始喷气了，我不知所措，如一只无头苍蝇乱找乱喊："喂！"（我竟然没叫"父亲"）似乎父亲并不重要，重要的是我的行李，我不是找父亲而是找行李。

热泪一触即落。

突然，我听到有人叫我的书名（我从此失去了我原以为永远不会失去的乳名），循声一看，一双苍老的手在人群中像溺水者那样挣扎，我发疯般跑过去。父亲说："我本来给你排了个好队，可是……"

"算了，要你别来偏要来！"

我几乎是粗暴地打断了父亲的话，我没看一眼父亲被呛得茫然若失的表情，甚至礼节性地道一声"多保重"都没有，就赶忙接过行李，飞快上车。

火车徐徐启动了。

我长长地舒了一口气。

可是，当我推开窗户吹风的时候，突然发现孤零零的站台上站着一个人，一个手搭凉棚树一般站着的孤独的老者，一个愈来愈小却怎么也赶不上去的刻入眼球的黑点。

呵，父亲，那个用粗鲁的方式爱你的蠢蛋刹那间哭了，很深、很沉，从起点到终点，他不食不眠瘫在窗边，旅客们都以为他病了。他的确病了，在那个枯黄的秋天，难道不是吗？

二、许给父亲的诺言

我在距父亲生日前的一个月向他许了个诺言，这是父亲养育我多年来头一回许下的诺言。当时，父亲缩着脖子一如既往地坐在街口的小摊棚里认认真真地撕扯着胡须。我看着父亲下巴上红红的须瘤十分难受，每到冬天他都要往下巴涂上一层薄薄的类似石膏一样的盖膜，胡须的顽强常常令父亲发窘。因此，当父亲听说我要为他买一把电动剃须刀，眼里闪出了一丝不易察觉的希冀。

三天后的一个冷风嗖嗖的夜晚，我按照朋友邀请信上说的乘6次列车直赴北京。出门的前一刻，父亲欲言又止，我从父亲躲躲闪闪的目光中看见了某种像儿童渴望玩具一样的东西，不觉心一沉：等着吧，可怜的父亲！

经过两天两夜的旅途，我终于疲惫不堪地赶到了目的地。北京的风沙太大，水泥地板上结满冰块，滑得很，我很少出门，何况任务太重。不觉，半个月笔会一晃就过去了。离京前，我冒着寒风出去，特意给贪玩的侄儿买了一套连环画，给哥哥买了一个黑色手提包，给嫂子买了条款式新颖的大毛巾，给几个要好的朋友买了几件有纪念意义的小东西，总之，想到的都买了，就是没给父亲买。若说忘掉了父亲，那是不确的。若说把许给父亲的诺言不当做一回事也是不确的。实际情况是，我走进王府井书店，突然想起了父亲的剃须刀，与此同时，我发现了几本渴望已久的书。我算了算，除了车费和途中必需的零用钱外，只剩下十六块多钱。我想，若电动剃须刀价钱在十五块钱以下，我就忍痛割爱，反之买书。结果我买了那几本书。

当我背着鼓囊囊的大袋回到家时已是深夜，父亲还没睡。他见我回来马上披衣下床，浑浊的眼睛闪出兴奋的光芒。

"哈，你回来了，你回来就好了，你回来我就放心了，这两天冻得不行，胡须又长了出来，痒痒的，我强忍着等你回来……"

我盯着父亲红红的须瘤，猛地背过身去：呵，父亲，你的儿子叫你失望了，你愿意听他说一句话吗？他是爱你的，真的。正因为他是如此爱你，才总是把你摆在最后，尽管他因此而不得安宁。

父亲见我不语，许是察觉到了，闷了一下，改口说："嘀，夜深了，你收拾一下去睡吧，我怕冷，不给你烧火了。"说毕上了床，不久便传来了粗重的鼾声。我疑心那是装给我听的，眼角好辣！

第二天，我将礼品一件一件分了出去。回来时，路过父亲的小摊棚，我猛地瞧见了父亲像往年一样下巴涂了层白白的盖膜。他呆呆地望着街上来来往往的人，不知心里想些什么。

风声好紧啊！

三、一张汇条

去年春天的全部苦水都集中在自费出版的诗集《骑士与少女》上，我很难精确地描述雨打芭蕉的黏乎乎的心情。当时，我几乎天天候在那条邮递员必经的灰尘扑面的路口，像马尔克斯笔下那个没有人给他写信的上校焦急地等待着，但一个又一个太阳消失在茫茫黑夜中，我自信的微笑渐渐凝固变成欲哭无泪的悲哀。我给许多好友发出征订单并嘱他们帮助推销，我还花钱在市日报上登广告，可是，我满怀希望的努力如排列在岩石上的阳光无人问津。桐子花开的夜晚，我盯着一贫如洗的墙壁忍不住泪流满面。

不是有那么多人喜欢我的诗吗？

不是有那么多人希望我出集子吗？

不是有那么多人说过可以帮助我吗？

我清楚地记得，春节前夕，我回到家里，坐在父亲的小摊棚前，说：我花了三千五百块钱买了个书号准备出一本诗集。父亲下巴上的盖膜已经龟裂，露出红红的须瘤。他用手捂着，惊讶地问："出书要花那么多钱？"

"嗯。"我一阵慌乱，说，"这年头没办法……"

"哪有那么多钱？你晓得我这个摊子一天赚不了几分……"

"我向银行借了三千，另外五百块也找到了。"

"是这样？"父亲嘀咕了一句，突然有点生气地问，"那你告诉我干什么？"

"我，我想让你高兴高兴。"说完，我赶紧垂下眼帘，说不清为什么。

"对，高兴高兴，我高兴着呢。"父亲重新抚摸着须瘤，浑浊的眼睛汲满了灰尘和苦难。

几天无话。

我在爆竹香四溢的新年的第三天走出布满苔痕的家门，父亲依旧坐在老地方，见我提着行李，就说："你过来。"

"我得走了。"我走过去，递给父亲一支烟。父亲把烟看了看，又放在鼻尖下嗅嗅，然后放进一个铁盒里，说："年前你向我提及出书的事我一直在琢磨……"

"你就放心吧，会卖掉的，有许多人要我的书呢。"

"唔，"父亲习惯地摸摸下巴，喉结不停地蠕动，看了我一眼后，从身上摸出一个缠了又缠的布搭子，说："那好吧，这个你带着，你能出书，我觉得光荣。"

我知道那是钱，那时父亲大年初一舍不得歇歇赚回的钱啊！我捧着带有父亲微微体温的布搭子，喉咙哽咽了……

我一回去就全心全意投入整理诗稿的工作，两个月后的一个绝无仅有的早晨，我长长地舒了口气：一切准备就绪，只等订单足够就马上可以开印。

然而，我失望了，似乎所有的人都把我忘了。扪心自问，我既非梁羽生金庸，又非席慕容琼瑶。何况，在重实惠的今天，谁愿意花二块三毛八买你一本书？电影院、舞厅、咖啡馆哪儿不是找乐子的地方？死心吧，聂茂。

我心灰意懒回到现实中，一个洒满阳光的上午，邮递员突然叫住我,面目古怪地交给我一张汇款单,说:"有人要买你的书呢!""啊?"我顿时愣了,接过发烫的汇款单,兴冲冲地跑回卧室。展开一看,目瞪口呆:要求购买诗集的竟是识不了几个字的老父亲!

呵,可怜的父亲,你是不是担心我又一次忘记你?我捏着绿色的汇条,眼睛渐渐潮湿了。我没有去邮局,我要让它永远伴在我身边。

父亲,让你默默爱你。

故乡泪

故乡,我的泪水比雨多。农历正月初八,我离开故乡。

也正是这一天,在长途汽车上,我听到了这则惨讯:两天前的衡阳火车站,四十多人被踩死,他们大多是南下广州去打工的。讲述这则惨讯的是一名老人,他说,火车一进站,由于太拥挤,一名少女背上的被子掉下了,她弯腰去捡,便再也没有起来。紧跟着倒下一大片。许多打工的少男少女怕被人流冲散,他们手攥手,死在一块……

老人后来还讲了什么,我已听不清楚了。窗外下着寒雨,我确信自己的泪水无声地流了下来。很长一段时间,车上鸦雀无声。故乡令我愈来愈沉重。

回到报社,我看到了内参,我的伤口又一次撕开。那些背着大包小包的农家孩子,怀着热望,在大年初六走出乡村。他们不是去死的,他们流汗流血,也愿意忍受各种侮辱,可他们就是不愿意去死。他们要挣钱,要砌房,要给父母治病,要让弟妹上学。他们走出的时候,乡村的上空弥漫着欢乐,鞭炮炸开了眉结上的苦难。一个个粉红色的梦从村前的苦楝树旁急剧划过。送行的老人小孩把带泪的叮咛长久地塞在他们本已沉重的挎包上。他们没有见过世面,可他们固执地认为,外面的世界比他们看够了的牛羊、草垛和稻田要精彩得多。他们要坐许久的汽车才得到达衡阳火车站,他们的打扮让人一眼就瞧了出来,有人嫌他们大包小包,有人骂他们不懂规矩,他们一点也不见怪,他们为自己妨碍了人家而内疚。他们尽量缩紧身子,以减少所占的空间。沿途有人吃这喝那,他们的挎包里塞满红薯片和糯米粑。他们的一只手紧紧攥着口袋,那里有他们必需的车钱。出发前,他们被反复告诫车上小偷不少。但下车时,仍然有个少女突然脸白了:她的钱并不因为她的小心而不丢失。她的衣袋被小偷用刀片划开,缠了又缠带着她怦怦心跳和体温的布搭子被小偷无情地拿走了。她哭呀哭,同伴们不停地安慰,她失神地跟着大伙走进火车站。同伴答应替她买票,既然出来,就是一家。这时,她懵懂地理解了"老乡"的含义。

漫山遍野的人使他们目瞪口呆。横的,竖的,拖家带口的,老的,少的,哭的,叫的,人,人,人。他们好歹挤进了人群,他们没读多少书,问了不少人,遭了不少白眼,最后总算找到了卖票的地方。他们互相看了看,手握得更紧,他们甚至笑了笑。人实在太多,队伍实在太长。从早排到晚,眼见轮到他们买票时,售票口的门突然关了。他们被告知去另一个窗口买票。夜,黑下来⋯⋯

哦,故乡,我的兄弟姐妹!一年一度的春节已难得热闹起来。一栋栋新砌的红砖瓦房空荡荡的,田里的野草已长出老深,屋后的山上光秃秃的,一律的老人,一律的小孩,咳嗽,啼哭穿过乡村的心。我在遥远的地方仍能触摸湿漉漉的泪水,故乡的泪水比雨更多。那些年轻的姑娘、小伙子已一个一个走出乡村,可他们是否就走了苦难?⋯⋯他们在风雨中挣扎,他们用小小脚尖撑起全身的重量。他们睁大布满血丝的眼睛,时刻准备着冲刺。他们不能掉队,跟上,跟上,这是骨子里的呼喊,它是那么痛,那么真实和苍白!他们遭受着不公平的待遇,他们忍受着吃皇粮的人的推搡和横蛮,包括忍受巡警的呵斥和各类莫名其妙的敲诈。他们头顶寒风,脚踏雪霜,让雨尽情地流,让泪咽进灵魂深处。他们除了在自己的乡村,别的地方总是被人瞧不起,可他们咬着牙,默忍着这一切。终于,仿佛一阵狂风,他们倒下了,什么也不须忍受了:他们的头、心脏和四脚被疯狂的人流洗了过去……

我知道你早已呜咽,故乡!在栽满白桦的山岗上,我的泪水冲天而下,哦,呜咽的故乡。

关于母亲的最后宣读

一

公元2003年农历七月三十日,世界上我最最敬爱的人——我慈善的母亲去世了,享年七十五岁。

母亲姓刘,名时秀,公元1929年农历五月二十日出生在湖南省祁东县毛坪乡"夜嫁桥"一个十分贫苦的家庭。

想起比黄连还苦的母亲的一生,我心如刀绞,泪如泉涌:一个九岁的小女孩,只字不识,带着恐惧和迷茫,怯怯地走进了险象环生的成人世界。这个九岁的小女孩,原本应在上学、原本应在母亲身边撒娇,原本应在尽情地享受着无忧无虑的童年岁月,可她却过早地承担起家庭责任的重担,她得出门讨米养家,她得干成年人一样的重活,连她的梦里都有着成年人的汗水和血泪,有着成年人的灰色和沉重。

这个可怜的小女孩就是我最最敬爱的娘、我苦命的母亲!

二

母亲九岁作为童养媳来到我们家,父亲当时只有十三岁。父亲独根独苗,既无伯伯叔叔,又无三亲六姑,最痛苦的是父亲一出生就没有见到自己的生父,我奶奶将父亲养到两岁时也郁郁而死,父亲是由后老奶奶带大的,家里穷得叮当响。因此,母亲一到这个家庭就不得不过上讨米的生活。

记得有一年的大年三十,天还没亮,母亲就被老奶奶叫醒了。老奶奶要母亲去外面讨米。母亲挣扎着从床上爬起来,眼睛都睁不开,就提着布袋恍恍惚惚地出了门。

走了好一会儿,母亲累了,就坐在路边的石头上,看有钱的人挑着年货往家里赶。然后,母亲用稻草捆着饥饿的肚子,怯怯地走进一个村子。

母亲刚到一个财主家门前,一条凶恶的狗猛地冲了出来,母亲尖叫一声,扔下布袋,拔腿就走,但还是被狗咬住了,血渗透了裤子。这时,财主走了出来,将一碗米倒进布袋里,又在母亲的脸上涂了一层漆。财主说:这样做是免得母亲再去他家里讨米。母亲幼小的心灵忍受着巨大的屈辱,提着布袋,捂着脸跑出村子,许久许久,母亲突然坐在地上,哭了起来。

几分钟后,母亲找了一根打狗棍,又挨家挨户去讨米。母亲不说话,只缩着脖子站在门口,一般的人家往往打发一把米或一个红薯,财主们相对大方些,但总会在母亲脸上涂点颜料。一天下来,母亲的脸上花花绿绿涂了一大片,洗都洗不掉。父亲便用小刀片慢慢帮母亲刮,结果脸被弄破了,血渗了出来,一滴一滴往下掉。

那年的除夕之夜,母亲只分得一口肉,她匆匆扒了几口饭,小心翼翼地洗了伤口,就上床睡了。梦中还不时恐怖地尖叫和哭泣。

大年初一,母亲被鞭炮声炸醒。这一天,母亲能够玩一玩了,但由于昨天跑的路太远,母亲的脚板有些红肿,起了水泡,疼痛难当。不过,当伙伴们来叫她玩时,母亲还是挣扎着从床上爬起来,沿着墙壁一步一步走出去,忍住痛,与大家玩在一起,汗水和泪水搅在了一起。

大年初二，母亲又得外出讨米了。因为这个时候，大家愿意给。老奶奶让母亲去长堂冲木生爹家。木生爹一见母亲走来，就知道她名为拜年，其实是来讨米的。他留母亲吃中饭，临走，又送了母亲半袋小麦。然后，母亲又就近讨了几户人家，看看天色不早，就疲惫不堪地往回走。

　　结果，老远就看见父亲站在渠道旁等母亲。母亲有些发慌，不知道出了什么事，父亲走上来告诉母亲："你娘家来人了，快把东西藏起来，不要让他们知道你在讨米。"母亲一听，连忙将一袋讨来的东西塞进一堵土砖中，扔了打狗棍，便跟着父亲回来了。可怜的母亲一见娘家人就直想哭，委屈和侮辱直涌上来。母亲怕自己控制不住，就极力埋下头。娘家人见母亲脸上有伤痕，就问怎么了。母亲强装一笑，说是上山打柴，不小心被杉树划破的。说完就赶紧退了出来，躲在一个角落无声地哭。

　　吃完饭，娘家人要回去了，母亲也要跑着回去。但老奶奶不同意，说要留她陪客人。娘家人见是这样，就劝母亲不要回去了。这时，母亲再也忍不住了，泪水猛地涌了出来。娘家人以为母亲的哭泣是想家所致，便不作理会，大步走了。母亲抱住一根柱子，眼睁睁地看着家里人远去，泪水使脸上的伤口更加疼痛。

　　娘家人一走，老奶奶立即将母亲拉了回去，要她快去把讨来的东西拿回来。然而，当母亲走到土砖旁，顿时吓住了：那一袋讨来的东西竟然不见了。母亲又急又气，将砖孔看了个遍，又用手指掘砖心，仿佛那东西藏到了砖里面去了似的，弄得指甲都翻了起来，血染红了整个手指。然而，那一袋讨来的东西还是没有找到。母亲当时眼前一黑，跌坐在地，再也不想爬起来。

　　三年多的讨米生涯慢慢地熬了过去。母亲的脚磨破了，手冻烂了，脸裂开了，苦难的生活使母亲过早地成熟了。

三

十六岁那年,母亲与父亲正式结婚成家,十七岁便有了第一个男孩,不幸的是,小男孩很快病死了。母亲哭得死去活来。十八岁母亲到了柳州,十九岁又生了一个女孩。小女孩生下不久,母亲竟突然得了暴病,死了过去。当时正是日本鬼子逃走不久,柳州城里一片荒凉,父亲满城里找火罐和棺木,找了三天没找到。到第四天,母亲竟又奇迹般地活了过来。虽然头发全部脱落,并且失去记忆,出门就找不到回家的路,但毕竟是个活人了。

直到一年多以后,母亲的记忆才慢慢恢复,头发才又重新长了出来。

当然,母亲无法带养那个小女孩,只好将她交给一个好心的划船人收养。这个女儿再也没有回到母亲的身边,母亲也不知道她是生是死,生活的苦难压得母亲喘不过气来,她没有时间去打听这个女儿的下落。同时,母亲很快又生了一大堆孩子——大姐、二姐,大哥、二哥、三哥和我,以及我那个夭折的小弟。母亲不得不面对一个大家庭,不得不精打细算,苦心经营着这个一贫如洗的家。

四

那时家里实在太穷,一年难得吃上一两回肉,吃饭没油盐是常事。母亲经常提着麦子或大米去村上的石磨上去磨,将磨出的麦粉或米粉煮成稀汤或者煮成稀粥。

母亲的手磨破了,厚厚的茧结了一层又一层,希望磨出一个好日子来,让孩子们都能够活下去,但生活沉重得让人欲哭而无泪。特别是每年冬天,母亲的手都会被冻紫冻乌甚至冻烂。母亲要洗红薯、打红薯,要将手伸进大缸里去将红薯水过滤,弄出红薯粉和红薯渣。然后，将红薯粉卖掉，红薯渣留自己吃。

我们吃着那像干牛粪一样又硬又涩的红薯渣，眼泪止也止不住地往下掉。

大姐当时在大队打席草，每次我去送饭，她饥饿得大老远就跑来迎接，可是一看又是黑黑的红薯渣，她便掉转头去，哭着跑回去。她宁愿不吃，宁愿忍饥挨饿，也不愿再吃那实在难以下咽的红薯渣。

母亲担心大姐这样下去会饿死的，就伤心地握住她的手，并托人为她找婆家，说是给她一条活路。

结果，大姐十六岁出嫁，尽管她不愿意，尽管她死死地抓住门槛不放——大姐说就是饿死也要饿死在家里。

母亲只好流着泪劝着大姐，说："孩子啊，没办法啊。这么小就让你出嫁我也不忍心，可是不这样我没办法养活你们啊。"

大姐出嫁后没过多久，二姐又是同样的方式年纪轻轻地就嫁了出去。

不过，家庭的贫困丝毫也没有改变。

这时的父亲因为长期吃红薯渣和树皮，结果患上了胃病。母亲只好想办法，用小罐子煮一点米饭给父亲吃，因为父亲是家里的顶梁柱，身体垮不得。

眼见孩子们一双双饥饿的眼睛，母亲强忍住泪水，说，"孩子啊，你父亲要干重活，要挣工分，要养家糊口。他又有病，不吃点米饭不行啊。这样的米饭你们今后有的是吃。"

五

尤其是在那黑白颠倒、没有公理的年代，母亲常常受人欺压，有苦没处诉，只有闷在心里。当时我们兄弟都还小，父亲身体又不好，家里缺劳力，挣的工分太少。母亲便挤出时间去捡鸡粪。

她捡的总是比别人的多。

有人欺负她，硬说母亲捡的鸡粪里掺了猪粪或牛粪，气得母亲浑身发抖。

因为家庭贫苦而卑微，村里人谁都可以欺负我家。记得有一次，二姐被村上一个蛮妇打得鼻孔冒血，一脸青肿，母亲见状去找蛮妇评理，没料到，那没有人性的蛮妇揪住母亲的头发，恶狠狠地用力，竟活生生地将母亲右边一大块头发连同头皮肉一起扯了下来，鲜血立即染红了脖子。

母亲想到自己无能保护自己的子女，连自己也一同惨遭毒打，而又没地方评理，就忍不住失声痛哭。母亲的头发原本在柳州就全部脱落过一次，这次头发被扯，头脑右半边白惨惨的，过了好久才长出一点红红的肉，然后又稀稀地长出一些头发来。

但从此后，母亲的右边脑袋总是痛，有时说话大一点声音也会痛得钻心。

还有一次，父亲因为给村里卖鱼，被人"做了合子"，硬被人说成是贪污了公家的钱，气得父亲要自杀。

母亲理智而又死死地拉住了父亲，哭着说："你死了，省了事，可一家人怎么办，是不是要大家都跟着你去死呢？"

父亲听了母亲的话，握着剧毒农药的手慢慢放了下来，眼睛通红通红。

六

两个姐姐出嫁后，有人风言冷语，说我们家里总是靠着姐姐的家过日子。

母亲将泪水咽进肚里，默默地养了一窝鸡。

过生日时，两个姐姐都回来了，母亲说要给两个姐姐每人九只小鸡。

没料到，这十八只活蹦乱跳的小鸡竟被狠心而又缺德的人用药弄死了。

母亲痛不欲生，泪水长流。

最痛苦的事还在后面，村子里另一家人的鸡第二天也死了，有几人竟昧着良心作歪证，说是母亲搞报复，将鸡毒死的。

母亲气得口吐白沫，没有人站出来说一句公道话。

在万般无奈的情况下，母亲拿着一把菜刀，抓起一只活鸡，站在苍天下喊冤。在没有公理的地方，母亲可怜地用起了这种土办法、蛮办法，母亲用这种最最原始的方式试图为自己讨回一个清白。

七

母亲一辈子喜欢站高处，一辈子爱干净。生了这么多的孩子，没有爷爷奶奶，没有公公婆婆，没有伯伯阿姨能够帮上忙，母亲独打鼓、独划船，硬是将孩子一个个拉扯大。

母亲并不愿让孩子像野草一样乱长。

人穷志不穷。母亲从小教育孩子要争气，要读书。母亲自己没机会读书，便把梦想寄托在孩子们身上，想尽一切办法，只要哪个孩子读得书，母亲就是卖"茅屎板"也要让孩子去读书。

大哥二哥三哥读书要靠推荐，当时大队领导不同意他们升初中或者高中，说家里穷，又缺劳力，大家都去读书，家里怎么办呢？但母亲和父亲总是争取一切机会让孩子们读书。

正因为此，母亲虽然一字不识，却将儿女们一个个培养成了有知识、有文化的人！

八

由于家庭穷,生活苦,生的孩子太多,母亲的身体一直不好,说她生了一辈子的病一点也不过分,可母亲身上从来闻不到半点药味,家里总是弄得井井有条。

母亲特别爱干净,即便生命到了最后时刻,也容不得身上有半点污秽。

听大姐讲,母亲生三哥时,正是寒冬腊月的时候,三哥刚生下来,母亲血淋淋地躺在床上,身体虚弱得一点力气也没有,她便让大姐去洗尿布,可一看没洗干净,母亲自己便又挣扎着,从床上爬起来,重新将手伸进冷冰冰的水里洗尿布。

母亲一生共生了十个孩子,可没有一个是在医院里生的,有时是自己剪的脐带。生了孩子后莫说吃不上半点补品,就连饭都吃不饱,总是有一顿没一顿地吃,吃了上顿等下顿,今天吃了望明天。

许多时候,一天只能吃一顿。

如果说,生活的艰苦挺一挺也就熬过去了,但骨肉的失去给母亲的心灵所造成的伤害却比任何痛苦都要深。

虽然母亲生了十个小孩,能够守灵的却只有一半,其他的五人除了一人是送人、至今不知道其生死外,其余的四人都是英年早逝,是病死或者溺死的。

母亲纤弱的双肩怎能承担得了如此巨大的打击?每一次骨肉的生死分离对母亲的肉体和精神都是一次残酷的摧残!

九

记得大哥陈和清死时,侄女才出生不久。母亲痛不欲生,哭得死去活来,整整守了大哥四十多天。

母亲卖米卖粮，东借西凑，好歹弄到了五百元钱，满怀希望地陪大哥去衡阳看病。

医生说大哥患了肝硬化，而且到了晚期，母亲一听，明知道没有希望，仍然坚持要给大哥治，但医院硬是拒收了。

母亲和父亲又急着将大哥转到祁东县人民医院住了十多天院，病情越来越恶化，钱也很快花得差不多了。

医生建议不要治了，并要大哥出院。母亲为了一丝希望，又将大哥转院到白地市镇医院，但钱很快就花光了，母亲再也找不到钱，医院劝大哥回去算了。

母亲真的绝望了，跌坐在地上，无声地哭啊哭，母亲可怜自己的命苦，可怜自己没能力，无法将孩子的病治好。

大哥最终还是去世了，母亲也因此瘦了十多斤肉。

十

残酷的是，这种失子之痛对母亲的打击已经不是第一次了。

早在大哥病逝的前几年，我的小弟——母亲最小的儿子陈登科当时还不到五岁，不小心滑进塘里再也没有上来。

母子连心，当孩子死时，母亲正在织布，机上的线突然断了，母亲预感有什么不好的事要发生，可万万没有料到，竟是心疼的儿子已经死了，像一朵来不开放的鲜花被一阵大雨无情地冲走了。

听到这个消息时，母亲当即吐出鲜血，昏倒在地。

四十岁那年，母亲患了急性阑尾炎，在白地市镇医院开刀。

动完手术后，按照医院规定，至少得卧床休息一个星期才能出院，可因为没钱，母亲不到三天就硬是办理了出院手续，并且挣扎着，跟跟跄跄地往回走，结果走到油草堂村时，母亲的伤口重新裂开，流了不少的血，以致身体本来虚弱的母亲很快就昏倒在了路边。

由于长期营养不良，五十岁那年，母亲患了甲状腺方面的病，又开了一刀。

苦命的母亲，她的身上真是装满了药水，中药，西药，偏方，土方，母亲吃尽了，喝够了。她的血管都被药水浸泡着，滑溜溜的，针头很难一次扎得到血管。每次输液打针，护士拿着针头在肌肉里挑来挑去，因为血管太滑太细，一刺就走，刺中就破，为此母亲的手上、身上总是血迹斑斑，青一块，紫一块，惨不忍睹。

一九八四年，我考上了学校，祖辈几十代，家里有了第一个吃皇粮的人，母亲高兴极了。

这一年，二哥走出山沟，在风石堰镇开了个照相馆，一家人都搬到了街上住。

母亲闲不住，很快与父亲当街经营起小买卖来，生活从此也开始走向好转。母亲卖花生，卖瓜子，卖西瓜和柑橘等，将钱一分一毫地积攒起来，当我有机会到北京、上海等地求学深造时，母亲毫不犹豫地支持我。

十一

记得有一回，母亲听人说，山塘的辣椒很好卖，就买了一百多斤辣椒，与父亲搭车去三塘。

好不容易到了三塘后，发现那里的辣椒根本不好卖，只好挣扎着去衡阳。

母亲一向坐不得汽车，这回没办法了，把老命都豁出来了。母亲和父亲站在一个站牌下等车，可是过了许多车，也没有一辆停下来。眼看太阳已经偏西，母亲急得一脸发白，汗流如雨。

父亲挑起辣椒又到另一个站牌下，母亲到前面去问路。可人家根本听不懂。后来总算碰上一个祁东人，他告诉母亲说，这个站牌的车不去衡阳，去衡阳是在前面一个地方等车。

母亲与父亲又急忙跑到前面的站牌上。

正在这时，有车子停了下来，母亲和父亲挑着辣椒要挤上去。可售票员一看有两麻袋辣椒，嫌占用的空间大，竟不准上。

售票员蛮横地将父亲推下车去，父亲挣扎着，摇晃着瘦弱的身子，还硬要上，车子已经启动。

母亲慌忙将父亲拉开。

就这样，母亲和父亲无助地望着扬长而去的车子发怔。母亲急得老泪纵横。

又过了好一会儿，他们才好不容易地挤上另一辆车。车子一开动，母亲就晕车了，她极力想吐，又极力忍住。父亲擦着汗，给她揉搓背。

母亲刚吐出一口，就有人骂开了，吓得她只好往肚里咽，可越咽越想吐，最后母亲的全身都痉挛起来了。

到了衡阳下车后，母亲死人一般瘫在路旁，半天缓不过来。

父亲弄着两大袋辣椒，顾不上照顾母亲。大约过了好一会儿，母亲终于挣扎着又爬起来，跟着父亲，摇摇晃晃往卖菜的地方赶。

那天的辣椒好歹卖了，没赚上钱，也没亏什么，算是白急了一天。看看天色不早了，赶紧回家去。母亲和父亲来到火车站，父亲去买车票，母亲坐在一块石板上，呆呆地望着来来去去的人。因为听不懂人家的话，自己的话人家也听不懂，母亲又不识字，她感到好恐慌。

一天忙忙碌碌，没吃一点东西，肚里叫得咕咕响，可又舍不得花钱。走到候车室外，一个卖粥的小摊吸引了母亲，就要父亲买了两大碗。吃完后，父亲看看手表，时间快到了，就去上车。可大门已经关上，火车快要开了！

原来，父亲的手表慢了十多分钟。母亲急得哭了起来，并与父亲在门口乞求服务员，可人家要他们绕道过去。

母亲焦急的心怦怦乱跳，要是搭不上车，在衡阳没有熟人，连住的地方都没有,招待所和宾馆太贵,住不起。

这样一想,母亲心里一涌一涌的,似乎要将刚刚吃下的东西呕吐出来。

父亲一看没办法,只好拉着母亲,从另一条小门出去赶车,好歹赶上了。

然而,正当母亲高兴的时候,车上的乘务员来验票了,母亲被告知,他们搭错了车,母亲一听,两眼顿时黑了下来……

十二

我苦命的母亲啊,你一辈子吃了多少苦,流了多少泪,受了多少气,伤了多少心,这一切的一切只有你自己最清楚。

你没有文化,可你将儿女们都培养成有文化的人了。

你没有知识,可你教育了儿女们学到了比知识更重要的东西。

你用多病的身躯和纤弱的双手撑起了一个沉甸甸的家。

半个多世纪的风风雨雨,你雪里来,泥里去,你用自己的平凡重塑了生命的伟大。

你用自己的卑微捍卫了生活的尊严。

你用自己的行为证明了爱的无私、博大、广阔和深沉,也由此赢得儿女们的爱戴、左邻右舍的敬重以及子子孙孙对你的怀念。

母亲啊,在世时,你想吃的时候不能吃,你要吃的时候没有吃,等有吃的时候你又吃不下了。因为你的心里早就被苦水、汗水、泪水灌满了啊。

母亲啊,你不是有许多话要跟我们说吗,不是有许多心愿还没有实现吗,不是有许多人你还要惦记吗?你怎么舍得就这么一言不发地走了呢?你怎么舍得丢下你一直牵挂着的父亲走了呢?

其实,我知道你不想走,你舍不得走,你要我回国后直接去北京上班,你总是不想耽搁我的事业。

2003年8月，我在新西兰进行博士论文答辩前，曾打了电话给你，当时你还要我保重身体，你说你的病就快要好了，不要让我想着你。我真没想到，那就是你对我最后说的话。

我知道你就是不想让我分一点点心，不想在我关键的时候拖我的后腿。

母亲啊，我没有辜负你的期望，我在国外取得了博士学位，我穿上了博士衣，戴上了博士帽，我特地请人拍了一套照片回来，我原本希望你能看到。

可是，当我从国外飞到你的身边时，你已经闭着眼睛、说不出话来。

我拿着你的手，告诉你那个你最最疼爱的小儿子回来了，你分明听到了我的说话，你睁开了眼睛，但只是一下子，你又闭上眼睛，你想说话，可你说不出来了。你就不停地着急，不停地挣扎，不停地乱动。我感觉到你的血脉在"突突"地直跳。

我知道你等不及了，实在等不及了，你太累太累了，你一直在挺住，一直在坚持，一直在咬着牙齿。可病魔太强大了，你太弱小了。凶神恶煞的病魔发疯一般地扑向你。一辈子都在与病魔作斗争的你，赢过了一回又一回，可这一次你感觉不行了。病魔用刀子在你身上割，用锯子在你身上锯，用烈火在你身上烧。你无法发出声音来，哪怕是痛苦地呻吟。

你从不愿意向我们展示你的痛苦，可我们分明看见了你的身子痛苦得抽撞，痛苦得痉挛，痛苦得无助，痛苦得让人绝望啊！

十三

母亲啊，你真的就这么走了吗？

你怎么能说走就走、一句话也不留下就悄悄地走了呢？

你不是说要好好地活着，看看这个花花绿绿的世界吗？

你不是还有那么多的心要操、那么多的事要管吗？

比方，父亲抽烟是不是戒掉了，喝酒是不是过了量？

母亲啊，你就真的舍得扔下同你一样苦命的老父亲一个人悄悄地走了吗？你怎么舍得走呢？

你不是答应得好好的，要等我从国外回来，带你去北京、上海等地玩吗？

不是答应得好好的，你要我带你去坐火车，坐轮船，坐飞机吗？

外面的世界好大好大，外面花花绿绿的世界你一点都不知道啊。

你十分争气，总希望自己也像别的考上大学的儿女一样能带你去看看世界，你不是答应得好好的，要让我把你接到外面去看看世界吗？

母亲啊，我们怎么舍得让你走呢？你天生胆小，与世无争，要是再碰上蛮横的人，你一个人孤孤单单，怎么办啊？

从苦水里泡大的母亲，她的身体被针刺得遍体是伤。在她生命的最后时分，针打不进了，药水吸收不了。这一辈子，除了生活上的凄苦之外，她身体上的痛苦也每时每刻地陪伴着。她没有真正过上几天无病痛、真正轻松、像正常人一样清爽的生活。

每每想到这些，我总是禁不住哽咽万分，泪如泉涌！母亲啊，是不是因为你的善良，你的贤淑，你的功德感动了上帝，上帝要让你尽快摆脱人间的苦难，进入天堂呢？

母亲啊，我坚信你的灵魂进入了天堂。在天堂里，你不再患病，不用再操心这操心那、省吃俭用了，也不会再吃剩菜剩饭了。

我宁愿这样想，我只能这样想。

十四

苍天啊,你为何这样狠心,在我们一点都没有准备的时候,在我的慈母一句话都没有交待的时候,你突然用朱笔从人间的花名册上注销了我母亲的名字?

世界上最爱我的那个人去了。

从今以后,我就成了一个没母亲的人了。

当我千里迢迢赶回家要看看我苦命的母亲的时候,当我希望将自己在学习、工作和生活中的酸甜苦辣告诉我争气的母亲的时候,我到哪里去找你,我的母亲啊?

苦命的母亲啊,我一直无法相信你乘鹤归去的事实。可眼前的一切告诉我,你的确走了。你就这样一言不发地走了。

你就真的这样走了,走了,走了,再也不回来了。

我苦命的母亲就真的永远地走了,就真的这样永远地走了。

母亲死过好几回,只有这一次是真的了,我们真的永远见不到她了,永远听不到她的唠叨,听不到她的叹息了,永永远远。

从今以后,每次吃团圆饭的时候,母亲的位子就是空的,就只有一张空空的凳子,一双瘦瘦的筷子和一只冷冷的碗。虽然以前每逢这种时候,母亲也很少到桌边来同我们一起吃饭,她总是为我们忙这忙那,可那时我们还能见到她的笑脸,她苦中有乐的满足和偶尔进出厨房与餐桌的身影。

母亲啊,从今以后,这种时候不会再有,这样美好的时光不再回来。我们再也见不到最最辛劳最最敬爱的母亲了。

从今以后,父亲要叫一声"老姐妹"的机会没有了。

从今以后,儿女们要叫一声"母亲"的机会没有了。我每次回来,站在门口满脸含笑的母亲不见了,后来病重了、躺在床上仍然叨念着儿女们的母亲不见了。

从今以后,孙儿孙女们要叫一声"奶奶"的机会没有了。

从今以后，外甥们要叫一声"外婆"的机会没有了。

从今以后，那些叫着"姑妈"、"姨妈"的表兄表妹们只能回忆母亲的音容笑貌，只能慢慢感受着母亲曾经给予的关爱和操心。

从今以后，左邻右舍再也见不到那个慈祥善良、总是露着谦和的笑的老人了。

母亲走了，却将无穷的哀思留给了我们。

母亲啊，今天你就要彻底告别我们了，我知道你还有许多话没有说，知道你还有许多话没有讲，知道你还有许多心事埋在肚里，那么，我最后一次求求你，求求你托一个梦给我们吧。让我们在梦里继续看着你，听你说，听你讲，听你唠叨。让我们在梦里好好地说说话，我们平时都说太忙太忙，都没有认真地听你说得太多，那么这一回补回来，我们好好聊聊，好吗？

母亲，我苦命的母亲，我争气的母亲，而今你就要上路了，千言万语，万语千言汇成一句话：娘啊，你慢慢走，出门记得带一把雨伞，天冷记得多加件衣服。你有风湿病，不要再下冷水了。你要吃好、穿好、睡好，开开心心地过好每一天。你慈爱的照片将会永远挂在我们的墙头，我们仍然会跟你说话、谈心。每年的清明节，无论路多远，事多忙，回来多艰难，我们都会赶到你的坟前，到那时你就变成一只蝴蝶或者一股清烟，静静地望着我们为你烧香化钱……你收到我们的钱就求求你不要再省了，你要大大方方、痛痛快快地花，花光了，我们会定期寄更多的钱来，我的母亲啊！

母亲啊，你一定知道，你的子孙会永远铭记你的恩典！

安息吧，我最亲最爱的慈母！

安息吧，我永生永世都爱不够的母亲！

第二辑　风景风物

　　那些童年的民谣、竹刀和背篓，那条通往竹山小学的羊肠小道、透明的池塘、天空和稻花飘香的雏梦，那些永无止尽的农活，不说话的月亮与挂在柴门上的缺齿的镰刀都真切地留下了我的呼吸、渴望和声音。我永远不会忘记大哥早逝后家里人没有告诉我，而我从他留给我的薄薄的手表中看见他那凄迷的笑容和我永远擦不干的烫人的眼泪。

我记得，我感动，我爱

那一年的春天来得格外迟缓，虽是农历二月十四日，天空却依然布满愁云，这样的背景注定我一经诞生就要承受生命的苦难。

老实巴交的父亲替我取了一个女性的名字：陈庆云。这个名字一直沿用二十年，它忠实地记录了我走过人生最初的历程。那些童年的民谣、竹刀和背篓，那条通往竹山小学的羊肠小道、透明的池塘、天空和稻花飘香的雏梦，那些永无止尽的农活，不说话的月亮与挂在柴门上的缺齿的镰刀都真切地留下了我的呼吸、渴望和声音。我永远不会忘记大哥陈和清英年早逝（祝他安息！）后家里为了不影响我高考居然没有告诉我，甚至当我回家询问大哥哪里去时家里人还隐瞒说去外面打工了。而我从父母那消瘦憔悴的面容和欲言又止的叹息里知道了大哥临死前还希望能够见我一面，我从他留给我的薄薄的手表中看见他那凄迷的笑容和我永远擦不干的烫人的眼泪。

高考的失望是令人难忘的，1984年9月的某天，我怀着一腔柔情离开了生育我养育我十八年的那片不老的故土。我记得邵阳卫校那褐红色的瓦棱上总有一排排白鸽美丽地站在那里牵住我的视线，蓝色的实验楼，一群群穿着白大褂的天使出没其间。第一次解剖课我用镊子将一颗死亡了的心脏夹起又放下，放下又夹起，强烈的福尔马林味使我的胃肠道产生一阵阵痉挛，对生与死的理解使我想起手术刀上的一滴滴鲜血，想起一双双无力封闭的眼睛以及蝴蝶一般从我身边飞过去的护士小姐,想起每天晚上与一个又一个纯情少女在梧桐树影下谈风谈雨谈比希望更辉煌的遥远的理想。我的思维在正午的阳光下一次次曝晒。我学会了观察与思考,尽管是那么幼稚。

1987年的秋天尽是雨。作为优秀生,我理应留衡阳市工作,却被分配到一家区医院做检验士。那真是一个鬼打人的地方。滚滚黄土、模糊的天空、打滑的车轮、死一般寂静和猝然迸出的喊叫与我想象中的白云、河水、小桥和院落形成强烈的反差,没有电影、电视和流行音乐,只有病人的呻吟像孤独的刀片一次次深入我的灵魂。

我记得那时的风总是在夜深人静的时候从窗外的树桠上缓缓升起。我不是一个称职的医生,我很想远远地逃离像冷漠的机器人一样监护我的显微镜。微观世界的孤寂和宏观世界的喧哗使我创作的触须伸入到每一个角落。我并不想证明自己在每一个文体上都有一种征服的本领,也不是要显示什么流水一样的才华,之所以这么做是因为我只想顺乎自然,想写什么就写什么。在小说沉重的压迫下,小家子的散文像轻音乐一样使我得到了很好的休息,而爱情篇使我干渴的生活涂上了一层玫瑰红。时至今日,我从未体验过爱情的欢乐却写出了优美的爱情诗篇,因而一定意义上,写作成了类似望梅止渴式的对生活的补偿。

命运的转折并不是一夜之间的事情。1989年去鲁迅文学院脱产学习仅仅是一次难得的机会。我背着简单的行囊操着生硬的普通话走进了北京十里堡。我是进修班中去的最早的一个。其时研究生班已经开课,当中的大腕儿如莫言、洪峰、肖亦农、余华、刘震云们均光芒冲天,又神秘又高贵又平凡。我房间里有编辑李延青和散文家李永全,我们相处得十分友好和亲密。然而好景不长。一场风雨突然降临,那些哥们好友一个个如惊弓之鸟神秘地消失。我在方便面加咸榨菜中度过了一个又一个无梦开放的暗淡之日。那些冰棱上的阳光、妩媚的月夜、火锅和不成熟的萨克斯管的声音都伴随着车轮的滚动而烟飞云散。有同学曾把日历牌挂在墙上，过一天撕去一张，后来他来不及撕就走了，我将剩下的日历一张张撕去坐在无人的门槛上放声大哭。我是真诚的，为自己感动。

鲁院的生活像三月的花一下子凋谢了，留下的不是沉重的压抑而是千金难买的再一次拼搏。去复旦大学作家班前家人无论如何不让我去，当时我已患上甲肝，而上海甲肝流行举国震惊，我此去岂不自投罗网？瓦雷里说：起风了，只有试着活下去一条路。是的，我别无选择。在归阳邮电所我给一个朋友挂了一个电话，请他转告我的家里，我去了。走出电话亭，望着盛大的天空和天空下一根细细的电线杆上固执地站着的一只小小鸟，那一刻，我想哭但终究没有哭出来。在衡阳，我身上仅有的二百块钱被小偷扒去，幸好车票已买。我奔上东去的列车，在朦朦细雨中我凝视车窗上缓缓流动的雨水，一种踏空的绝望从我心底直逼指尖。

在复旦，捉襟见肘的生活我是领教过了。为生活所逼，我什么都写。在那些金属般的日子里，我像一个孤独症患者把自己封闭在迷宫一样的文科图书馆里，我只有通过看书和写作来平衡由霓虹灯粉饰了的俊男靓女所带来的自卑。当病态的秋天敲打着我的窗户，当孤零零的小雨点从深夜冰凉的沥青路面上悄然地滑过去，当树枝上的鹅黄再一次被无情的寒风摘走，蓦然回首，我发现那颗像心一样燃烧的太阳在蓄满了黑夜之后已冉冉升起。

由于复旦作家班的文凭国家教委迟迟没有确定下来，我的路仍在风雨飘摇之中。我决定报考研究生。对于一个只上过理科中专且工作了几年的乡下人来说，报考文科研究生无异于痴人说梦。我记得那只颤抖的烂书包、全身作响的破单车、教室和灯光以及一个个捉摸不透的笑都以令人怀疑的方式阴影般包围着我。求学的生活是沉闷的，也是苦涩和艰辛的。一切从头来，最可怕的是外语，它冷酷地设置了一道又一道难以逾越的障碍。时间像涂了奶油的蛋糕被无形的刀一块块切走。留给我的极为有限。我制订了一个令人望而生畏的计划强迫自己以一当十，有同学说我"恐怖得很"，我只能苦涩地笑笑。要在半年之内修完并掌握大学本科四年的教程，我只有用大学优秀生的八倍努力来实现自己既定的目标。

我记得复旦的天空有着奔马一样的浮云。那些亲切的铃声、无语的鲜花、散发着青春朝气的阶梯教室、月夜的草坪、情人的呢喃、劲歌汹涌的舞厅以及生活中与我无关的或大或小的新闻事件在那一段时间是无法敲响我的耳膜的。我的"三点一线"是寝室—食堂—图书馆，后来将"食堂"轻巧地抹去，变成"寝室—图书馆"，简单明了，直截了当。我将面包或饼干夹在书包里带进了图书馆。在那里我进行一场智力和体力、意志和信心的苦战，我担心自己在接近终点的前一刻倒下，幸而从泥田里滚爬、受风雨锻打过的瘦小的躯体尽是硬梆梆的骨头，身上每一块微小的肌肉都能迸发出一股力量一声喊叫一团火花。

我记得临上考场的那天灰蒙蒙的带着不详的预感，我吃了一包方便面竟没尝出太咸的味道，结果，在考试铃响的前一刻我匆匆买来一罐茶，考试时我不停地喝水，老师连续给我加了三次水陪我上了四趟厕所，还以为是紧张所致劝我放松一下不要把希望抱得太大，说得我差点大哭一场，我真想撒手而去，因为我已经竭尽所能。我命该如此，我无法同主宰我命运的上帝抗争。然而，一想到此一去那些跳动的文字、划破的血管、落寞的白天与夜晚都会随着我的失败而给别人留下笑料给自己留下耻辱的伤口，我咬着牙坚持下去。一个月后的某天，我被告知总分已超过录取分数线，单科成绩也全部达标，但我并没有半点狂喜，因为有人告诉我研究生的录取与大学生的录取有很大的不同。果然，我没有接到复旦大学的复试通知，后来费了九牛二虎之力自己联系到了湘潭大学并被顺利录取。而湘大刚一录取，上海一名牌高校也毅然决然地录取了我。只是，我从上海返回湘大索取档案时，我真不知说什么好！我终于留在了湘大，在校园后面的小山上，我一个人痛痛快快地哭了一场。

我记得我是退着身子从复旦大学的校门一步一步走出来的，这个学校究竟有多大我根本不知道。临走的前一夜下着的小雨似乎昭示我的留恋。我孤身一人穿过霓灯光，在校园里徘徊，每块石子每片树叶都能勾起我对逝去的日子亲切而忧伤的回忆。我抚着一丛湿漉漉的花瓣像抚着自己流泪的脸孔。那些成双成对的傲然而去的男女，那个看了一届又一届从没有人寄明信片的守门的老头，那间贮藏着数以万计的文章包括发表我作品的报刊阅览室在黑暗的包围下独自守望着自己的世界，他们不知道有一个孤瘦的湖南小青年正在雨帘中凝望他们，满怀深情，依依不舍。我记得那时的心里正洋溢着一股浪漫主义的忧伤情调，以至我走到一个摄影门旁，见上面写有"美的一瞬，一瞬的美"竟产生强烈的震动。我终于打消了留影的念头，于次日清晨在几声鸽哨中悄没声息地离开了上海。火车开动的那一刹那，我没忘记摇动手臂，尽管谁也没来送我，两行滚烫的热泪模糊了我的视线……

啊，这一切，多少深情！多少感谢！多少爱！我记得，我全记得啊！

生命中的沉重

人的一生要经历许多磨难，每一次都是对生命承受力最严峻的考验，是生命中的沉重最切实的表现，生离死别，疾病与灾难，乃至事业受挫、爱情失败、工作不顺，等等，都使生命变得沉重。

但我在这里讲述的却是另一种沉重，这种沉重有些伤感，有些美丽，蓄满沉甸甸的爱。

在浏阳的一个大山沟里，有十三个孤儿靠村民们的资助健康地成长，又是"希望工程"使他们得以上学。他们都是不到十岁的孩子，是苦难使得他们早熟起来。他们懂得了感恩和报答。

于是，在1996的春节联欢晚会颁奖晚会上，我们看到了这个感人肺腑的特写镜头：一个皱巴巴的布包裹，里面是几捆卷了角的纸币。面值最大的是五分，最小的是一分，总共有四十多元人民币。爱笑的主持人倪萍在念孩子们写来的信时，她边念边哽咽，终至泪流满面。

当时我也流泪了，这些可怜、幸运而又善良的孩子们，他们还没能看上电视。可他们为了这个伟大的心愿，他们去拾破烂、卖冰棍一分一厘地积攒。他们的脸上布满了汗渍，手上沾满了灰尘，眼里放射出固执的光芒。他们在做这件事时，心情特别舒畅，虽苦犹甜。他们把每天挣来的钱合在一起，将一分、两分或者五分的钱币分类后用小小的橡皮筋捆好。他们将硬币全部换成纸币，这样便于邮寄。他们也曾打算将碎纸币换成面额大的，可没有人接受兑换，是呀。这几分几角钱实在太不起眼了。孩子们不愿再麻烦别人，就把生活的原始状态原原本本寄给有缘分的叔叔、伯伯、阿姨们。

孩子们万万没有想到，他们的行为不仅感动了倪萍阿姨，而且感动了所有的观众，并且，在大家心中留下了一份沉重和亮丽。记得当晚，我在日记本上写下这样一行字："孩子的爱比天空更大。"

由此，我想起了另外一个故事。我的一个中学同学在乡下某小学当老师。他为人憨厚，不善言辞，以致三十二岁尚未成家，去年经人介绍，他好歹与一个农村女青年确立了恋爱关系。可是交往不久，那女青年发现他太吝啬，看电视、吃饭的钱竟要她掏，她一气之下与他断交了。春节后不久，我的同学突然死于车祸，那女青年去送葬，才知道他是在向远在甘肃某山沟一个从未见过面的孩子寄钱时被车子撞死的。也就在这时，女青年得知他已连续五年向这个孩子寄钱了，不多，每个月三十元，供他读书。我的同学是从县妇联与县团委联名发出的"1+1结对助学"倡议后选中这个孩子的。女青年了解这些后，眼圈红了。回去后，她决定以我同学的姓名继续寄钱资助这个孩子，直至高中毕业。至今，她已寄了两个月了，远方的孩子压根就不知道"叔叔"早已不在人间了。

这是一个个平凡人所做的一件件平凡事，可我感受了一种沉重，一种压迫胸口的沉重。这种沉重令人回味，催人奋发，给人以力量和信心。我还听说一个故事：一个身患血癌的花朵般的少年住进了医院，少年的病情经新闻媒体宣传后，引起了全国人民的关注，短短两个月，接到各类捐钱捐物折价达二百余万元。但无情的病魔还是夺去了少年的生命。悲痛欲绝的父母尽管为了治疗孩子的病已倾家荡产，但孩子悄然离去后，他们仍然毫不犹豫地把所有的捐款一分不动全部捐献给了国家。

这就是中国普通老百姓！他们把苦难和痛苦留给自己，把幸福和快乐送给别人。他们说不出很多的道理，可他们做得是那么平静而坦然。他们使生活增加了亮色，同时使生活变得沉重。我们感受了这种沉重，感受了剥去铜臭、涨满大写之爱的沉重，感受了这种沉重像埋在地下的陈年老酒那样，时间越长，散发的气味越芬芳……

生命中的闪光

一个人的一生要经历许许多多的事情。在这些数不胜数的事情中,能够在记忆深处留下来的却是那么的少。然而,正是这经过时间淘汰留下来的很少的记忆贯穿了生命的全过程。这些小小的闪光点一旦经历就永远不忘。不仅如此,而且随着年岁的增长,这些小小的闪光点经过一次次回忆和"发酵",它的闪光越来越亮而最终成为生命中的火炬,给人以温暖和信心。

我记得二十年前的一个漆黑之夜,因父亲突然患病,当时不到十岁的我应母亲之命去五公里外的山沟里去请一名乡村医生。那是一条充满泥泞的小山路。由于出门太急,我忘记给马灯加油,结果走到另一座小山头时,灯完全熄下来。当时四周伸手不见五指,尽管我熟悉这条山路但不敢轻易迈步,唯恐一脚不慎摔下山沟。我感觉一团一团的黑影扑面而来,有关鬼怪的故事毛骨悚然地向我逼近。一阵风吹过,山上发出"沙沙"的响声,我仿佛看到了青面獠牙的鬼怪在我身边舞动起来。我尖叫一声,终于哭了。

就在这时,我看到了一点火光。那火光虽很微弱但已经在前面晃动起来。我放声大喊,并慢慢向前面挪移。那火光愈来愈亮,我同时听到了匆匆的脚步声。很快,我看见一个提着马灯的中年人迎面向我走来。我站在路中央,但很失望,我不认得这个中年人,就在我怔怔地看着他时,中年人已一言不发从我身边走了过来。

黑暗和恐惧重新包围我。眼见中年人越走越远,我忍不住又大哭起来。

不知是听到了我的哭声还是突然想起了什么，那个中年人又提着马灯匆匆走了回来。我一直没有说话,我看见他头顶尽是汗，猜想他一定有很急的事情。他拿起我的马灯摇了摇，又摇了摇自己的马灯，然后将灯芯扭长，灯光顿时大亮。他拧开我的马灯油盖，把他马灯里本已不多的油差不多全加进了我的马灯，并用火柴把我的灯点亮，然后把自己的灯控制成豆点大。他摸了摸我的头，转身走了。

许多年后，这件小事都无法从我心头抹去。每一次想起，我都倍感温馨和亲切，直到今天我还不明白，那个中年人为什么不说话，兴许是个哑巴？每当我这么想时，另一件小事又撞进了我的心底。

那是多年前的一个炎热的夏天，我回家探亲。当行至小镇通向我家里的乡村公路时，我发现前面有一个拄着拐棍的盲人。他一边走，一边用拐棍探测着路面。尽管如此，他还是一脚踏进了一个凹进地面较深的土坑，他立即摔倒在公路上。他爬起来后，拍了拍灰尘，然后用手摸了摸土坑。紧接着，他几乎是半跪在周围几米远的地方寻找着石头和土块。他还脱下穿在身上的唯一的汗衫。用它来包石头和土块。他一丝不苟地往土坑填着碎石和土块。太阳十分的毒辣，地面几乎要冒烟。我经过盲人身边的时候，发现他的脸是紫黑色的，全是汗。我好生感动，赶紧从四周找来几块大石头，帮他把土坑填平。临走，他竟冲我一笑，说："谢谢您！"我顿时愣了，究竟是我该谢他还是他来谢我？那一刻，盲人那紫黑色的脸和脸上大颗大颗的汗珠已深深地留在了我的记忆中。

生命中不时有闪光的地方，它需要我们去发现和收藏。更多的时候，我们浮在生活的表面，很少对某些感人的小事进行一番思考。而实际上，只要你真心热爱生活，全身心地投入进去，你就会发现许多小事像珠宝一样沉重。

前些日子,一个乡下朋友向我讲过这样一件小事:去年秋天,他们村有一个高考落榜的中学生特别绝望,想自杀。但这个中学生连续三次去山后水库都发现隔壁村子的一个六十多岁的老头坐在堤坝上。起初,这个中学生不明白为何这么巧,每次都发现这老头一声不吭坐在堤坝上。后来一打听才知道,这善良的老头是特地为这个中学生驱赶死亡的。因为两年前,他的孩子因高考落榜而自杀在这个水库里。

朋友说这个故事时用的是轻描淡写的口气,而我却一下子被故事所辐射的力量攫住了。我觉得好美,美得有些失真,美得有些沉重。我确信那个老头并不知道中学生想自杀,但他连续半个月坐在水库堤坝上,自忖守在那里总比不守在那里要强。是生活促使他这么做的。他并不需要谁对他感恩,他这样做,纯粹是出于一种善良的本能。

因此,当我们感受黑暗的时候,当我们抱怨没有温暖的时候,当我们说生活没劲的时候,我们是否注意到了生活中那些动人的细节?是否充分理解了许多不能忘怀的小事所蕴含的闪光的含义?想想,我们的日子将会好过得多。

朋友的爷爷

朋友的爷爷死了，在大年初二这一天。确切地说，是年初二零点过八分。朋友说，爷爷准确地选好了自己的死亡时间。

朋友的爷爷享年七十七岁。这个岁数的人对死早有准备，尽管对生命恋恋不舍，但一旦天国的钟声敲响，他们安然撒手而去。朋友的爷爷就是如此，他死得很满足，很宁静，令晚辈们心痛并且怀念。

朋友的爷爷出身十分卑微。在那个祖祖辈辈很少有人看得见一方完整的天的穷山沟，朋友的爷爷像他的长辈们一样，流血流汗地拼命干。那里遍地是山，是光秃秃的石头，有限的土质十分贫瘠，常年干旱，有时全年颗粒无收，不少人流落他乡。朋友的爷爷以惊人的耐力、聪明和毅力，苦心经营了一个家，一个用汗水和信念浇灌的日渐发达的家。

朋友的爷爷生了三个男孩，即朋友的大叔、二叔和朋友的父亲。许是领悟了只有知识才是改变贫穷的唯一法宝之真义，朋友的爷爷以超乎常人的勇气送孩子们上学。为此，他承受的冷嘲热讽比苦难的生活本身更加令人彻骨痛心。但他用粗糙的甚至开了无数裂缝的蒲扇般的大手紧紧抓住了心中的信念。他的执着贯穿了他劳作的全过程。

朋友的两位叔叔和朋友的父亲没有让朋友的爷爷失望。他们一个个成才，相继走出大山，在山外的世界大显身手。

苦尽甘来使朋友的爷爷长长地舒了一口气。

1983年秋天的一个早晨,朋友的奶奶来不及向子孙们一一告别,就在老伴粗重的喘息中慢慢合上了眼睛。从此,朋友的爷爷独自一人守护自己侍弄了一辈子的土地和住了一辈子的土屋。朋友的两位叔叔和朋友的父亲每个月给老人十元钱,希望他的生活过得像个样子。

朋友的爷爷身体一直不错,田里的、土里的和山上的活儿全是他一个人干。他干得有条不紊,信心十足。

去年12月,他不知怎的就病了。起初以为是感冒,挺挺就能过去。但几天过后,病情加重,不得不送进医院。医生们诊断了老半天也没说出个病名来。眼看就是年关了,朋友的爷爷对晚辈们:回去吧,在医院过年不吉利。

往年,朋友的爷爷是轮着上三个儿子家过年的。这一回,他执意要回那个山沟,要在那个看不够的家静静地过年。

朋友在省城一家党报做记者,每天风风火火地忙。他的父亲打了几个电话要他快快回去,可朋友直到大年二十九才冒着风雪赶回家中。父亲告诉他:爷爷快不行了。听了这话,朋友眼前老是晃动爷爷锄禾日当午的情景。窗外的雪片被寒风吹得纷纷扬扬,一如朋友的记忆,零乱而真实。

大年三十,朋友决计去老家看望病榻上的爷爷,但父亲要他过了年才去。朋友问:如果爷爷咽气了呢?父亲没有说话,他看着朋友的眼睛,慢慢端起了桌上的酒杯,喝了长长的一口酒。那口酒他品了许多才用力咽下去。朋友把头抬向空中,极力忍住一丝酸楚。

正月初一这天,雪仍在下。吃住早饭,朋友的父亲带着他直奔那个熟悉而又陌生的穷山沟。朋友的爷爷已经不行了,他的周围全是他的子孙。朋友的父亲一去,他断断续续地吩咐说他死后要舞四条龙,因为村子里有一户人家办丧事时曾舞过三条龙,而那户人家没有一个是吃皇粮的。人要争气,他一生无论多么贫困,他都没有落在人后。朋友的爷爷说这番话时,竟有浑浊的眼泪流出。紧接着,他又交代大家,他的棺木早已亲手做好了,坟地也选好了,就埋在老伴旁边。那地方他已除去了杂草和荆棘。坟坑挖多宽多长他都划上了印记。一切按他的规定办。朋友的爷爷说完这些就休克过去了。

等了一会儿,他又慢悠悠地醒了过来,又开始说话,都是些好话和祝福话。说大家都有出息,为他们争了光。他劝大家要和气,互帮互助。他祝福子孙个个升官发财。他的声音很细,但在场者都听得入耳。

当天晚上十一点多,朋友的爷爷不再说话。朋友和他的两位叔叔、父亲都抚摸着老人,轻唤着、啜泣着。但慢慢地,朋友的爷爷的脚开始凉了,并缓缓地沿着双腿往上。忽然,朋友的爷爷说了四字"腊树叶子",声音十分清楚。朋友的父辈都明白,老人是要用腊树叶子熬成的水洗身,他像走亲戚一样,要洗得干干净净,穿得体体面面去另一个世界。

朋友听了泪如雨下。他不停地抚摸着爷爷的手心,倾听爷爷微弱的心跳。但那残酷的"凉"意以不可抗拒的力量从老人的心脏走过,从老人的手臂直至手指。老人的脸变得苍白,嘴唇上唯一的一丝红润也慢慢消失。那盏顽强的生命之灯因油尽而灭了。朋友触摸得如此真切,如水漫过头顶,彻底感受了一个寿终正寝的老人是如何走完生命的历程。

朋友的爷爷一死,他的父亲看清了老人的死亡时间,是初二零时八分。泪水不觉充满了眼眶。父亲告诉儿子,爷爷是按照自己的意念生,又是按照自己的意志死的。他不愿死在年前,因为他相信,一个人如果死在年前,那他的灵魂是要被丢进猪栏的,来世便会当牛做马。而一个人如果死在大年初一到初十五中的任何一天,那么,他的灵魂将被放进花园,来世将有享不尽的荣华富贵。为什么老人不死在大年初一？因为老人知道大年初一是一年彩数（即好坏的兆头）的基调，他不愿给晚辈们丢了彩头。

据朋友的大叔说，老人生前算过十三个八字，都说这个坎跳不过。因此，老人得知自己不行后，连续八天滴水不进。谁喂食物他骂谁，他无法指挥他的身体，他担心吃喝得多排泄得也多，既给晚辈增添麻烦，又给自己增加脏臭。而且吃了东西后，生命会延长，于人于己都不合算。既然命该如此，他就得干干净净去面对。

朋友的爷爷死得很安祥。他甚至连出殡要走哪一条山路他都精心作了安排。

"特别令我感动的是，"朋友说："在爷爷临死的前几个小时，我拿出一张面值一百元的钞票给他。他眼睛里立即发生一种柔和而欣慰的目光。他费力地将钱塞进自己的内衣口袋里，放了几次，自以为放进了口袋，其实没有。他死后沐浴时，钱从他的身上掉了下来。那一刻，我的心都快要碎了。"朋友说到这里眼圈红了。

令人吃惊的是，朋友的爷爷有一张五千多元的存折！而打从朋友的父辈给老人每月十元钱起，十三年来，老人共得三个儿子的赡养费四千六百八十元。换句话说，老人没花儿子一分钱，他全部积攒起来，并不时省吃俭用以应付各种人情费用和各类开销，且时时以一角一厘往存折上充实。直到临死，老人才拿出那个存折，同时拿出的还有一长串钥匙。打开他的柜子，老人丰富的世界尽在眼前：那穿了无数回、被碱水洗得又白又薄的短衬衣和内裤折叠得整整齐齐地放在柜子的左边，一件打满了补丁的黄棉衣仍干干净净地放在右边。各类穿过的旧衣用过的旧物有条不紊地排放着。几粒剩下的南瓜籽，用过的小瓶子、小钉子等都舍不得丢掉。老人的钥匙是勤俭持家的活教材。

朋友最后动情地说：爷爷许是知道自己将会死在寒冷的冬天，因此，他生前准备了许多干柴。村里人说，差不多有半年时间，爷爷天天上山拾柴。他把不好的柴烧了，留下的全是上好的干柴和松枝。爷爷把什么都想好了，包括他死后要停尸多少天才下葬都说得一清二楚。还有什么比这更令人心动的呢？

朋友的爷爷迎着寒风孤孤单单地走了。雪后的天空显得空寂，辽阔。一只鸟从窗前飞过，把一个老人的故事带进了霓虹世界……

邹老师

"无论你到了什么地方，你都要记得邹老师。"父亲的话总是在夜深人静的时候从我的耳边响起，令我感动和自豪。

邹老师是我中学时的语文教师，因是从新疆回来的，总是喜欢讲普通话。上课时，他格外认真，在黑板上的板书总是工工整整，一丝不苟。我作文的兴趣全来自他的鼓励。记得有一次作文，我仅仅因为开头写出得活一点，他就在全班念了这个作文的开头。这种鼓励给了我莫大的温暖和自信。

由于偏科的缘故，我头一回中考落选了。记得那是一个非常炎热的夏天，邹老师带着他的小儿子搭公共汽车到了风石堰镇，再从风石堰步行五里路来到我家。邹老师的出现给沉闷的家庭带来了活力。父亲卷起旱烟递给邹老师，可邹老师不抽烟；母亲从水缸里舀了一碗井水给他，邹老师接住喝了一半，将另一半给了他儿子喝。邹老师说，一路上他问了六七个人才找到我的家，其中有两次差点被狗咬伤。我怔怔地望着邹老师和他那个仍然在喘气、流汗的小儿子，一句话也说不出来。愣了半晌，才从门角落里拿出一把扇子给他。邹老师摇着大蒲扇，抬头打量我黑黑的家。父母有些局促，为家贫而难过。

邹老师的到来无形中提高了我家在村子里的地位，因为多年来，我家所有的亲戚朋友中没有一个能够在大热天穿袜子和凉鞋的，说得更明白一点是没有一个吃皇粮的人。虽然邹老师不是我家的亲戚或朋友，但他老远来看我，足以说明他对我的重视。

家里的油已经很少，没有一点肉类食品，母亲决意要杀一只正下蛋的大母鸡。但邹老师坚决不让，推搡了好一会，邹老师同意炒三个鸡蛋。结果，整顿饭吃完，居然还留下半个鸡蛋。邹老师父子吃得太少了。

邹老师告诉父母，说我没考上学校完全是意外，他劝我复读一次。父母望着一贫如洗的家，只顾搓手和叹息。邹老师答应帮我出一部分学费。临走，他送了两套布料，那布料许多年后我都舍不得裁剪它。

我复读的时候，邹老师要我每天早晨去他家喝一碗蛋花汤。邹老师一家并不富裕，师母没有工作，只在街上摆个小摊，他有三个小孩都在读书。可惜我当时压根没想别的，只是每天早晨照例去喝蛋花汤，吃不饱的时候还到他家去加餐。总之，我把邹老师的家当作了自己的家。再次考试，我很不争气，只考了个卫校。我羞于见老师。可邹老师找到我后，对我说："别难过，你已经跨过了一个坎。如果你有远大的目标，你就把一个个坎都跨过去。有志者，事竟成！"这话为我日后的拼搏奠定了基调。

到卫校后，邹老师仍时不时给我以经济和精神上的援助。他给我写了不少信，我把这些信件整整齐齐地叠好，用橡皮筋套住，放在抽屉里。每当我看到那堆信，就像看到了邹老师慈祥的面孔，感激之情油然而生。

邹老师发表过许多作品，他的名字叫"邹新生"，很普通的名字。

背河者

秋远了。但是他很近,默默地坐在那里,看窄窄的河道细细地流,烟斗空空,人空空。

木桥上,人匆匆来而且去。是否还有人想起他?偶尔亦还有吧?不觉眼里就有涩涩的潮湿。

夕阳温柔。此岸是丘,彼岸亦是丘。极目望去,被脚印磨光的一团团白白地耀目,此间的水路熟透了,深深浅浅,高高低低,他都有一本账。风风雨雨,他背过多少人?男的,女的,老的,少的。没有贫富与贵贱之分……渐渐,过河者都明白了规矩,过河后扔两毛钱完事,他不需要"谢谢"这类的话。

先前,他以为自己要的就是那两毛钱。

而今,他迷茫了。依然天天来,天天等,却没有人要他背。他真希望一个大黑雷将小木桥劈断,但这个想法总会令他心跳好一阵子。修桥的时候,自己不也高兴过么?

有风过来,一晃一晃从眼前迤逦而去。他收回目光,望着厚厚的手掌想一些心事。不知过了多久,忽然有人喊过河,他陡地抖了一下,以为是幻觉。第二声传来,便掀了掀眼皮。果然就有一老妪在下面向他招手。

"我要过河!"老妪盯着他,说。

他将目光转向桥头,迟迟疑疑。老妪似乎看出了什么,"那桥太窄,人又多,我从上面过有些怕,还是从你背上过去稳当……"

"那，快上吧。"他讷讷地说，很有点激动。他极力弯下腰，抑制着喘息。其实，他的背早已驼了，用不了弯腰就能上。

水好凉！

"别急，我不忙赶路。"老妪已分明感觉到他的急剧喘息，便安慰道。

他顾不上回话，每走一步都要歇一下。背上愈来愈沉重，愈来愈闷热。他暗里狠狠地骂了句自己，紧紧箍住老妪的双腿，脖子上溢出一滴一滴汗。突然，他踏入一个小凹地，身子往前一倾，差点将老妪摔下来。一阵酸楚涌向喉咙，他慌忙立住，眼前模模糊糊，摇晃不已。

定了神后继续迈步，一步一步向前。终于到岸边了，他用尽全力将老妪送上去，而自己却落进水中。老妪忙拉住了他。

"我，丢丑了。"他哭丧着脸，孩子似的说，把头埋了下去。

"不，是老了。"老妪边说边从一个布搭子里取出两块钱。

"不，不不，这钱我不能……"他推回老妪的手，不知说什么好。老妪叹了一声，看着他，意味深长地说："实话同你说吧，我几乎天天要从桥上过，天天见你盘脚坐在裸石上，我难受……你那样不是办法，你老了，干吗还老想着背河？"

不知不觉，一滴冰凉从他脸上滑下。

暮色苍茫。木桥上，一条瘦小的影子踽踽地前行。远处已有稀稀落落的火光，忽明忽暗朝犬吠的方向蜿蜒而去……

湘江情缘

不敢说,他来到这个世界就是为了看到湘江。但是,仿佛是一种命定,湘江与他缘分太深。

他曾经在一个山村度过了他的童年,草垛、水井、黄昏,再美的风景都无法掩盖他对远方的向往。

十八岁,他终于跳出农门,来到一家乡下医院工作。让他欣喜的不是工作,而是一条河,叫归阳河。那河不大,两岸烟雾弥漫,浣衣、濯足、渔船,十分悠闲。一到夏天,村民们在河里洗澡,岸上站着抱着孩子的少妇们。仿佛有一种磁力,他也纵身跳入水中。他并不知道河有多深,但他知道水有多急。几个漩涡,很快将他卷到了中心。他十分紧张、兴奋,终于筋疲力尽地游到了对岸。回到一看,自己与入水点偏离得太远。这才明白,看似平静的水,其深层的潜流巨大无比。

他不敢再往回游,只得拐了好大的弯走回家。

此后,一有空闲,他就痴痴地坐在归阳河边,朝着它的出口望去。那水仍旧细声细气地流着。夕阳西下,一点波光将他的眼角擦得发烫。

他知道,归阳河是蒸水河的支流。而蒸水河又是湘江的支流。也就从那时起,他突然有了一种冲动:去看看湘江吧,去拥抱湘江吧,那将是何等的美丽啊!

这个梦一做就是五年。

终于来到了湘江，却很震撼，很意外。

面对湘江，似乎迎面遭到一击：这，就是日思夜梦的湘江吗？这，就是"鹰击长空，鱼翔浅底"的湘江吗？湘江的水面很浑浊，像逃难老妪的双眼；湘江的气势很汹涌，像有些火气的莽汉；湘江的两岸很嘈杂，像没有规矩的集市。他怔怔地站着，脑海里迅速滚动着：那清亮亮的将湘女的柔情洗得纯而又纯的湘江哪里去了？那火辣辣地孕育了三湘大地的灵气、精气和豪气的湘江哪里去了？那文质彬彬的像月亮一样宁静、像雨季一样缠绵、像太阳一样灼热、像大海一样深沉的湘江哪里去了？难道千回回梦见的湘江就是这样子吗？难道像宝贝一样藏在心窝、舍不得拿到日光下晾晒的湘江就是这样子吗？

他有些茫然，亦有些伤感。像一个野孩子千百次地想象母亲一样，当真正看见她的时候，却是一个蓬头垢面、衣衫不整的人。他突然想哭，却又怎么也哭不出来。

就这样，他呆在湘江穿过的城市生活了五年。记不清多少回了，他从湘江大桥走来走去，车辆和人流如织，四处是灰尘，天空灰蒙蒙一片。他走着，看着越来越消瘦的湘江，像营养不良的母亲被她的孩子们一天天贪婪地吮吸着乳汁，又一天天地被忽略和遗忘。没有人注意到母亲病了，受伤了，面容憔悴了。人们随意地吐着痰，随意地扔着垃圾，随意地开采或者堵塞。湘江没有说话，却在黑夜里流泪。那泪水很浓，像他滚烫的青春的血。

他受不了，真的受不了。他要继续漂泊，朝着湘江的精神走向，朝着更加遥远的梦。

于是，1999年初夏的那个上午积满了厚厚的一层雨水，洗涤着经过十多个小时飞行后所带来的一整夜的黑暗、疲惫和劳顿。他像是一支离弓的箭被一股强力抛向了天空，像梦游一样来到了南太平洋。他被一阵诱惑的风吹到千山万水之外，在一个不属于祖国的地方，在一个不使用母语的地方，在一个所有的亲人和朋友都看不见的地方,他一声不哼地掉了下来,像一片飘向阴暗角落、没有色彩的鹅毛,或者一片从四月的树桠上飘向大海的叶片。他的昨天埋进了泥泞的沼泽地,他的光芒被青山绿水所覆盖,他的乡音匆匆淹没于波涛般扑过来的陌生语言。那些扭动的音符,同事的笑脸,父母的叮嘱,一刻之间像被一场大风刮走一样,消失得无影无踪。他所紧握的只有乡音,他所保存的只有心愿,他所拥有的只有回忆,可这回忆本身都像发炎的伤口逃避盐粒一样地逃避。他的喘息,他的梦呓,他如火的孤独使异国他乡的落寞情绪更加清新和无助。

那是一个很小的国家,尽管四周是海,是有着梦中的湘江一样的纯粹与碧蓝,有一尘不染的天空和美丽如画的城市。他居住下来,有了绿卡,有了车子、房子,有了许多人钦慕的东西,可他的心里总是空荡荡的。有一份牵挂,来自骨子里,夜半三更,一触就痛——

  不要把故乡这个高贵的名字
  给予我们居住的国家:
  真正的故乡在我们心里,
  她不会被压迫,也不会被偷走。

这是一个叫金·克尔罗的斯洛伐克的诗人写的。他反复读着,每读一遍就增加一份沉重。他知道,他的故乡在中国。他不可抑制地思念起湘江来。

啊,湘江!你头上的月亮还是那么圆、那么亮吗?你的牛羊、草垛和井水还是去时的模样吗?偶尔,你是否还能记起,与你厮守了五年的那个瘦瘦的戴着眼镜的游子?

那些日子,他突然明白为什么孤独,他突然明白为什么会泪流满面!外国就是外国,无论别人的洋房有多好,自己宁愿住在家乡的泥瓦房；无论别人的汽车有多漂亮，自己宁愿穿着布鞋，悠悠行走在乡间小道上；无论别人的环境有多优雅，他宁愿躬身于田垄，让烈日、蚊虫、臭汗缠绕着思念的手臂。他知道自己迟早是要回去的。在梦里，他不知道回去多少回了。

而今，他终于回来了。抵达长沙的第一天，他就骑着单车来到湘江。正如早已想见的，湘江仍然清瘦，仍然忧郁而深沉。可是，就像对待自己的母亲，谁会因为她的贫穷、她的面容而抛弃她吗？她受伤、她有些脏，如果你爱她，就应该守在她身边，好好地守护她，精心地打扮她，满心满意地善待她啊。

于是，他决定依江而居，扎下根来。每天看着湘江，日出日落，满足而平静。

雪峰山上的古松

我住在这个山顶上,每天过着没有变化的日子,孤独而无聊。我不知道呆在这个地方多长时间了,也许有一百多年了,或者更长吧。我伤痕累累,饱经风霜。我的身子有些不行了,关节不听使唤,头发全掉了。可总有一些细小的枝叶从脚下长出,证明我的存在。人们便说我有顽强的生命力。一些游客还把我当作背景,进行拍照。我不在乎,我总是静静地看着眼前的一切。有时也将目光投向莽莽苍苍的山脚下。那里一片云烟,像板结的帆布,看不到尽头,看得我直发慌。因此,在心灰意懒的时候,我脑袋里经常空荡荡的,眼睛不看什么,心里也不想什么,任由时间如水一样地流去。

但是,我知道,我不能如此这般地过着糊涂日子。既然活着,就该过好每一天。我盼望有些变化。尽管我觉得自己的盼望有些渺茫。但我还是盼望着,越来越强烈地盼望着。

早晨太阳还没有出来,我就被一阵冷风吹醒。一种奇怪的声音从远远的地方传来。我探出光秃秃的头,将布满皱纹的眼睛打开。

距我不远的地方有一户人家。我很熟悉这户人家,每天看着他们怎样过日子,有些意思。那男的大约五十来岁,背有一点驼了,很少在家,听说他在有夜郎国之称的新晃县城做泥工,一年难得回来几次。女的倒是年轻一些,有些风情,看起来不到四十岁的样子。他们有一个女儿,居然水灵灵的,长长的头发乌黑发亮,眼睛大大的,真是漂亮。他们的房子是石头砌成的,很矮,拢共三间。房子前面有一圈小小的篱笆,似乎要把春色和暮色挡开。一条老黄狗白天黑夜地坐在柴门前,很忠诚地看守着什么。它甚至很少看我一眼。

一条马路就从这户人家门前绕过。常常是天一放亮,就有各种车辆像乌龟一样爬行着,慢慢过去。女户主挺能干,她弄了一个修理店,主要是给车辆加油加水,给车轮打气。没事的时候,她就到屋后的山上,把树上的果子摘下来,摆在门前,供人品尝或做买卖。唯一的女儿很是乖巧,在家的时候,总是捧着书本,看得眼睛变成了近视。

也不知是从哪一天起,这个很乖巧的女儿就很少见到她了。后来才知道考上了大学。真是了不起。女户主跟过往的司机说,女儿第一次赴长沙读书,临行前要去新晃看一下父亲。她搭了一辆顺风车,在雪峰山盘旋,没过多久,就头晕脑旋,最后还呕吐了,心也跳到喉咙眼里去了。寒假回家的时候,她只好改坐火车,父亲让她去他那里拿点钱。女儿很听话,新晃是个小站,很多火车不停,她只得坐车出省到贵州玉屏车站下车,然后再转坐汽车回新晃。回到雪峰山的家时,又吐得一塌糊涂。女儿哭了,说再也不愿回家。女户主说起这些,很平静,但每一个司机听了都摇头叹息。

果真,第二个学期开始,那个很乖巧且漂亮的女孩再也没有回到山上的家。女户主独自经营着自己的店子,跟老黄狗厮守一起……

那种奇怪的声音越来越近,我抬头望去。但见弯弯曲曲的山路上,正颠簸着,开来一辆军用吉普和一辆高级轿车。车子快到山顶的时候,停了下来,从两辆车里走出几个人。他们一边走,一边比划着,大声讨论着什么,走走停停,似乎要搞什大名堂。当来到女户主的房门前,他们喘着气,看了看,不再前行。

女户主麻利地搬出几条木板凳,随即拿着橘子和苹果招待他们,还很客气地聊着什么,不时露出妩媚的笑脸。

老黄狗摇着尾巴,跟在女主人的屁股后面,很热情地舔着舌头。看来,这家伙其实也很寂寞,也盼望有人来弄点热闹呢。

说真的,我见过的人太多了。凭着经验,我就知道,这一群人不同寻常。为首的是一个长者,肯定是个大官。他看了看雪峰山脚下,又看了看身边的女户主,叹着气,像是对自己,又像是对大伙,说:"'雪峰山,山连山,三百三十一道弯,道道都是鬼门关。'真是如此啊。"停了一下,这位长者又感慨道:"六十多年前,雪峰天险挡住了侵华日军最后的脚步;几十年后,雪峰天险却成了阻碍我省邵阳、怀化等湘西南地区经济发展的最大障碍。"

当他说这番话的时候,女户主似乎意识到什么,眼睛里放出明亮的光芒。她提高声音问长者:"听说你们要修一条高速公路?是真的吗?并且这条高速公路是以隧道的方式,穿越雪峰山?是真的吗?"

长者肯定地点点头。

"啊?太好了!"女户主几乎惊叫起来。"到目前为止,从邵阳到怀化,只能经过我家门前的这条山路。你们知道吗,这段山路每年要发生大小交通事故八百多起,死亡近五十人。太多的血泪,太多的心痛,都让我有些窒息了。"

长者听后露出一脸的同情。但他又说:"可是,修一条高速公路可不容易哟。"

旁边一个中年人,好像是个专家,他见女户主有些发懵,便以十分专业的口吻补充道:"告诉你吧,修建邵阳到怀化的高速公路要横穿雪峰山,跨越资水、沅水两大水系,需架特大桥、高架桥等各式桥梁199座，单幅长度共计71.619公里；开通隧道15座，单洞累计长度30.256公里。其中，雪峰山隧道长6.95公里，是交通部已批复的国内最长的高速公路隧道。"

"啊？"女户主轻轻地叫了一声。

长者看了看雪峰山下的云雾，然后朝女户主和大伙一挥手，朗声道："虽然很不容易，但这条路修得值啊。邵怀高速公路和怀新高速公路一旦建成，就会把湘西南边陲之城怀化纳入一个现在国际上流行的'半日（四小时）经济圈'，即湖南省'半日经济圈'。也就是说，这两条高速公路修好以后，从怀化到省会长沙只需四个多小时。这样，将大大加强邵阳、怀化两市与祖国东部城市人流、物流、信息流的联系，降低运营成本，提高运输效率，使湖南的经济实现新的腾飞啊。"

女户主一脸兴奋，不停地招呼大伙吃水果。她是不是思量着：如果山脚下的高速公路修好了，她就可以随时下山去，跟丈夫团聚，跟女儿团圆了？

临走前，长者又微笑着，意味深长地对女户主说："320国道雪峰山段平均每日的车流量仍达到四千台次。不过，在邵怀高速公路全线通车后，这条抗战时期以来的'生命线'将会变得沉寂。到时候，你的这个店子恐怕就没有生意啰，要关门大吉呢。你舍得吗？"

"有什么舍不得？我可以到山脚下开一个更大的修理店啊！"女户主大声说。

大家都开心地笑了起来。

像一阵暖风，这些人很快就走了。雪峰山顶又归于寂静。我静静地看着这一幕，竟是有些感动了：女户主望着长者瘦高的背影，久久地望着，有些发痴，有些发呆。风乍起，吹皱了寂寞，吹乱了春水。薄薄的云雾，梦境一样的对话，望眼欲穿，镜子般的画面，在我的心头，好似轻抚管弦，氤氲着，漫溢着，充盈着原以为苍老的我，竟然涌起发烫的情愫，竟然也着魔般企盼那一天的快快到来！

断墙，野草，黄狗。远处的汽笛频频拉响……

湘江之上，麓山之下
——湖南大学寻魂

一、引子

这是一座没有围墙的大学，可它有着森林般环绕的手臂。

智者乐山，它就枕着一脉青山；仁者乐水，它就踩着一波碧水。山在头上，昭示山外有山，它便永远保持谦卑宽容的心态；水在脚下，彰显流水不腐，它便永远保持吐故纳新的活力。

这座坐落在湘江之上、麓山之下的大学，总是让我心存敬畏。我担心自己浅薄，无法感知它的魅力。我写过无数的文字，可我的笔总是不敢触及这块心灵深处最柔嫩的部位。每次开车去中南大学，都要经过这里。在东方红广场，凝望毛泽东的雕像，我的心中发热。我将车速放慢，似乎不愿惊扰什么。

我常常想，在中国，没有围墙的大学是很少见的，湖大因此被评为最具个性的大学。可是，仅仅有个性是不够的。重要的是，要有魅力，有精神，有魂魄。

那么，湖南大学的魂魄又是什么？

在我看来，岳麓书院即为其魂也。魂之所系者，皆人之精气所凝结。书院傍岳麓，是书院之福；岳麓有书院，是岳麓之幸。岳麓书院安于湖大之体，兼及湘江之灵，此为湖大之心脏、之魂魄也。

二、忠诚

　　眼睛是心灵之窗；
　　校训是大学之镜。
　　走进岳麓书院，抬眼就能看见"忠孝廉节，整齐严肃"八个大字。据悉前四个字系朱熹先生在乾道三年（1167）所书写；后四个字为1757年担任岳麓书院山长的欧阳正焕所亲题。1827年，时任岳麓书院山长的欧阳厚均将两者合到一起，刊立成碑，置放在岳麓书院讲堂两侧，以示警醒。
　　这八个大字，曾很长时间成为湖大的校训。而被八个大字熏陶的仁人志士何止千千万万！
　　不妨来看看"人生自古谁无死，留得丹心照汗青"的文天祥吧。他的老师欧阳守道于宝祐元年（1253）任岳麓书院副山长，次年，欧阳守道把岳麓书院的授业知识带回吉安白鹭洲书院，文天祥皈依门下，两年后考中状元。
　　文天祥二十岁考中状元，其时已到南宋末期，状元公的头衔并未给他带来多少声名。此时，父亲突然病故，他不得不在家守丧三年。等到开庆元年（1259），朝廷循例对这位前科状元任命官职之时，元兵已分三路大举南侵，在南宋朝廷主战主和的争论之中，他因官职卑微而人微言轻。咸淳九年（1273）到长沙，出任提刑一职，主管司法。文天祥到达长沙的第二天，他就来到岳麓书院，凝视"忠孝廉节"，久久不去。
　　文天祥后来做了丞相，但故国已经沉沦，皇帝已经被囚，国已不国，此时所谓的"忠君"仅仅是一个符号。但他不投降，为的是一种"法天地之不息"的信仰。
　　有意思的是，文天祥有个弟弟，叫文璧，也是个读书人。文璧投降了，文天祥竟然表示理解。他说，我们兄弟两人，一个尽忠，一个尽孝,不过是各尽其职。他知道,尽忠固然要掉脑袋,但弟弟活着也并不轻松。事实上,正是因为有了文璧的归顺,文氏家族才避免满门抄斩的厄运;或者更准确地说,正是因为文璧的投降,才很大程度上减轻了文天祥对家族和亲人的自责感,使得他可以义无反顾地去死。可以想象,在以后的日子里,文璧将如何在哥哥的万丈光芒下委琐地活着。文天祥对软骨头的弟弟表示了宽恕和理解,他在诗中发出叹息:"可怜骨肉相聚散,人间不满五十年。"他们兄弟俩在临刑前有一次会面,充满极强的悲剧感。两人相对无言,泪水直流。可见真正的英雄也可以有卑下的情操,只是永不被卑下的情操所屈服罢了。

更有意思的是,作为文天祥的精神对手,忽必烈迟迟不肯杀他。当时,忽必烈已经六十五岁,他的对手只有四十四岁,正当壮年。真正的对手之间却不能排除欣赏,忽必烈已经把文天祥作为一个重量级的对手来欣赏。他很想了解是什么力量把一个文弱书生塑造成为九死而未悔的勇者。文天祥坐了三年监狱,唱了一曲忠君爱国的生命绝唱。文天祥在牢狱中的日子里是否会想起岳麓书院、想起"忠孝廉节"这几个沉甸甸的大字呢?忽必烈从文天祥身上看到了汉文化的威力和魅力,他为文天祥立了一块碑——征服者为征服的对手树碑,证明他征服的至多是肉体,他无法征服的则是精神,是浩然之气节。

当然,我不敢说文天祥到了岳麓书院,就变得视死如归了;但我敢说,文天祥是得到了岳麓书院的豪情和精气;我更敢说,岳麓书院因为文天祥的到来而灵动,而旺健。

三、孝心

路漫漫其修远兮。生活中,英雄毕竟是少数。更多的时候,平凡人的平凡事,在不平凡的语境下,同样是那么真切、感人。

胡成元，这位河北正定中学校长，是湖南大学77级的学生。他是二十八岁那年考上湖南大学土木系民建专业的。不料，入学三个月后，胡成元的母亲就病倒了，当时他的家里很困难，又是家里唯一的男人，所以他就有了想回到老家河北去读大学的想法，以便照顾家庭。

胡成元把自己的想法告诉了关爱他的阎世元老师。

阎世元闻悉胡成元打退堂鼓，有些吃惊。要知道，湖南大学的土木系可是国内建筑行业的"黄埔军校"呀。尤其重要的是，胡成元的高考分数虽然很高，是河北省当年的第四名，但是他没有填报重点大学的志愿，档案最先是被长沙工学院拿走的。阎世元当时受学校委派到河北招生，他与长沙工学院负责招生的老师很熟悉，就说这么高的分数可惜，经努力协商，最终被录取到湖大的。

获悉自己的真实情况后，胡成元感觉很过意不去，但为了照顾家庭，尽一份孝心，他还是再次强调了想走的意愿。阎世元见做不通工作，就向当时主管招生的校领导报告，一起做工作，劝他以学业为重。

但胡成元还是想回去。

此后不久的一天，阎世元找到胡成元，说，党委书记张健想见他，而且是在他的家里。胡成元感觉很意外，去了后，张书记还是好心劝他留下来完成学业，并说，学校考虑到他的情况，读书期间将给予特别补助，并且提出毕业后可以留校任教。可不识"好歹"的胡成元还是坚持要回去。

张健书记既惋惜，又感动，说：小胡，要不，你先回去试一试，不行的话再回湖大来。

在胡成元回到河北师范大学后半年多里，张健书记还一直通过阎世元老师与之保持联系，问寒问暖，鼓励他克服困难，努力成才。后来，又派人将他在湖大的被褥、粮油关系、户口转了过去,并继续关注他的学生、生活状况……

这个故事是胡成元先生自己讲述的。我听了觉得很感动。胡成元很幸运,他来到了岳麓山下的这所大学,三个月时间不长,可这里的一切足以让他受用一生。

四、豪情

"自信人生二百年,会当击水三千里。"这是湖大的豪情。这豪情是从一代伟人毛泽东那里得来的。

张爱玲说,因为懂得,所以慈悲。是的,因为懂得生命的可贵,所以心怀仁爱,胸藏悲悯;因为懂得信仰的可贵,所以关键时刻,慨然赴难,杀身成仁,舍生取义。

从岳麓山下走出来的左宗棠就有着这样的豪情。二十三岁新婚日,左宗棠挥笔写道:"身无半亩,心忧天下;读破万卷,神交古人。"这气壮山河的宣言,成了他一生的写照。左宗棠晚年征战新疆,壮志仍旧激越,他带的是林则徐绘制的地图,更是林则徐的豪情相许:"苟利国家生死以,岂因祸福避趋之。"

有着同样豪情的黄兴更是"书生报国"的典范。受湖湘文化熏陶的黄兴从小就有"国家兴亡,匹夫有责"的雄心。1911年10月,在武昌搏杀的日子,黄兴还抽空瞻仰了屈原纪念馆。在战争最残酷的时候,黄兴甚至要把年仅十四岁的爱儿黄一欧带上战场,并一再鼓励他"努力杀贼"。

不久,黄兴死了,他留给子女的,是一些账单,是一笔债务,是一句遗言:"为天下苍生哭。"黄兴的父亲留给儿子的是几百亩田产,可黄兴将田产全部卖掉,将白花花的银两去筹了军火,闹了革命。现在,家徒四壁,债务累累,只剩下用过的毛笔和指挥刀了。黄一欧将父亲的笔和刀锁进墓庐。他知道,这是父亲的最爱。让它去陪伴父亲吧,要不父亲会孤独的。"上马杀贼,下马读书。"

这是黄兴的自觉追求。

惊悉黄兴归去，同为湘人的蔡锷含泪写了祭文，又写了一副感人至深的挽联："以勇健开国，而宁静持身，贯彻实行，是能创作一生者；曾送我海上，忽哭公天涯，惊起挥泪，难为卧病九州人。"

八天后，蔡锷因悲伤过度，溘然离世，年仅三十四岁。

黄兴享年四十二岁，蔡锷享年三十四岁，可他们的冲天光芒，从岳麓山，一直映照着中国的天空。例如，少怀壮志的毛泽东就追念黄兴和蔡锷，他说："湖南有黄克强，中国乃有实行的革命家。"他一生为国，并最终走上天安门城楼，完成了黄兴、蔡锷等人的遗愿，庄严豪迈地宣告："中华人民共和国成立了！"

而今，黄兴、蔡锷的坟墓就静静地落在岳麓山上，每次去岳麓山，我都会怀着崇敬的心情来到他们的墓前，倾听那永不寂寞的涛声，以及"中国人民从此站起来了"的著名乡音。岳麓山有这样的魂魄安葬于此，能不受到世人景仰吗？

五、壮美

徜徉岳麓书院、感受岳麓山和湖南大学奇山异水的过程中，我的耳边总会响起阵阵枪炮声，我的眼前总会浮现出一个个热血壮士慨然报国的身影。

不妨就来说说李芾吧。1275年4月，元军围攻长沙。潭州（长沙）军民在知州兼湖南安抚使李芾的率领下，展开了一场英勇的保卫战。数万元军兵临城下，而长沙能作战的军民只有三千人。敌我悬殊，危如垒卵，这是一场无法打赢的战争。有人劝他逃跑，李芾正色说："吾世受国恩，虽废弃中，犹思所以报者，今幸用我，我以家许国矣！"（《宋史·忠义传》）

李芾说这话的时候，展示出一种"生当为人杰，死亦为鬼雄"

的民族壮美。此时,远处的城楼上,不时传来军士巡夜的刁斗声;而在由北向南的驿道上,快马正传送着十万火急的塘报,那哒哒的马蹄声不仅使夜色惊悸不安,也足以使一个末日的王朝瑟瑟发抖。

英雄并不是天生的。李芾本来是一个文弱的儒生,但岳麓山的枫叶让他体会到生命的尊严和不屈的意义。他在城中矢尽之时,令百姓将废箭磨光,配上羽毛,用以再射;盐尽,则将库中盐席焚毁,取灰再熬,分给兵民食用;粮绝,则捕雀捉鼠充饥。有将士受伤,李芾亲自抚慰,给以医药。他日夜巡视城郭,深入兵民之中,以忠义勉励部属。元兵派人来招降,被李芾抓住,当场诛杀。

如此坚守了好几个月。援兵仍然不至,城池危在旦夕。农历除夕之日,李芾的参谋尹谷听到元兵已登城,乃积薪闭户,全家人坐在一起,举火自焚。邻居来救,只见尹谷正从容地坐于烈焰中,全家老少葬身火海。李芾闻讯赶到,以酒祭奠,哭道:"尹谷真男子也,先我就义矣!"

哭罢,李芾传令,手书"尽忠"二字为号,决心与长沙共存亡。眼看城破在即,李芾端坐熊湘阁,令部将沈忠将他的全家老少集中一起,积薪焚尸,然后自刎而死。沈忠放火焚烧熊湘阁,再回家杀了自己的妻子,然后纵身火海。

消息传出,全城军民杀身殉国者众。岳麓书院的几百学生紧随李芾,在保卫长沙的战斗中,英勇无畏,城破后,大多自杀殉国。与李芾协力围守城池的安抚使参议杨霆,善于出奇应变,奋勇守城,多次立功,城破后也跳水自尽,妻妾奔救不及,也一道殉难。长沙百姓誓死不为元军俘虏,"多举家自尽,城无虚井,缢林木者,累累相比"(《宋史·忠义传》)。

就这样,李芾把岳麓书院和长沙军民放到了一座巨大的悲剧祭坛上,用自己喷涌的热血和强悍的生命作为牺牲,祭奠那怆然傲岸的民族精神。

于是，长沙留给元军的是一座空城；

李芾留给后人的，是不朽的气节，是撼不动的民族壮美。

六、大爱

湖南大学号称千年学府，有着千年的沿因变革，更有着现代的风雨沧桑。

令湖大学子引以为豪的是，这所大学居然还是西南联大的前身。1937年11月1日，北京大学、清华大学、南开大学在岳麓山下组成了长沙临时大学，开学一个月后，日军沿长江一线步步紧逼，危及衡山湘水，师生们于1938年2月搬迁入滇，4月，改名国立西南联合大学。

西南联大在中国现代历史上写下了可歌可泣的一章，学校培养了无数的栋梁之才。例如，就在西南联大成立三年后，邓稼先考入了该校物理系。

我记得杨振宁写过一篇很感人的文章，题目叫《邓稼先》。文章说，他曾问邓稼先：中国原子弹的制造，听说没有外国人的参加，是不是这样？邓稼先这样回答：我还需要调查一下，等我调查完了以后再把结果告诉大家。

后来，杨振宁从北京到上海，有人在锦江饭店宴请他，一个服务员给他送来一封信，打开一看，是邓稼先给他的信。信上话不多，只是说："经过调查研究，中国原子弹的制造确实没有外国人参加，这个消息是准确无误的。"

看了字条后，杨振宁控制不住地眼泪直流，他是为老朋友实事求是的作风而感动。

事实上，邓稼先一直埋头于核试验，以致最终因核辐射过多，身患癌症，英年早逝！

在一次爆炸失败后，几个单位在推卸责任。为了找到真正的原因，必须有人到那颗原子弹被摔碎的地方去，找回一些重要的部件。邓稼先说："谁也别去，我进去吧。你们去了也找不到，白受污染。我做的，我知道。"

就这样，他一个人走进了那片地区，那片意味着死亡的地方。他很快找到了核弹头，用手捧着，走了出来。最后证明是降落伞的问题。就是这一次，埋下了他死于射线之下的死因。

再一次，航投试验时出现降落伞事故，原子弹坠地被摔裂。邓稼先深知危险，却一个人抢上前去把摔破的原子弹碎片拿到手里仔细检验。身为医学教授的妻子知道他"抱"了摔裂的原子弹，在邓稼先回北京时强拉他去检查，结果发现在他的小便中带有放射性物质，肝脏被损，骨髓里也侵入了放射物。

邓稼先临终前的叮咛是："不要让人家把我们落得太远……"

把邓稼先的故事写到这里，绝不是说，是因为湖南大学成就了西南联大，成就了邓稼先；也不是说邓稼先是受了湖湘文化熏陶，或者到过岳麓书院，感受了"书生报国"的凌云壮志；而是想说，中国优秀知识分子都是有着"大爱"精神和"报国"情怀。我更要说的是,邓稼先一生践行的正是湖大新的校训："实事求是,敢为人先。"这是巧合，还是缘定呢？

七、尾声

湖大的魂是历史的魂，是民族的魂，是湖湘文化的魂。湖大的魂除了一个个惊天动地的民族魂之外，还有无数的文人墨客，他们的到来无疑为岳麓书院、岳麓山乃至长沙增加了历史的厚度和文明的宽度。

例如，大诗人杜甫有感于岳麓山的秀丽和当地的繁华，即兴吟唱《清明》："著处繁华矜是日，长沙千人万人出。渡头翠柳艳明眉，争道朱蹄骄齿膝。"在韩愈和杜甫之后，诗人李白、柳宗元、刘长卿、杜牧、李商隐、杜荀鹤、欧阳修、范成大、杨万里、袁枚也纷纷赶来,"一为迁客去长沙",美丽的山水让这些文化巨匠们激动不已。一生忧郁的宋代词人戴复古,一到长沙心情就像春天般愉悦,泼墨挥毫:"长沙沙上寺,突兀古楼台;四面水光合,一边山影来。"

大词人辛弃疾三十九岁落脚长沙,是来做最高行政长官的。这是1179年(宋孝宗淳熙六年)春的事。他十分崇拜朱熹,称赞他是"历数唐尧千载下,如公仅有两三人"。

辛弃疾到长沙的第二天,先是去了城内贾谊祠凭吊,随后来到岳麓书院。因为他的铁马秋风的戍守,因为他的麓山射虎的壮举,因为他的强渡湘江的呼喊,他的人格和他的词风更加变得雄浑苍凉。他来长沙不是为了写诗作赋,而是保家卫国,他组建"飞虎军"战无不胜,令金人闻"虎"丧胆。直到晚年,当回首这段岁月时,他还感慨万千:"长恨复长恨,裁作短歌行。何人为楚舞,听我楚狂声。"他以"楚狂"自许,以做长沙人而自豪。

写到这里,我有些骄傲,为湖南有了一座苍凉的岳麓山,为岳麓山有了一座厚重的岳麓书院,为岳麓书院坐落在开放的湖南大学校院内。

水的流动,云的飘逸,无论岁月如何流逝,那些闪光的名字连同他们的魂魄总是环绕在时间的上空,永不褪色,永不沉沦。

历史翻到了今天,岳麓山,岳麓书院,湖南大学,总是频频跳动在人们的视线中。当汶川地震让谭千秋的名字定格在张开自己的双臂上时,湖南大学莘莘学子接过这位学长的接力棒,以庄严的列队迎接英雄的回归。

2008年6月4日,举世瞩目的奥运会圣火湖南长沙段的传递又在岳麓书院上方的爱晚亭拉开,这是圣火的传递,更是忠诚和大爱精神的传递。

湘江之上,麓山之下,英灵含笑,湖大有魂。

春天送走的老人

　　一天傍晚,我突然接到一条短信,是久未谋面的李岱松兄弟发来的。只知道这个成了俗家弟子的诗痴在南岳山上修炼,也时常给我发一些祝福的短信,便以为此时发来短信是有点想念友人的原故了。没料到,手机短信内容赫然竟是:"我们敬爱的德高望重的彭燕郊老师已于3月31日凌晨3点56分,在长沙湖南省中医研究院不幸逝世,享年88岁。"那一刻,我呆住了。怎么可能呢?这位老人,这位真正的诗人,这位一辈子与诗浸泡在一起的诗人怎么能说走就走呢?

　　然而,我必须接受这个事实。翌日一早,我看到《三湘都市报》用近乎整版的篇幅登载了《彭燕郊,一位真正的诗人走了》,里面还有旭东兄写的悼文《你的诗在,春天就在》和肖欣的悼文《每一个春天都将是您的归来》。这些文章情真意切,令人欲哭无泪。

　　我跟彭老的交往已有十余年的历史,最亲密的一段时间是在1996年前后,当时我在《湖南日报》工作,由于工作的关系,也由于自己爱好诗歌,我崇敬彭老和他的诗歌。第一次去彭老家是由彭老的学生张效雄带去的。彭老住在湖南省博物馆一楼一间并不宽敞的房间里,走进里面,到处是书,光线也不好,甚至有一些潮湿的感觉。我是从湘潭大学研究生毕业后才去《湖南日报》工作的,而彭老曾是湘潭大学中文系的教授。我虽然没有听过彭老讲课,但在1996年那一段日子我聆听彭老的教诲较多。有时,单位分了一些大米、植物油之类的食品，考虑到自己单身一人，没有生火做饭，我便扛到彭老家，恳求他收下。彭老也不嫌弃，笑咪咪地收下，然后与我谈诗，谈他的经历。不久，我要出版第二本诗集《因为爱你而光荣》，请彭老作序，他二话不说便答应了。他不仅认真地看了我的书稿清样，写了三千多字的序文（此序文同年在《诗刊》第11期上发表），而且指出我书稿中的一些错字、别字，还建议我不要将别人对我的评论文章附录在书的后面。我很感激彭老的认真，但很遗憾，由于虚荣心作怪，我没有听从他的建议，将评论文章仍然附录在后。彭老接到我敬送的样书后，并没有说什么，只是宽厚地笑笑。而今，当我重新翻看这本诗集的时候，不仅感到对不起彭老，对不起彭老对待诗歌的那份纯粹和神圣，自己也觉得有些别扭，有些难堪。如果没有那个附录，那将是多么干净的一部诗集啊。

1997年，我主持《湖南日报》的"湘江"文艺副刊，曾当面向他请教相关事情。彭老告诫我，一定不要将诗歌丢掉。他把自己在《光明日报》编辑副刊的故事讲给我听，让我深受启发。我也向他多次约稿，他总是欣然应允。只要是关于诗歌，只要是与诗歌相关的事情，他的字典里就没有"拒绝"二字。

1999年，我远走他乡，去新西兰留学，一去就是四年半。等我从国外归来，再次见到彭老的时候，已经是2006年的事情了。我一算，整整十年，时间过得真是快啊。我记得那次是在烈士公园旁的大融和饭店就餐，青松兄陪同著名诗人多多来长沙云游。彭老见到我的第一句话就是："你从国外回来了？"我又惊又愧，彭老居然一直惦记着我！见我有些错愕，他又说了一句："回来就好，回来就好。"好像对自己的孩子说的话，那一刻，我真的好生感动！

打那以后，不知怎的，我一直没有上门去拜访彭老，似乎有些生疏，也似乎有些不忍打扰他。我知道找他的人很多，我也经常在各种不同的诗刊、诗报或诗集中看到彭老写下的序文,有些序文长达万余字,完全就是一篇出色的诗论啊。考虑到诗集、诗论难以出版或发表,彭老就用这种方式把自己的诗观传播出来。

2006年,《芙蓉》杂志在第5期上发表了彭老的长诗《生生:多位一体》。在这首长达二千余行的诗歌中,彭老激情澎湃,把自己对生命的思考、对现实世界的关注上升到一个哲学的层面,整部诗歌凝重、大气,其表现手法甚至比许多先锋诗人还要新锐和前卫。他还在诗歌的末尾写下数百字的创作说明。我认真拜读后,当即写下《为老诗人彭燕郊叫好!》的文章,先后在《长沙晚报》和《文艺报》上发表。

最近两年,我在多个场合见到过彭老,每一次,总见他精神不错,依然是笑咪咪的儒雅。我曾跟朋友们说,彭老的心比许多后生还年轻,他一定能够活到一百岁。可天公不作美,彭老居然就这么毫无征兆地去了。

面对这样的一个老人,我不能再以"忙碌"或以种种借口来为自己的疏懈作辩护。我一定要写下一点什么,或感激,或后悔,或疼痛。

在春天,一个老人悄悄地走了。

春天送走的老人,他悄悄地走了,只将长长的诗行留了下来。

在这个老人长长的诗行里,我的天空注定会是阴雨绵绵……

种葵花的孩子

散儿是个十来岁的孩子。这种年龄的孩子有许多美丽梦想,散儿不例外,但散儿的梦想被苦难压抑得发不了芽儿。

散儿出生在一个穷山沟。五岁时,他的父亲因肺病去世。从此,散儿与瘫痪在床的母亲生活在一起。

记忆中,散儿几乎没有发现哪怕是一只陌生的鸟飞进过他的村子。散儿的天空被黛色的山峰切割成一个多角的锅底。散儿熟悉门前的石板路,熟悉篱笆、茅房、牛羊、草剁和马灯。似乎这些就是他生活的全部。

离村子二公里左右的地方有一所村小学。散儿的目光总是不由自主地投向那条羊肠小道。他常常坐在一棵美丽的枫树下,望着三三两两的小孩背着书包去上学,既羡慕,又伤心。

十来岁的孩子早就应该上学了。散儿听到有人这么说过。

散儿把牛拴在一棵树上,偷偷去小学看了看。那悠扬的铃声和琅琅的读书声强烈地走进了他的梦中。

散儿渴望得有些痛,但没有钱,三百元的学杂费他无论如何交不起。散儿把从邻家孩子借来的旧书翻了一遍又一遍。

是"希望工程"的春风吹开了散儿久违的梦想。他的名字被村里报了上去。不久,他收到了山外与他结对的频频寄来的五百元钱。他如愿以偿,背上了书包。

每天清晨,散儿从山上割回一担牛草,接着生火做饭,帮母亲煎药，做完这些，他才能上学。放学后，他还得匆匆赶回去放牛。他用一双细嫩的手支撑一个苦难的家。

散儿常常收到山外的叔叔写来的信，散儿总是把信拿到最亮的地方，一字一字念。暗淡的油灯下，散儿试着给叔叔回信，报告自己的优秀成绩。整整用了三个晚上，一封幼稚的信写成了。散儿高兴得不知所措，他跑了十公里地把信投进了乡邮政所的信箱，像放飞了一只快乐的小鸟。

山外的叔叔收到了散儿的信，很快又寄来了书包、铅笔和一百元钱。拿到这些东西，散儿哭了起来。

拿什么去报答山外叔叔呢？散儿首先想到的是他经常吃的红薯。听人说，城里人喜欢吃红薯。散儿把五个最好的红薯洗得干干净净，用手帕擦干水珠后，跑到乡邮政所去邮寄。但里面的人说，这红薯没法寄。说话的是一个扎辫子的姑娘。她望着散儿红扑扑脸上的一颗颗汗珠，一脸惋惜。

散儿垂头丧气地回到家。

可无论如何要向叔叔回报一点儿什么。散儿苦苦想了一阵子后，终于有了新的主意：种一些葵花，给叔叔寄一点自己弄的香喷喷的葵花籽去。散儿为这个美丽的想法所鼓舞。

说干就干。在山脚下一个长满野草的地方，散儿辟出一块地，种上十颗种子。

打那以后，散儿每天要到山脚下看看。有时坐下来，想想叔叔是个什么样子，又想想向日葵开了花，他感到格外温暖和兴奋。

不久，向日葵发芽了。但只长出了七蔸幼苗。不过，这于散儿已经很满足了。

散儿给向日葵锄草、浇水，每天用手去摸一摸。每到这种时刻，散儿就有歌唱的冲动。

一天傍晚，一群山羊闯进了葵花地。散儿看见后，冲过去。然而迟了，向日葵被山羊糟踢得不成样子。散儿一屁股坐下来。

风缓缓地吹,啼哭如泣。

过了一会,散儿站起来。在清理葵花地时,他忽地发现还有两蔸向日葵幸免于难。这是最边上的两蔸,瘦瘦的,长得不好。但此刻,这两蔸向日葵重新唤起了散儿的热情。

散儿把土整平,从四周拾来一把干蒺藜将两蔸向日葵圈了起来,然后撒了一泡尿,算是给向日葵施了肥。干完这些,天已经黑下来。

为了让向日葵长好,散儿捧来牛屎,盖在向日葵蔸下。他还经常为向日葵驱赶蚊虫。一句话,向日葵牵念着他整个儿心。

秋天来临的时候,向日葵结起了沉甸甸的"金盘"。一个美丽的黄昏,散儿割下了"金盘",一颗一颗地拔籽。望着一粒粒饱满的葵瓜子,散儿的心洋溢着巨大的喜悦。

葵瓜子要晒干才能炒香。散儿找来一块薄膜,把湿瓜子均匀地铺在薄膜上。秋后的阳光十分柔和,散儿跪在地上,轻轻抚摸着葵瓜子。葵瓜子晒干后,散儿把它们炒得香喷喷。他拿起一粒嗑了,味道真好。

第二天正好是星期日,散儿把炒好的葵瓜子包好,向母亲说了一声,便匆匆上路了。因路途远,到达乡邮政所时,已是中午,工作人员下班了。散儿就坐在邮政所门口慢慢等。

下午两点半,邮政所开了门。散儿看见工作人员仍是那个扎辫子的姑娘。散儿拿出那包瓜子,求姑娘把它寄给山外的叔叔。姑娘发愣了:这怎么寄呢?她想起上次寄红薯的事,感到这小家伙一定有什么秘密,就问散儿为何要寄一包瓜子,散儿结结巴巴地说起自己的故事来,姑娘的心揪紧了。她没容散儿说完,找来一块白布,缝制了一个布袋,把瓜子全部装进去,按照散儿提供的地址为他办理了邮寄手续。

走出乡邮政所大门,散儿像长了翅膀的鸟儿,急速朝家里飞去。他要找个人说说,他整个心被喜悦填满,他要让村里人分享他的喜悦……

第三辑　风雨风流

　　永古的石头，孤独的追随者和叛逆者，腾跃生命的旗手。我不敢用脆弱的生命与你一碰，可我最终会钙化成你最小的一点。我确信能融化和凝固时间的唯有你，我崇拜的歌王，永远的象征！石头的诗像埃及金字塔一样粗犷而细腻；石头的哲学像罗丹《思想家》一样古朴而宁静；石头的声音像贝多芬《命运》一样坚强而奔放。

永古的石头

一

　　石头，平静地躺在杂草丛中，清冷、粗糙，并且沉重。在风声日紧的古道，石头成为村落、田埂、墓群和大泽的一部分。

　　永古的石头，孤独的追随者和叛逆者，腾跃生命的旗手。我不敢用脆弱的生命与你一碰，可我最终会钙化成你最小的一点。我确信能融化和凝固时间的唯有你，我崇拜的歌王，永远的象征！

　　当大片大片落叶流离失所的时候，我坐在历经了亿万年之久的远古的石头下，充分感受了自己的渺小和短暂。而奋起一搏的辉煌，足以使赭黄色的失败失去本真。我分明看见那么多的石头同诗、哲学和音乐连在一起。

　　石头的诗像埃及金字塔一样粗犷而细腻；

　　石头的哲学像罗丹《思想家》一样古朴而宁静；

　　石头的声音像贝多芬《命运》一样坚强而奔放。

　　因为石头，我感觉有棱有角的生活是多么的不容易；因为石头，我尽管倍感生活的艰难，但仍顽强地走下去。用我的顽强给风暴中的石头有一个背景，用我的脆弱给雷电中的石头有一个衬托。就像石头的静衬托了流水的动、石头的苍老衬托了春光的年轻、石头的贫瘠衬托了世界的华丽和富有一样。

　　与石头为伴，石头不再是石头。

二

在历史滚滚的长河中，流血和冲突是多么的频繁！那些发黄的文字残腿断臂，只有石头能真实地对待这些苦难。

正义的跫音把有限的生命和最后的一瞬刻在广场上的浮雕群里。

当事人已无法踏上这结实的石板路，现时参观者抚摸一颗颗冰冷的头颅唏嘘不止。后来者从繁体的碑文中已感受不了石头的沉重。

我在沉重中翻开了板结的第一页。

有一个锐利的声音从石头内部穿越过来，带着新出土的陶罐，带着苔藓和苦菜的孤独，沙粒般洒落在我的头顶——

那些嘶哑的吼叫、疯狂的拼杀、血与肉在火的暴烈中化为乌有！连一声呻吟也没有留下，连一滴血迹也没有留下。

只留下一块块黑色的石头埋在泥土里，泥土因此变得不安；

只留下一堆堆象形文字藏在历史机要处，历史因此变得奇诡和沉重。

还有比历史更沉重的。

比方在汨罗河畔仰天发问天不语、抱石自沉的屈子；

比方在封建的枷锁里、被贞节牌压迫得绑石沉潭的无数冤魂！

是什么使英雄、志士和冤魂殊途同归？

三

啊，石头，先祖辛酸和苦难的见证！

一把把石斧，一张张石锛，一个个石锤，一柄柄石锄，一支支石箭……在痉挛、扭动和挣扎！一部人类进步史就是一部用石头写成的血泪史。那些挖取野菜、攻击野兽和保护部落的石头们都是被长满茸毛的祖先在生死之间创造的奇迹。

闭上眼睛，我的口里总能感受到一种刺鼻的生味，那是勇敢的祖先射雕猎虎所吃下的五谷和蕨叶，而树一般拉长的弓，在太阳的沉默中，一枚开辟纪元的燧石跳进我的视野：熊熊的火从四面八方燃烧起来，祖先和我把生味去尽，享受劳动和智慧的喜悦。

比喜悦更遥远的是另一个古铜色的神话。

几乎是混沌中，天空裂开了血盆大口，昼夜不息的雨愤怒地倒下。伟大的祖母——女娲拣取无数的五色石，一颗一颗钉在天空，就像经九难而不死的我平凡的母亲在多年前把一枚一枚钮扣钉在我薄薄的棉袄上一样，触手所及，那立体的声音跳动人类最热最真最美最圣的音符。我为女娲骄傲，为母亲和天下所有的女性骄傲！

是石头，使我面对一些最平凡的事物，感动并被记住。

我记得儿时患病，母亲拿出一块带有她体温的卵圆形石头，在我面前晃了晃，问我听到了什么。我告诉母亲我听到石头在唱歌。母亲慈祥而放心地笑了，我的病也奇迹般地好了。我至今弄不明白，那块石头给予母亲的是什么样的慰藉。

直到多年后，我去韶山参观，拜望了毛主席小时候认就的石头干妈，一丝疼痛的幸福把我的崇拜和盘托出。我似乎明白了某种玄妙。空中有一个古奥的声音在嗡嗡作响，我虔诚地跪下了，久久不想起来。脑海里总是浮现出以石补天的圣母头像，模糊又清晰，耐人寻味。

在地界交汇处，透过一扇扇厚重的石头之门，我们的生活成为历史的一部分。

所有的一切都是生活本身，是开始也是结束。

包括石头。

四

有谁深刻地审视了石头暗藏的种种玄机？有谁被这些玄机一一击败，又把希望寄托在更玄的仪式上？有谁被这些仪式撞得头破血流而仍然痴恋于它？

这不是爱，而是崇拜。

1989年秋天，我随一个文化交流代表团去西藏采风。在一个原始部落里，我看见数百名全身扎满棕榈叶的人跪在一块平地上，每人怀中揣有一石，中间竖放着一个大水缸，装满水。他们唱着祈祷歌，不停地把石头往水中浸泡、拿出，再浸泡、再拿出，待祭司一声令下，石头纷纷抛出，又纷纷落下，"雨点"般砸在大伙的头顶和额头上，不少人的额头慢慢流出了血……他们确信这样就能下雨。在他们心目中，石头是司雨的神灵。

很长一段时间，我的脑海总是浮现那些伏地不起的人和依然在平和地流出的血，眼泪不知不觉就涌了出来。

太阳，太阳，你难道不是石肉之躯么？

在亘古不变的阴影里，我又想了贵州某高原，那些不能生育的妇女一次又一次来到山顶，春夏秋冬，雷打不变。她们抱着一块象征男性生殖器的高禖石，沉醉于冥冥之中。哦，祖先，这些，不正是你当年的杰作吗？你在鸿蒙时代就劈石开路、垒石作房、刻石赋文、枕石待旦，哪时哪刻不与石头厮守一起？你依赖它却又仇恨它，你远离它却又亲近它，你鄙视它却又崇拜乃至害怕它！祖先啊，你所有的脚印都是石头所写，你所有的迷信我能够理解！

无论是希腊爱琴海上的阳光，还是聂鲁达诗中永恒的象征，石头，你总是因人的存在而存在，却不因人的离去而离去。许多人为你的一生付出了自己的全部。石匠，把灿烂的锤打刻满额头的每一条纹线。而读书人或怀才不遇者，在疲惫的追求中想到的只是水石、泉石、钓石、石林等归隐处,像受伤的鸟回到了一个精神的憩园,让灵魂钙化为石。

举目一看,望夫石,触目惊心地刻满爱情,让后辈的我记住并感动不已。

五

石头,几乎收藏了人类辉煌文明的全部。无论是甘肃敦煌、云岗石窟,还是陕西的兵马俑和巍巍长城,只要舔破一层宣纸,就能感受到祖先的梦幻、思想和声音。

尽管石头一言不发,可每一天都在沉默中呐喊;

尽管参观者络绎不绝,可每一天都有孤独从胸口涌出。

哦,石头,我触摸你的脸孔,一如触摸祖先的胸脯,滚烫的情感暴风般掠过全身。

不久前,一个朋友向我说及了这样一件事:在云南西双版纳森林,一个盲人部落以石为灯,不管到什么地方,只要一石在手,他们就能跟常人无异,健步如飞。

我听后惊愕不止:难道石头真能发出一种神秘的光芒?当我又一次细细地品读完《西游记》和《红楼梦》之后,我渐渐有了感悟:既然孙悟空和贾宝玉都是顽石化身,石头不也是有血有肉的么?果如此,盲人部落里的石头又何尝不可有这灵性之"灯"呢?

在历史与今天、梦幻与现实之间,连结我与祖先脐带的是石头。我在天空下劳作,在沧海桑田中沉思,每一根神经都像石头一样坚硬。面对一块打磨的石头,我清楚地意识到,许多年后,当我的肉体化作泥土时,我仍将以石为笔,把已经发生的、正在进行的和将要来临的故事续写下去……

南方之南

一、南方

南方从古老的图画里爬出来。阳光,木犁,篱笆,一望无垠的水稻,一张张温暖而柔和的面孔,从饱满的种子到发芽的浆声,从青青葡萄藤到紫色的民谣,每一种风景都有草莓般亲切的俚语,每一片荷叶都写满朴实的祝福和动听的乡村小调。

在那里,春天带来了湿漉漉的绿,经沉睡的农田、村庄和山野,然后掉进幽深的水井,并且从树枝上伸出透明的手指。

安详的草垛在炊烟的背后倾听大地的呢喃。一个农夫提着水罐从收割干净的秋天走出,向村口张望,那是我日夜思念的母亲。

在那里,烟雨里的词被历来的文人墨客写得酥酥软软,一遍又一遍,充满女性的柔情,而住在烟雨里的父亲从不知道阅读,也很少感受到烟雨的细腻,只把粗糙的目光藏进烟斗,把烟雨般心事紧紧关闭,让昨天的沉默继续沉默在厚厚的嘴唇里。

在那里,为了一口池塘,一头猪,一只山羊,为了永远劳作的勤勉的牛,一捆柴禾,一筐水草,一个少年总是从无法满足的梦中惊醒。那把光亮的缺了牙叶的镰刀让他产生了许多幻想,他真想乘一朵白云飞出山沟。有雨的日子,一双普普通通的凉鞋让他渴望许久。当他终于被远方的大手拉走的时候,回头一望,才懂得今生今世再也走不出这古朴的村庄,走不出父亲沉默的烟斗,走不出一筐一镰和母亲厚厚的叮咛,以及透明的池塘、牛羊、柴禾与水草……那个在鞭炮声中频频回首的流泪的少年就是我呵!

在那里,我不要你们的轻轻呼唤,父亲,母亲,我总是如此痴情地站在这个能望见你们的位置上,昨天如此,今天如此,明天仍复如此。没有人知道我为了什么,不仅仅是远远的木窗上闪闪烁烁的那双眼睛,我心爱的山女,我贫穷的新娘……

啊,南方!流水的翅膀下,我渴念的盐,我赤裸裸的影子,我永远无法忘记的像土地一样厚实的乡音,无法安宁的心!那盘无数人怀念过的古典的月亮总是在我快要被故乡遗忘的时候落在我的头顶,金黄,浑圆,饱满,像希望那样美好,让我久久凝望,热泪盈眶。在高楼上的黎明到达之前,在盛大的天空下,在古铜色的钟声里——

那穿过濛濛烟雨、梦幻一样悠悠而来的是南方啊!

二、农田

农田,平静地躺在那里,质朴而亲切。打从孩提时起,我就熟悉你,那泥土的苦艾香早已烙在我灵魂深处最敏感的琴弦上。

在城里,在遥远的异乡,在车水马龙的大街,有时我有一种冲动,想深深地弯下腰去,把白皙的手插进地里。此刻,我的心跳得到了你的感应。我抚摸你的脸孔,粗糙而黝黑的脸孔,记录了多少辛酸!

农田里,金灿灿的稻谷,是农家的命根子!你的故事就是老农的故事,你的历史就是老农的历史。我的祖先和父亲,赖以生长的农田,谁比你们更了解?多少个黄昏,我看见父亲徘徊在田塍上、小路边,像一棵树,牢牢地栽在我的胸口上。

农田,平坦而真实,冰镜一样的水面,像一块巨大的磁场,把水井、茅房和农民(包括我)和天空拴在一起。

我已经放下锄头，走出了村庄，却永远无法忘记你，你的影子，你的光荣和屈辱，每时每刻追逐着我，使我面对城市的豪华，永远以一个农家孩子的朴实和真情，向热爱生活的人们诉说你的一切……

三、竹林

砍断了缠在喉咙的关于购买春天的会议，没有声音，紫罗兰般眼睛微微启开，从熟稔的沃土与岩层中奉献你的曲折，每一个结节都是一片向上的文章，而寂寞像藤蔓在正月的雪片上酝酿烈酒和思念。给你公园的颜色和鹌鹑的意义，出租车载走美丽的三点一刻，你把自己贴在山脚下，看如期打开的恋人们的帐篷，那么多人背诵你并且一起进入相册。绿色窗户下晾着候鸟的叫声和少女的梦。

童年的野餐淹没于一场风暴，而今竹刀的喘息里尚闪烁绿茸茸的光泽。许诺者幼稚的日历被银环蛇嘶走后注定沉默，把全部虎豹的颂词停泊在远航的筏上，你在吆喝中长大。水手心中昆虫般蠕动的爱爬满你的额头，竹筒在手中发芽。阳光尖利的碎片戳入因痛苦而皲裂的大地，在回响着历史的影子里，你找到了自己并与之对话。

站在海的这边在山的前沿阵地上你成为第一排年轻的风景，父亲的祈祷在烟兜里缭绕，你读着傍晚带刺的风，岩鹰播种的季节响着猎枪和大火，你受雕刻的面孔融入篝焰，时间在猎者突出的眼里噼啪燃烧。青色的黎明呈弧形从你手中的萨克斯管吹出。

你几乎不相信书的描写，最初的文字由你传播，属于祖先青铜色的故事集中在篾刀上，刺破太阳神秘的颤音，牧童张开饥饿的唇瓣。日子排列在巉岩上，成为湘江短笛。

你的船在通俗的歌里启动，当你挥手告别，蓦然回首的是印有你微笑的明信片……

梅的传奇

　　这个名字很诗意：兰桂，听起来颇有大家闺秀的味道，却是一位硬汉式的老先生，我十分尊敬的画家，他一辈子与梅结缘。

　　他习梅，赏梅，恋梅，都不过瘾。仿佛一个古典美人，永远爱不够。于是，画梅，成了他每天的必修课，成了他止渴的艺术动力。

　　可是梅啊，虽在眼前，却远在天边。他怎么思，怎么想，怎么追，都够不着，像水中月，镜中花，若有若无，拨动他从不言老的春心。

　　他失眠，他苦恼，画梅的欢乐远远抵不过暗恋的苦痛。构思，创新，唯美，一笔一画，都隐含他的思念，他的诉求。

　　许久了，他保持着爱的姿势。那么肃穆，一动不动。

　　慢慢地，静止的梅从画板中走出。月亮驮着忧伤，弯下腰来。

　　而他，瘦成了一剪梅。

　　有人说他是梅痴。他说，为了梅，就是痴，就是呆，就是傻，也值。

　　不能说，他没有别的爱。相反，他有许许多多的爱，甚至可以说，他的爱很独特，很博大。他爱家庭，爱朋友，爱子女，爱学生。当然，也爱祖国，爱人民，爱书法，爱摄影，爱剪纸，爱放映，爱收藏，爱古玩，爱祁东鼎山，爱红旗水库，爱黄花、芋头、草席等充满泥土和乡村气息的一切。但所有这些爱，最终，都融入了他的笔端，变成了梅的韵律，梅的风骨，梅的气质，梅的特色。

梅，因为有了兰桂先生的爱而显得更加柔美，更加妩媚，更加矜持。

兰桂先生，因为有了梅的垂青而更加热烈，更加执着，更加精力充沛。

画梅成集，凝结着老先生一生的心血。这本画集是他献给梅的情书，很传奇，很高雅，很婉约，很动人。打开它，需要清净的时光，需要温馨的氛围，需要认真的倾听。

这是兰桂先生的低吟浅唱！

一辈子的爱，任何的地点，任何的人，任何的风景，没有下沉，只有上升。

春天叫醒了所有的耳朵和心脏；

夏天叫醒了花卉、水稻和麦子；

秋天叫醒了城市和乡村，叫醒了老农和牛，叫醒了火焰、道路和河流；

冬天叫醒了你和我，叫醒了孤独、雪花、民谣，以及脚下的这片土地。

从爱梅到画梅，只有美的一瞬。

有了竹的顽强，松的坚韧，梅的高洁，兰桂先生的灵魂深处，该是怎样的一种精神，一种境界，一种气派！

文化的底蕴在列队，出发，朝着艺术和兰桂先生的审美方向，带着体温和心跳，从都市的霓虹，从乡村的炊烟，从青山绿水，呼啸而来。

遥远的目光，寻找支点和记忆，穿越时间的尘埃，聆听远古的声音，挚爱充盈每一处留白，至美婆娑每一寸皮肤。

沉默的年轮，摸索着向前。兰桂先生，一个急转弯，邂逅开花的村庄，一层层油菜花、一口老井和山包一样赭色的草垛，还有那幽静的林边，在清清溪流之上浣衣的情人。

一声鸟叫，落下银子般的声音，将道路两旁的山谷打湿了。

而白色和黑色的线条，写意或山水，连接的是无限的风光和希望的未来。

梅啊，千年的情缘。时间的碎片，岁月的声音，力与美，婉与柔，凝成奔腾的寂静。

一首诗，毋须披红挂绿，穿越，承载，触摸，传承。这是梅的一生，也是兰桂先生的生命隐喻。

兰桂先生让我感悟：有人的地方就会有道路，有道路的地方就会有故乡，有故乡的地方就会有风的追逐，梦的歌唱，梅的暗香。

兰桂先生让我感动：记住那些过往的时光，那些感恩的岁月，那些踏雪的时刻，一些叮嘱，一些关爱，一些微笑或沉思。

兰桂先生的梅，在你面前，英雄气短，比美人更动人。你的冷艳，你的高贵，你的不卑不亢，足以点燃每个人的激情，足以放飞任何人的梦想。

速度与激情

立交桥

比秋天更远的抒情。一首诗贴在汽车的玻璃上，像一条虫，发出立体的喊叫。

秋风成了记忆。很久很久了，在干涸的河床，道路呈网状展开。在蓝天下，在月光的叶簇里，每一条道路都有无数的方向。每一个方向都能通向一种理想。你可以枝繁叶茂，也可以千金散尽，当然也可以是光秃秃的树桠，像剑柄，直指消费主义的旷野。

在这里，道路与道路结成同盟，道路与车辆达成默契，道路与秩序握手言欢。一幅后现代主义的张贴画。一些散碎的风景，却又是那样井然有序。带着和谐的旋律，带着宝马的宁静，奔腾中的宁静，镜子般透明。

一条又一条龙，在飞舞。在欢呼。森林般举起的手，手绞着手，手抓着心。是太阳的种子，是流动的泪。是寂寞中的千军万马。站在空中，你感到凝固的是一座雕像。

最复杂的诗，用最简洁的语言写出。

最动人的画，用最感性的线条绘成。

明朗，干练，果决。尽管层层叠叠，尽管七弯八拐，但每一个方向都有出口，每一个出口都有方向。出口，方向；方向，出口。全立体，用三维的方式大声说话。

汽车从我的头顶疾过，又从我的脚下奔来。你、我、他，或者说我们，像每一个行驶者一样，置身于全立交，就是置身于风暴的中心，彩虹闪过我们的眼睛。

路基

不是每一次诉说都有激情；

不是每一次坚持都有理由。

路基，像质朴的农民。穿着灰色的棉衣，厚厚的灰尘沾满往事。尽管儿孙满堂，却总是闲不住，以一贯的姿势，举起一种执着。

信念，沉甸甸，像向日葵一样饱满。

没有路基，便没有眼前的一切。这是语言所无法表达的，所有的赞美或者讴歌都显得苍白，并且力不从心。

没有一个词可以弯弓射雕。

只有路基，像祖父一样，看护着流动的世界。

高速公路。路基。词的内部。火焰之歌。当我们迫不及待地将事件进行录制、叙述，作为纪念物而不是去经历它们，用现在时态去构筑它们的时候，与档案热和叙事意识相关的理论问题就不可控制地滋生出来了。道路之外，意味着一种反向模仿，人们的生活在模仿故事，而不是故事模仿生活。

但模仿离不开生活，犹如道路离不开路基。

路基没有形容词，无论压抑或昂扬；路基也没有动词，无论前进或后退；路基只有名词，只有叙事的主调，与装饰无关，与虚构无关。

因此，高速公路讲述故事的权威是要把现在尽快地付与过去，而这种权威却被当代其他种类的叙事所颠覆。那些叙事迫不及待地要复活过去，并将它重新置放在现在之中。路基矗立在时间的节点，连结过去与未来，与昨天也保持温馨的回忆。

在滚滚车轮下,路基忍辱负重。叙述或重写,这一循环速度的日益加快,实际上是一种时间的压缩。这一循环将现在发生的时间匆匆付给过去,然后又将它们重新语境化。当许多人忽略的时候,路基记下了这一切。

路面

祖露着坚实的胸脯,任风暴锻打。落寞、坚韧,并且沉默。

路面,低调叙事的典范。不为名利,不为得失,把方便让给每一个人。向左,或者向右,每一次经历,都是一次开花的过程。

黝黑的脸孔,被烈日灌溉,裂纹条条,记录着人间沧桑。

时间过去很久了,写书的人忘记了出版。路面被时间压得破损,每一处皱痕都有野菊生长。在风中,车辆的一次颠簸,被闪电记住。

而路面依然承受着生命的苦难或者欢乐。仿佛是一种宿命,来或者去,都要留下一条背景,无论朦胧或清晰,写着真实。

"多层次的景色渐渐逝去,退出一座山又一座山。它逐渐随风而去。你那流浪汉形象,我怎么能够不再次感到高兴?"

城里的歌声以这样陈旧的腔调勾起了遥远而伤心的往事,路面在暮色中伫立。一次次事故发生在那里,一个个墓碑没有雕刻。珍惜或者挥洒,有酒的地方就有欢乐,有欢乐的地方也会有悲伤。

路基懂得这一切。"因为懂得,所以慈悲。"张爱玲的话像沙粒从指缝溜走,路基沉静得像个老人。日子一天天向前,时间一天天陈旧,路基不卑不亢,任风雨冲洗,任车辆辗压。当乌云散去、阳光出来的时候,一只又一只蜻蜓在海面上飞翔。

桥梁

　　像散文一样的面孔，却有着严密的结构。手臂长长，连结着森林与河泊。穿空而过的雁阵，将一串阴影涂抹在大地的月牙上。

　　桥梁，寂寞的消解者，总是以温暖的情怀紧握友谊。当误解从腐烂的落叶里抬起头，当隔膜从喧嚣的闹市里落下去，当距离把彼此的心越拉越开的时候，桥梁出现在哪里，阳光就会照到哪里，爱意和暖意就会播撒到哪里。

　　呼唤桥梁。呼唤心灵上的桥梁，文化上的桥梁，民族与民族之间的桥梁。

　　因为，桥梁既是共鸣的间歇，又是连接的手段。就像一切共鸣的间歇一样，桥梁使其接触的两个地域发生变化，从空间到时间，从身体到心灵。

　　高速公路催生了许多桥梁。都市郊区兴起的时候，原来的社区就被埋葬了。桥梁标志着传播的故障需要打通。每一个新的俚语都标志着智窘力竭的困境。它是紧急铺设在感知秩序突然断面上的桥梁。

　　桥梁是一个隐喻，是力量共鸣涡流的延伸。

　　从都市到乡村，从山川到平原，从车流到人海，没有桥梁，就没有速度、力量和秩序。

　　桥梁，是木头和水泥书写的对话。在失眠的天花板上，每个人都急切地阅读。

　　秋风渐行渐远。暖流徐徐来。

涵洞

　　肺腑之言的最佳显示。落寞的脸孔带着潮湿的表情。深切地注视，长久地坚守。空洞的躯体疏通地表的精神走势。有马奔驰而来，有风逍遥而去，有雨从山顶落下，汇成大水，咆哮着，鼓胀着记忆的大门。而山稳稳地坐着，满意地看着高速公路井然有序的模样。

涵洞，电影中的长镜头。你将入口和出口置于不同的地方，封存得如此完美，让大地找不到一处伤口。大多数时间，人们更多地利用你，但是习惯于忘记你。这并不是人们对你的忽视，而是因为你的隐秘，你的身份被野草和泥土覆盖着，没有什么声音。连从你身体上飞过去的蝙蝠都忘记你的存在，以为那就是它们的家。

马尔维说，涵洞的出现使电影出现了突转。涵洞意味着一场电影对一个男人来说具有双重愉悦，视觉愉悦和叙事愉悦。对一个女人来说，它提供了与一个女性人物、一个由摄像机框定的形象、一个图像及一个男人注视对象的认同。那些注视着女性的男性目光由代替观众的男性角色的目光所转达。它似乎对有女性主人公的叙事或某个客观表现男性人物的叙事没有什么帮助。它也使认同成了一个简单的决定性的过程。在这个过程中，男人将自己看成是主体，女人将自己看成客体。

如果说，涵洞是一种结果，那么，叙事就是一个过程，它演示出一种对立现象，使男性充满幻想的激情，产生一种原欲的野性力量，而女性主体性又是在这种激情和力量的对质中建立起来的。涵洞使女性想起了自己的生命周期，一种隐隐的疼痛便消解在内心与外界深情的对话中。

隧道

令人联想的隐喻。太阳中的黑点。圆满的月亮。空洞或含蓄。一个故事的结束。

隧道，高速公路的出气筒。很复杂的山脉，速度很快，像射出的子弹，带着一种闷响，穿体而过。有些潮气，微微地有些喘息，更能真实地接触地层中心的热流，更能热烈地感受全封闭的力量。也许有水珠从穹顶落下，以弧形的姿态，扑向大地。汽车穿过的时候，水珠碎成了粉末，将一地的思念留在厚厚的旅程上。

隧道的开通，不仅仅是为了证明人类灼热的爱情，不仅仅是为了显示人类威猛的力量，不仅仅是为了张扬人类征服的野性，而是为了一个梦想，一次剧痛之后的欣慰，一种巨大投入的长时间的产出。

穿墙而过的隧道，无形中也建立起自己的信仰：活天地之脉络，护人间之真情。

隧道，见证了人类的智慧，浓缩了人类的渴望：山与山的距离，心与心的隔膜，都市文化与乡村俚语，只要隧道出现，只要道路修通，还有什么不能交流？

渡口

一个深闺里的怨妇形象。很久很久了，这个形象与负心的男人联在一起。怨妇守在渡口，日复一日，年复一年，那个负心男人再也不会出现。只留下渡口的苔藓一天天加深，只留下渡口的女子一天天变老，只留下渡口的故事一天天走进民间的谈资。

而渡口被时间打磨得发白。在那里，连风都不愿意留下来，为一个悲剧唱一支挽歌。

可是，今天，渡口早已变了。不再是小船摇落夕阳，不再是怨妇望眼欲穿的等待。来到这里的人也不再手握铁缆，引颈张望。汽车早已把欢呼和快乐一同送到对岸。新生的渡口走出了历史的阴影，更走出了学者们用陈旧的思维写出的结满伤痕的苍老的文本。

这是渡口真诚的声音："用你的肩膀将我与光明的土壤连接

在一起。"

渡口，不管漂泊的旅人是否来到，它原本就在那儿。那就是真实的生活。漂泊的旅人没有沉积到作品中的艺术或历史可言。假如不是那么多的诗人带着忧伤的情绪一再凸现它的存在，它就不会有什么重要性。置身于那些诗人中间是件快事，其中不乏终生漂泊的旅人，但是与他们一起，你需要接受他们带来的危险（比如说虱子）。虽说，正如张爱玲所言，人生是一袭华丽的衣裳，上面长满了虱子。但今天的路人并不喜欢这样的颓废，他们宁愿这样感叹：经过渡口，看见大海；经过大海，看见蓝天；经过蓝天，一切不再看见。

失去了往日的喧哗和沉重，渡口，今天的诗情依然灿烂。

匝道

从主干生长的枝叶，像手臂对身体的忠诚。一道又一道，只有时间，没有年轮。

风不动,心动。心不动,禅动。禅不动,云动。云不动,风动。如此循环，从起点到终点，从终点到起点。

安宁并不安静。各种流动沿着既有的规律和轨道。减速,提速。要进入事物的核心，这是必经的入口；要淡出事件的漩涡，也是必经的出口。密密麻麻，一条又一条。每一条相接的地方都是梦想与激情，每一处相交的地点都是记忆与憧憬。

这就是匝道，这就是高速公路长长的手臂。它用安全抒情，用温情叙事。它将日常生活带进城市的大街小巷，将叙事和审美带进事件的每一个空隙。它成为主旋律上的一个活跃的音符，并以恰到好处的速度向四周扩散。

匝道，重复着自己的工作，以和谐的旋律，简单，真诚，一圈又一圈，环绕城市和乡村，环绕湖泊与山脉，环绕高速公路的主线和每一个旅人的心灵。

行人

  每一天都有路要走，无论远足或休闲。行人，真实生活的体验者。一个人走在高架桥上，看来来去去的车辆，看风景之外的风景，看城市的暮色和乡村的黄昏。或者，是一群人，嘻嘻哈哈，以经典的游戏，三三两两地游晃在道路两旁。无论诗人或酒徒，无论圣者或愚汉，无论穷鬼或富翁，每个人都要在人生的道路上成为行人，成为自我的行人，他者的行人，精神和物质的行人。

  谁都不会例外。

  没有失败，只有橙色的回忆。没有言辞，只有话语的独白。在城市的肩膀，在乡村的边沿，在高速公路的视域之内。行人，表情复杂，有如公路与管线的交叉。在制度层内，各种管线如电讯线、电力线、电缆、管道、渠道等均不得侵入公路建筑限界，也不得妨害公路交通安全，以及不得损害公路的构造和设施。

  这样理性的陈述，只有存在事物的表面。许多时候，电力线、电缆、管道和渠道，都深深地埋在地表之下，在沉默中坚守，在沉默中感受车辆和行人从上面经过。书本打开的时候，读到醒目而朴素的话语，那就是：为保证行车与行人的安全和充分发挥公路的作用，各级公路应按规定设置必要的交通安全设施，在天空下，大路变得异常清晰。

  行人，也许只是短暂的游客，在加油站的安全区内，你静静地看着四周的阳光，看到被水洗过后的车玻璃将阳光一截截反射出去，迸发出耀眼的火花。

  行人，也许是一对幸福的恋人，在蜜月的途中，手握着手，欣赏窗外的美景，以及美景中的真诚提醒。

  行人，在无法离弃的城市。曾经的梦想是多么的真实：仗剑走天涯，看一看世界的繁华，缓缓透过车窗，这移动的城市。这静静的生活，涓涓细流。

行人，冬去春来，芳草白雪，梅兰竹菊，一切变幻，于无形中有形。在年轻的时候，在路上，奔波或者思考，又何尝不是另一种寻找？

车来了，真的来了！以旋风的速度，在封闭的公路上。行人，你得赶紧逃离，否则，你一不小心，就会变成一朵血花。

机动车

至少，机动车有两张脸。一张是爬满历史老人皱纹里的阳光，用三只或四只脚在大地上行走；一张则是暮色里塞满随意与恣意的鸣叫，像吵吵闹闹的酒吧，伫立在迎风招展的路边。

在机耕路上，在新翻修的凹凸不平的乡间大道，机动车带着穷人们的梦想，在乐颠颠地奔跑。据说这是行者的天堂，背起行囊千里迢迢而来，想的只不过是一段尘世外的休憩。寂寞深处，机动车可以安静地晒着太阳，也可以看人家在酒吧买醉，也可以看人家在河边与鱼儿一起发呆，也可以看人家边喝边摘采路边的野花在掌心轻揉，直揉到心事都成了淡绿的过往。

而此刻，机动车连同它的主人都忘记了一切大事小事，忘记了烦恼甚至快乐。机动车连同它的主人只需要一杯水酒或者一杯果汁，在疲惫的夕阳里坐到天荒地老。

有一个声音在耳边响起：朋友，要看得穿光阴，挥霍得起生命，忘记"时间"这个宝贵的名字，才有资格在这里享受青春时光，包括心酸和忧伤。

风乍起，心依旧。

机动车，像旧时的照片。它并没有过时，过时的只是人们的心境。它仍然在工作，有着"退休不退志"的豪情。更何况，在许多地方,机动车仍然是交通运输的主力军。

因此,虽说时过境迁,但心永远都在寻找。曾几何时,寻寻觅觅地走了一大圈,深深浅浅地看了一些人一些景,碰到不少的突发的事或意外的事,原本想着是带着行走的心情出发,原本想着要背着行走的心情回家。如今这一切都在路途中。真的不知道这样长长的行走对机动车和机动车的主人来说究竟意味什么,有时候觉得是习惯,有时候又觉得是逃避。不过,无论命运如何,机动车总会以感恩的心情握紧"行走"二字所带来的沉甸甸的收获。

驾驶者

生命从自己的哭声中开始,又在别人的泪水中结束,这中间的过程就是幸福。

驾驶者对这个过程体会得尤其深刻。在这个消费主义时代里,许多珍贵的东西都已经物化了,诸如情感、友谊和幸福等,都可以量化成金钱。人们不是经常可以听到"友谊值多少钱"或者"爱情几块钱一斤"吗?

物化的社会,人们变得冷漠。

冷漠的社会,人们变得寂寞。

寂寞是一种流行病,都市里的人群在矛盾的夹缝中左右为难:一方面,夜半无语时主动投入寂寞的怀抱楚楚自怜;另一方面,时刻想着逃离寂寞,把自己放在陌生的人群和环境中寻找家园和温暖。

驾驶者在高速公路上行驶,有多少寂寞捆绑他,又有多少寂寞让他真正缓解。一站又一站,一关又一关,一个隧道连着另一个隧道。眼睛在紧张地扫描,心在寂寂地思索。外面的风声、雨声一概听不见,外面的沸腾或死沉一点也感觉不了。能够感觉的只是已经麻木的手,握着的是生命的扶柄。转向还是不转向,前进还是停下,一切都在自己手中。紧握,小心,把过程拉长,让幸福持久。

乘客

乘客不是生命的过客,而是生命过程中的一个临时身份。

其实,所有人的人生都是一样的,有圆有缺,有满有空,这是你不能选择的。但你可以选择看人生的角度,多看看人生的圆满,然后带着一颗快乐感恩的心去面对人生的不圆满。

旅途,是生命的过程。如果排除哲理意义上的旅途,生活中的旅途,更多地则跟旅游联系在一起的。如果说,寂寞让女人更加美丽,那么,幻想则让男人更有希望。

看吧,天空很蓝,划窗而过的是一道道美丽的风景;你想抽烟,但忘了带打火机;她手上拿了一本书,恰恰你也喜欢;甚至一个苹果或者一个不经意的动作,都可以成为艳遇的导火索。不管蓄意还是无意,男女之间的故事总是可以轻易地划到切入点。

接下来就是一段美好的记忆,生命中不可磨灭的风景了。

乘客,碰到这样的艳遇,当是生命中的快事。不管结果如何,有美人相伴,旅途就会生动。此时,你可能最希望成为一个文人,一个古典的有着诗意的文人。

乘客,无论是坐着宝马还是乘坐公交大巴,在高速公路寂静的奔驰里,笑话总是必不可少的,它是生命的彩带,尽管带着黑色幽默,仍不失为一道独特的风景。如果没有艳遇,没有笑话,没有浪漫的情怀,人生的旅途将是多么的平淡和乏味!

快车道

如此坦荡，没有任何阴影；

如此便捷，没有任何阻涩。

快车道，超越平庸的跑道，在飞机的翅翼上脱缰而舞。闪动的山水，闪动的雕塑，闪动的云朵与风声。转灯，加速，超越！谁在那深山的尽头殷殷地等待杜鹃花开？谁在那海角天涯等待一份真情？从哪里出去的，又从哪里回来。虽然面目全非，但谁能否认那怦怦心跳的不是一种久违了的美丽？

很多人都会怀念这一刻：当他们第一次踏上火车，第一次把脸贴在火车冷冷的窗户上，看远处正在倒退的山水，发条似的飞快地转动，第一次在黑暗中穿过荒芜的旷野和灯火黯淡的郊外小镇……

然而，时代的列车比物质的列车跑得更快。火车正在慢慢地被人们所忽略和遗忘，特别是高速公路出现后，这种转变尤其明显。人们不难想象，总有一天，火车就像今天的人们在博物馆里看到的蒸汽机一样，带着它的锈迹默默地躺在那里接受后来者的注目、评论和指指点点。年老的人也许还会忆起最后一次抓住它的尾巴，逐渐消失在远处的一刹那。

换句话说，火车给人们留下的，只是斑驳的铁轨和泛黄的记忆。那是属于火车的忧伤，任何东西都无法替代。因为这些东西，现在都要被高速公路及其他的快车道给抹杀掉了。人们只有偶尔从怀旧的影片中依稀能够找回当初的记忆，记忆上面一定涂了一层淡淡的忧伤。

快车道将过去和现在划开，将缓慢与快速划开，将落后与先进划开，将危险与安全划开。习惯于快车道奔驰的人必定要冒更大的风险，不安于现状的人、性子急躁的人、超越自我的人、寻找刺激的人，都愿意挤进快车道来。结果，快车道变成了慢车道，真正要办急事的人，比方说救护车或消防车就要拉响警笛，在车轮的森林中左冲右突，嗷嗷怪叫。

就这样，快车道陷入了矛盾，一如这座城市，它也是矛盾的。沉静与浮躁，超脱与功利，圣洁与媚俗，信仰与沉沦，佛性与人性，虔诚膜拜与附庸风雅，都在这个城市里纠缠、冲突或者融合。许多旅人揣着梦想而来，背负着故事离开。这座城市让人安闲或者浪漫，宁静或者伤感，沉醉或者清醒。快车道将这些矛盾突显得更加醒目。

高速公路穿过了山脉，带着夸张的表情。扭曲的布景，怪异的服装和化妆给快车道带来了强烈的间离效果，使乘客仿佛是在清晨回忆夜里的一个旧梦。南瓜。车轮。钢琴。钢琴上面急速的手指。这些东西被无形的绳索连在一起，由一辆车拖着，向另一辆车逼去。

快车道，将回家的人送进了乡村的马灯里；

快车道，将受伤的人留在了城市的犬吠中。

菊花石礼赞

是谁,芒鞋青杖,阅天地以自遣,登东皋以舒啸?
是谁,命车棹舟,乐琴书以消忧,临清流而赋诗?
是谁,踏月逐星,于高岩仄宇中触石吐云、炼丹淬菁?
是谁,骑鹰播耔,在峭壁万寻中追风振岩、逸响动谷?

啊,菊有魄,石有魂。菊石合而为一,天地为之动心。及于此,山与山俱没,水与水全涸,人与人混沌。唯菊花之石清静慎独,我行我素。青天不坠其志,鼓角不攻其城,血火不拂其洁,钟鸣不改其心,巧夺天工,美轮美奂。

菊花石,远古的守望者,先祖的光荣!我在尘世中触摸了你的耳语,我在谛视中熟悉了你的容颜。你以沉默的方式诠释倾诉,你以蓄敛的方式讲述精彩,你以隐忍的方式张扬个性,你以宁静的方式抒写生命的淡泊与永恒。

菊花石,一个神奇的名字,一朵神奇的花骨,一片神奇的灵石。它携鸟兽草木之美,挟灵药万物之奇,沛然独美,其间,花与石,柔与硬,动与静,凝为天籁,化为词章。但这样的修炼,并非钓声名、取利禄,而是慧灯僧舍,幽雅出尘。故质性自然,非矫厉所得;苟凝眸一稔,当浊念尽逝。

当我捧着一尊沉甸甸的菊花石,我的心在颤栗,我的灵魂接受洗礼:一片原初的石,带着菊的野性生殖力,以女娲补天的韧劲飘然出世,它不张不狂,不闹不躁,默然礼赞着文治武功,悄然流溢着奇情异彩,在山与水、风与云、雅与俗、出世与入世、寂寞与喧嚣中磨砺成一首千古绝唱。

我国最早发现的菊花石产地当属湖南浏阳,据《浏阳县志》记载,清朝乾隆五年(1740)前后,浏阳永和镇农民欧锡藩等在砌芙蓉河堤时,于河底采石偶然发现菊花石,并取石雕砚,果然高雅别致,俏俊可爱,一时传为奇物。至清末民初时期,著名民间艺人戴清升作品《梅菊瓶》和《梅兰竹菊横屏》见证了人们的珍爱。1915年,菊花石在巴拿马万国博览会上获得金奖,被誉为"全球第一"。从此,菊花石声色远播,成为石中珍品。

今天,湖南的能工巧匠更是用智慧和汗水使菊花石美上加美,魅力四射。他们因材施艺,成竹在胸,运筹帷幄,追求卓越:构图有加有减,品性有雕有刻,风格有张有弛,体魄有型有洞,内蕴有容有颜。每一尊菊花石都是行云流水,气韵生动,若为流者,则喷雪呐喊;若为停者,便毓黛静默。如此格调高远、错落有致,实为难得。

这里有大智慧与小技巧的结合,有心灵和趣味的融通,有东方儒教道教和西方日神酒神的兼顾。换言之,他们开创了一个充满神奇与幻想、空灵与飘逸的艺术王国,把古朴粗糙的菊花与顽石磨砺成稀世珍宝,显示了艺术家们的匠心独运和艺术珍品的永恒魅力。

此刻,呈现在我眼前的这些菊花石千姿百态,形态各异,或楷或草,或隶或篆,天地造化,鬼斧神工。优美的线条,分明的棱角,奇幻的色泽,淋漓尽致地演绎着天人合一的高贵境界:有的如水洗千荷,日浴万壑,或流或停,从容有度。有的像喷雷奔雪,腾空震荡,让人一看,耳目为之狂喜,身心为之激越。有的风波未静,心悸远役;有的气势闲定,把酒临风。有的一如千年追日,挥舟踏月,感沧海巨变;有的则如万年抒怀,焚膏继晷,历九死一生。更有甚者,在风雨中时时闻钟梵声,孤芳自赏,悠然自得,或窈窕，或崎岖，或幽岫穷崖，或人兽两绝。凡此种种，不一而足。

这就是美不胜收的菊花石！它是花，又非花；它是石，又非石。若为花，它可为花中之后；若为石，它争做石中之王。因为——

它是一座沉默的古堡，用哲学筑城，用记忆关门；

它是一首开花的诗歌，用宗教抒怀，用宁静灌溉；

它是一片凝固的音乐，用天地纹身，用山水弹唱；

它是一段风化的历史，用时间的真诚记录着人世间的兴衰更替，荣辱得失。

行文至此，菊花石给了我灵感，让我的思维展开了翅膀：倘三五好友，携菊把石，远离市声，三径就荒，松菊犹存，闻鸡啼，听涛声，浮名尽去，宠辱皆忘。若雅兴未尽，可踏花揽香，仿魏晋风韵，煮酒盈樽，邀月对饮。无论是花言草语，无论是石吟月影，均壶觞增欢，秀色怡颜。这是何等的气度，何等的境界！这样的气度、境界岂是富贵帝乡可比拟？陶潜采菊东篱未识，苏轼拔剑赤壁未见。一菊一壁，一花一石，竟能让人梦魂缠绕，历千年而不去！当年陶公渊明息交绝游，修心养性，赋《归去来兮》以昭志："云无心以出岫，鸟倦飞而知还。景翳翳以将入，抚孤松而盘桓。"而苏轼追梦而至庐山，却留下了"横看成岭侧成峰，远近高低各不同。不识庐山真面目，只缘身在此山中"之怅然感叹——风景虽美，但只有人才能读懂啊。

庐山如此，菊花石何尝不是如此？再美的菊要人赏，再美的石要人雕。菊石之所以有魂，皆人之魂灵也。

乡村散曲

一

秋天收割了。在白露闪亮的夜晚,月光倒在水罐里。母亲抓起一把香草,把风点燃。

院子里,一束束稻杆挺着轻飘的头颅,与母亲对视。稻杆上面还有刀伤,还有风暴留下的阴影和闪电溅起的泥沫。父亲坐在门口抽烟,他裸露着胸脯,用受难的手轻轻敲打着烟杆。这个吃咸菜长大的汉子,他的皮肤涂了油彩,他的额头写满苦难,他的眼里有一个没有文字的谜。在这个被风雪粉刷过的乡村庭院中,岁月开辟了一条幽深的走廊。父亲在走廊尽头静静地抽烟,一如母亲注视稻杆。

二

阳光剥落一片笑声。一线一线阳光连这一节一节笑声,与嬉戏的风、追星的云和落叶的絮语缠在一起。

用竹篮捡拾土豆的姑娘们,也一点一滴捡拾青春。她们的名字没有颜色,但她们拥有多叶的手帕、羞涩的眼波和青酸的秘密。她们用山歌装饰小巧的嘴巴,从祖母到自己都穿着同一规格的衣服。那件用亚麻织成的裙子被太阳晒得又薄又白。有许多的遐想阻断在厚厚的山脉中，有许多的梦惊醒于深夜的犬吠里，有许多的期盼飘逝在村前池塘上。这些扭动的山女，我至亲的姐妹！何时你才能同阳光一样开心地笑？何时你才能同落叶一样轻声絮语？何时你才能同春天一样公开自己所有的秘密？

三

在村口，那个瞎子紧握忧悒的琴弦。那是一个无后的瞎子，他的琴弦已经暗哑。

午夜的打谷场，又稀稀落落的火把。那火把使夜变得更黑，那火把把梦拖得更深，那火把使天空变得更加幽静。

一只狗从这边走到那边，又从那边走过来，学着老农的样子，一声不吭。

蚂蚁从巢里伸出小手，预示一场风暴。蜥蜴俯伏着，感受大地的心跳，感受远方的雨声是如何飘过来，感受历史的跫音从茅棚顶端直垂于地。

拉琴的瞎子一动不动。时间彻底解放了他。一缕缕烟从手指飘出，老人的音符和他的灵魂合在了一起。

四

我看见一张犁慢慢地深入土壤。这片生长红薯和玉米的土壤被汗水和眼泪淋得发黑。老牛在上面喘息，它的肩膀已磨得出血！

白天丢在田埂上，被寻食的鸟不经意地叼走。用泥土擦洗时间的人，黄昏的快门被小孩的啼哭匆忙按下。当镰刀割开积压已久的灰尘，当锄头掀起板结的思想和波涛，踏响月光的人在深夜的小径上徘徊。那是我梦游的写照。

一切如此突然。花的呻吟带来一阵豪雨。候鸟在电闪雷鸣中悄然而逃。只有老牛处惊不变，它的腿仍紧绷着，等待主人的吆喝。木犁已浸入水中，老牛肩上的血仍在流淌，我发紧的嗓子仍未缓过气来。

五

复归于静。触摸门前的艾叶，就能知道当日天气。在乡村不规则的节奏里，村民们走进稻田。在水的典籍中，生命找到了朴实的注释。

但是农民，悠悠苍天的耕种者们！是无可救治的风化使有限的水分深入到你们古老的皱纹里，是手掌上撕去又长出的老茧掩盖了你们的真实年龄，是比水田更丰富的基调奠基了你们的沉默属性。不管光阴怎么落叶般跌落，不管日历怎样被无形的手断然撕去，不管灾难怎样斧头般砍来，农民们，你们都会像种子一样紧紧抓住滚烫的泥土！你们都会像栅栏一样紧紧守住自己的柴门！你们的海碗已经缺口，但你们努力把它填满，无论是稀饭、土豆还是红薯片。你们活得硬朗！

六

热泪爬上了黎明的脸庞。乡村有了血的早晨。一阵长满荆棘的咳嗽使村庄剧烈地痉挛。那里住着一群用石头写字的人，用黄土洗脸的人，用烧酒解愁的人。

他们用泥土、阳光和汗湿的语言同风交谈；

他们用草垛、水井和昏暗的马灯同风交谈。

我听不懂他们说些什么。这些身体镀满风暴、颧骨突出、满口乡音的人，我的父亲、母亲和兄弟姐妹。我来自他们中间，依然土里土气。我记得破败的墙上，那些肤浅的鸟惊慌地飞走了，只留下一些粪迹昭示零乱的思索。那个扎起腰鼓敲打生活的人，老酒袋把他的脊背压得更弯！

　　乡村，尽管我不能理解你全部，但我理解了一头老牛一把镰刀，理解了乡村小调为何如此质朴而简单，理解乡音是怎样持久地牵痛我的心……

永远的水

一

永不驯服的、像野马一样奔腾的是水。

当轮回的乌云从东边的天空横压过来,当僵硬的风从古岩缝中缓缓升起,当成排的海鸥从久旱的沙滩上纷纷起飞的时候,暴雨的鼓动下倾泼而下。涌动着,冲击着,呐喊着。所有的规矩被嚎风吹开,所有的秩序被雷电炸乱,所有的理念和目标被悲壮的乌云笼罩开来。雨横的、直的、斜的,以及交叉、重合和旋转的,彻底的湿漉漉,彻底的呼号奔走。带着金,带着木,带着火,浩浩荡荡地冲向大地。

许多裂开的嘴巴拼命吮吸,许多死去的灰尘被冲洗干净,许多龌龊的灵魂在水中漂洗。暴雨使久旱的大地充满生机。在历史的拐弯处,无数的生灵因失水而死去,因得水而生存。

是一丝一丝的雨形成了水,是一滴一滴的水滋润了大地,又是一滴一滴的水形成的汪洋毁灭一个又一个生命。无论是发黄的教科书本还是沉默的田头垅间,大禹的身影总能充分地打动我们。没有任何声音比"苍天在上"更加震惊和心痛!

那原始的水以永古不变的基调咆哮而来,使所有的墨水一片苍白!

二

饮水思源。早在鸿蒙时代，水就写满了咒语和象征。从天上下来的水带着某种神秘的旨意。苍老的浮云被阳光撕成鳞片。水找到了属于自己的位置，规规矩矩，清清白白，映衬整个天空。

天空下，劳作的人走进水田，赶着水牛，插着水稻，喝着水酒。人们对生活感恩，其实就是对水的感恩。泼水节，把民族的欢乐写了个淋漓尽致：一捧一捧欢乐溅起一朵一朵浪花，男的，女的，老的，少的，每一个灿烂的笑容都被打湿。

与此不同的是基督教徒的洗礼。水静静地滴在受洗婴孩的额头上，或将受洗婴孩放在水盆里，以求洗净过去的罪恶。

婴孩的啼哭表明了他的无邪和抗议。刚刚出生的婴孩何罪之有？倘若连刚刚出生的婴孩也是罪恶昭著的话，那么，将尼罗河的水全部舀光，也无法洗净全人类的罪恶。

其实，这正是"人之初性本善"与"人之初性本恶"东西方文化的显著差异。对华夏民族而言，人长大以后如果犯了错误，再"洗心革面"，脱胎换骨，才有出路。

古老的仪式被一滴水戳了个窟窿，源头活水不来，风而在此搁浅。

三

水的魔力无与伦比！

水最柔，却能淬钢。水能载舟，亦能覆舟。魏徵老人的话被历代统治者奉为治国的根本。他们看到了人民的力量，却又常常冒天下之大不韪，结果是搬起石头砸自己的脚。

水滴石穿。没有骨头的水却能把全是骨骼的石块滴穿，靠的是恒心、信心和毅力。这千古不变的哲理激励了一代又一代有志者矢志奋发事竟成。

水火无情。这两者永远无法握手言和。不是我击败你，就是你击败我；不是你死就是我亡。这番决绝，这番别无选择的搏斗，成败系于双方的力量。真正的较量是痛苦又是痛快的，是辉煌又是悲壮的！

水中捞月。明明知道月亮是在天上，可偏偏有人画饼充饥，把苍白的手伸进水中。镜子一般的水被手割破了，月亮随之破碎。也有另外一些人，他们并不是希望捞出个月亮，而是感觉天顶的月亮摘不下，不如沉湎于水中的梦想。还有人则是当局者迷，为了某个虚构的童话不顾一切地投入进去，结果月亮没捞到，捞到的只是自己的一桶眼泪。聪明的人把眼泪稀释成水，愚蠢的人把眼泪蒸发成盐。不同在于，前者把眼泪倒进水中，后者把眼泪拎回家中。

水到渠成。这个成语的前提是"渠"修得差不多了，至少要有一个能过水的骨架。追求是一个极富挑战和诱惑的过程。追求的每一步都十分艰难，它需要你实实在在的付出，付出辛劳，付出心血，付出汗水。当你的付出伴随着沉甸甸的收获贯穿请求的全过程时，蓦然回首，你的目标就在你眼前，水一流，渠即成。

水不仅滋润你、洗涤你，更给了你无边无际的联想。一滴水就是一个大海。而一滴水如果不在海中则稍纵即逝，无影无踪，面对一滴水，你可以想象成一颗珍珠；面对一洼水，你可能想起一面镜子；面对一潭水，你可能会想起春天的绿、夏天的红、秋天的宁静和冬天的肃穆；而如果面对的是一个大海，你可以想象一切！比方说时间，孔子就曾经发出感慨："逝者如斯夫，不舍昼夜。"

当仁者乐山的时候，智者乐的却是水。流水不腐说明流动是多么的重要！而静止的水往往使人想象死亡、颓废的沉沦。

无形、无色、无味之水蕴含人生多少哲理！

四

"男人是泥做的,女人是水做成的。"

贾宝玉这番高论令所有男人都自惭形秽,令所有女人都扬眉吐气。

如水的女人其实是贾宝玉对爱的渴求和想象。

而爱情的秋水总是让人望穿眼睛。

从《诗经》中"在水一方"的伊人,到"载不动、许多愁"的李清照,乃至悲泪葬花的林妹妹,如潮的爱为何总是这般伤心!是"泥巴制作的男人"不懂爱吗?

"水至清则无鱼",此语本是针对人的内心有无私心杂念而言的,倘若牵强一点,用它来阐释大写的"爱",似乎也能说明许多问题。

雨果说过,世界上最大的是海洋,比海洋大的是天空,比天空大的是人的心灵。而我认为,比心灵更大的是爱。一个爱字写尽了人间的悲欢离合。但为爱而爱、追求纯粹的形而上的爱往往适得其反。爱得太苦不仅使被爱者不敢接受,而且也使爱者心力交瘁,如此不如不爱。一些奉爱情为至圣的纯男少女往往不懂如何去爱,结果让"爱"擦肩而过。爱成为眼泪的代名词。

水的性格很能表明女人的性格,静如处子,动如涟漪。当秋风落叶的夜晚有负心的男人彻夜不归时,一定有如冰的女人站在窗口咬牙切齿;当春暖花开的早晨远去的心上人突然不期降临眼前,如花的姑娘立即变成了"沸水"。水是维系男女情感的纽带,是繁衍子孙的唯一证人。情浓似血,情真如乳,水乳交融,水血合一。水落石出,不仅仅表明一个旧事件的完结,更昭示一个新事件的开始。

五

在寒冬腊月或烈日炎炎的日子里,当我们坐在空调房里,拧亮台灯的时候,请别忘记是水使我们幸福地生活着。如果说,电的出现使人类文明跃上了一个新台阶,那么,水是这个台阶的基础。

地球上平均每天灭绝二十七种生物,有四万儿童死于非命。这触目惊心的数据很大程度上与水有关。

水葬作为一种宗教仪式,把尸体投入水中,任其漂流,直到鱼类将尸骨吃尽,它直接象征着生活的大轮回。人的灵魂化作了海鸥,在蓝天白云下,在海滩上有滋有味地活着。

一滴水掉在沙漠上,沙漠长出一块绿洲,绿洲滋润着牛羊马群,大批北迁的牧民把帐篷和油毛毡扎进春天的尽头。一滴水掉进岩缝里,岩缝长出一座大山,大山上种满各种瓜果,沉甸甸的丰收让山民们将秋天的甘琼饮个够。一滴水掉在平原上,平原上长出农田和村庄,劳动者们日出而作,日落而息,草垛、炊烟和马灯把一部宁静的田园史写进了厚厚的历史。在历史显耀处凸现了一个硕大的字:水。

这不是一般的水,而是沧桑之水、苍天之水,也就是奔腾不息的永远的水。

漂泊的灵魂离天堂最近

"也许有一天,我要告诉人们,我一生中一无所有,只是用一腔澎湃的热血游历过远方,那是一个虚幻缥缈而又生动神奇的远方。"就这样自言自语,带着梦游般的轻淡,却又是那样的令人心颤:"我活着,不会有无上的荣誉;我死了,也不会留下墓志铭。"这种自省式的独白,这种经历沧桑却又不把沧桑当作教训他人谈资的淡泊者,他用执着的行为语言诠释出他对生命的深刻认知。"我愿将我的灵魂放逐在旅行中,让生命化作自由的野风,在哪里飘散,就在哪里把我最后的一口气吐向茫茫的天空!"如此的洒脱、豪气、锐利和激情,与竹林七贤之一的刘伶发出"死便埋我"的练达有何区别!这样纯粹透明的文字沁人心脾,触及着人的私敏处,叩击着人内心深处最柔软的部位。

这是一本充满诗情和奇趣的书。作者的身份十分普通,既不权高位重,更无家财万贯。他所拥有的只是一颗漂泊的灵魂。他紧握的也只有这颗不屈的灵魂。他要旅行。这种旅行不是一次性消费,不是去看一座城市或某个景点,而是他毕生的追求。换句话说,这是一个没有终点的旅行,也是一个没有明确方向的旅行。唯一的目标就是远方。远方有多远?远方在哪里?他不知道。因为不知道,他就要去探寻。在他生命的字典里,远方的天空、远方的人们、远方的风景高于一切。

很早很早的时候,他就感觉到生命的短暂和可贵,并下定决心，要走出一条属于自己的路。

他出发了，朝着朦胧的远方。他每走一步都是那么坚定。这是自己选择的人生，是自己选择的生存方式。这条路别人没有走过。他不惧怕，更不后悔。他一生只做一件事，那就是旅行。是对世界的丈量，是对灵魂的追寻，是对意志的拷问，是对传统的叛逆。他似乎从未登过人生的舞台，可他又是在一个无垠的天空演绎着自己的生命。无论精彩与落寞，都无所谓。无论有无掌声，也没有关系。他的行动原本就不是为了精彩，不是为了掌声，不是为了鲜花，更不是为了不属于灵魂的虚荣。他用孤独对抗孤独，对抗世俗加在他身上的羁绊。他放飞思绪，放飞梦想，他用放飞的方式获得心灵的自由。他要让人们知道，生命是有意义的。活着是有理由的。他行走，行走，这就是活下去的理由，就是支持他努力走下去的动因所在。

这本书不是用手"写"出来的，而是用脚"走"出来，用一颗永不言败、永不放弃、永不退却的勇敢的心，滴着汗、滴着泪，甚至滴着血一笔一画地"磨"出来的。这注定是一本奇怪的书。比起那些风花雪月的游记，这里有棘刺，有骨头，有疼痛。失望与希望都由自己承担。他告诉人们，世界究竟有多大，远方究竟有多远。他没有赢得金钱，但他体验到许多有钱人都没有体验过的艰难、惊险和苦难。似乎一出发，他就老了，但似乎老了的时候，他仍旧像刚出发的时候对世界充满好奇。

他不是要征服名山大川，他要探寻那些被无数人赞美过的名山大川幕后的故事。每一天，他都离天堂很近。每一次行走，他都在向天堂靠近。这是一个有信仰的人。这是一个有着童话和荒诞、真实与虚幻相结合的生命体。这是一个探险者的零乱足迹。随着旅途的一次次延伸，他的生命逐渐饱满。流浪者对于未来持久的热情，对于生命极限的开拓，对于人类命运的关怀，都跃然纸上。他的写作是即兴式的，随吟式的，毫无拘束式的。甚至可以说：这本书是"乱写的"。这种"乱"是一种无序状态，与他选择的生命方式极度契合。这样，他的一生就是一部行为艺术的大书。所有经历过的人和事、水稻与农田、月与星、巫与鬼乃至潮起潮落、山山水水都成为这部大书的文本内容。

在漫无止境的无轨旅程中，他不是走马观花地看看风景，而是背负空空的行囊和难以卸下的疲惫。他体验了人生冷暖，感受了人间真情。通过这种执着的行走，他感悟到一种哲理："一个人最可怕的并不是痛苦，而是痛苦的时候非常清醒。"以及哲理的深化："世界上只有热闹产生寂寞，拥挤导致孤独。"当吃、住成为生命中的第一件大事的时候，生存成为当务之急。他到哪里都要想着今天吃什么、住什么地方，这是每天考虑的大事。远离了喧嚣的市声，远离了拥挤的楼群，却不能将人与人之间的心远离："人啊人！应当怎样才能学会把胸腔里的那颗心，铸造得火热透明而拂去防人或害人之心的阴影？"这种反思是发人深省的。特别是当他邂逅深山里的风妹并对她占有后，却不能给她一个家，他自责，内疚。但这种自责和内疚的心情很快被"风妹没有文化"所稀释。难道文化这个东西就足以扑灭爱情的火焰？这种细节彰显出作者并非圣者，他仍然是一个平凡甚至是平庸的人。

但是，一个原本平凡甚至平庸的人做出了不平凡的事就是了不起的。这是许多人能够做到却又没有做到的事情。当然，书中有许多轶闻趣事，有淘金者的苦恼，有不同个体的情感挣扎和心灵创伤，有帐篷、草地、野狼和破败的残阳。笛声渐远，鼓角已逝，时间的碎片一绺绺地掉下来，令人浑然不觉。因为生活的人们都在忙碌，为生存本身而忙碌。灯红酒绿的闪烁消逝殆尽，生活变得如此艰险而又厚实。他经历了许多事情，看到了许多东西，包括丑陋与黑暗，但他并不炫耀自己的经历。他不是消闲的看客，他是苦难生命的经历者，这种苦难是自己选择的。父亲，母亲，大人，小孩，卡车司机，古老的灯语，雪山，佛像，牦牛，峡谷，青稞酒，盘旋在空中的鹭鹰，陌生而痴情的"殉情花"，亦真亦幻的鸹鸪镇，近乎原始的倮倮族，荒凉的死人沟，奔放的藏民弦子舞，昌都街头的朝圣者……奇奇怪怪的人和事交织在一起。在这个被一次性消费品充斥的现代世界上，那些永恒的东西越来越少，但毕竟还是存在的。幸运的是，他触摸到了这种珍贵的存在。

总之，这不是一部游记——如果是游记，路线不会如此模糊；这也不是一部传奇——如果是传奇，情节不会如此平淡。应当说，这是一部弹奏灵魂的绝唱，是一部敲打精神的奇书，更是一部离天堂最近的生命献辞。

大雨

一

在天与地之间，聚满了苦闷与焦灼的空气。从空气里伸出手来的是风。

那时，僵硬才刚刚开始松动，柔软的松动慢慢流畅起来，形成透明的走向。当历史和哲学藏进千年古岩下，当忧伤和等待投进苍茫暮色里，当金属和爱情抛进九曲山谷中，有一种巨大的欲念已经膨胀，撒下一张网，目上结的全是写满咒语的手。

那是一双痉挛的手，滴血的手，说话的手，打雷的手，长满苔藓的手，充满浪漫的手，也就是那双饱经风霜的风之手。

向我抓过来，在我还来不及准备的时候。那姿态是如此的优雅，从树桠，从屋檐码头，从农家小院和废弃的秋千旁，从水井、镰刀、湿漉漉的沙滩和鸥之翅翼下。带着复活的树叶和花的舞蹈，带着水草和鱼的歌唱，清脆的声音弥散四周。

尽管离下雨还十分遥远，但我能够想象第一滴雨落在土地上发出孤独的响声。当时的天空还有太阳，也许是九个太阳，后羿随即就诞生了。那滴雨其实是一颗灵魂的种子，比神话还要精彩，一点没有阵痛的感觉，急迫而自然，只是有些沉重的孤独，因而发出的声音是嘶哑而且枯涩，一如亿万年之后的我面对某种失败了的成功，感到布衣般平凡。

因为我是农民的儿子，突兀并且骄傲。

二

雾，困惑智慧的祸根！把或明或暗的须伸向大地，把真实的谎言包装起来，把半真半假的世界凸现在你面前。你失去了寻根的依据，失去了为信念而献身的基础，失去了清晰、宁静和比秋天更广阔的明朗。你看不清自己的生存状态，你仅仅靠感觉生活。这个虚拟的背景把你彻底浮起来，你弄不清什么时候猝然摔下来粉身碎骨。

在如此迷慌的时候，拥挤的人表情藏在冷冷的臂弯里，谁也不相信谁，因为大家互不认识，但大家认识门前的恶犬、乌拉草和微弱的马灯。没有谁串门，脸上布满模糊的表情。没有信件、蜡烛和蓝宝石一样的艺术，只有婴孩的啼哭准确而真实，沟通一些陌生的情感。

那个没有性爱的夜晚，披蓑衣的老农一醉再醉。整整四年，他的老婆没有怀孕，而他看见屋后的石头都生出了小崽。他将老婆的肚子用刀子捅穿，可什么也没发现。老婆死了后他就疯了，不喝酒也醉。设若有一场革命的大雨，老农会挖出自己的心。这随处可闻的落后的悲剧为什么总是顽强地生长在这块流血流汗却不长庄稼的土壤里？是什么使贫困和愚昧、封建和迷信像太阳下的阴影一样紧紧压迫着一部分人？当出鞘的黎明启开黑夜的大门，当枯黄的记忆分娩一群寂寞的画面，当燃烧的白芨草拉开了冬天的引线，当岩石上的雪处女般袒露，接受寒风无情的摧残，呼唤雨，呼唤击打石子的暴雨，让写满惊诧的鸟类笨重地起飞。

三

太阳陷入了遥远的峡谷。空气里有一个洞,装满沉重的思念。风仍在流浪,刻薄的声音在雾的启示里愈加凝固。许久以前的篱笆,因钱币般舒展的五月而变得深邃和宁静。

旷野里,一只红鸟嘶叫一声,在期望它的槐树上留下潮湿的阴影。那阴影既是孤单的写照,又是自由的象征。

自封为千年老朽的大山以固有的节奏沉重而缓慢地张开了长满森林胎记的双臂,张目的白天像贴在布告栏里的公文,散发一些陈旧的气息。曾经被零下温度统治过的候鸟小心启动了它的翅膀,没有表白和宣示,但它朝向南方,实实在在开始,做一次漫长的旅游,也许要耗掉一辈子的光阴。

雾比麻丝织成的蚊帐更厚。许多动乱分子结成联盟,阴谋在闪电中定格。我能看清它的面容,稻草人一样,处于半明半暗状态。为了各自的立场和利益,静止与运动进行了一场鲜为人知的殊死较量。

在这里,春天以整一的绿衬托浩大的天空;

在这里,夏天随着一阵雷雨落入泥土;

在这里,秋天的田野向你敞开,收割干净的胸脯上结满了白露,那是疲倦的祭奠,也是丰收的喜悦;

在这里,冬天的语言是洁白而冰冷的,带着柔和的刺,守护着光荣的贞洁;

在这里,我是普通劳动者,是布衣,更是清规戒律的叛逆者,是彻头彻尾的平民吹鼓者!

四

匆匆的脚步鼓点般敲打大地。天空更低,满腹心事的云被风涂得乌黑。

阴影继续扩大，暮色般笼罩上空。

风抽出了马匹，紧扣历史的意向，潮水般涌动起来。溶解于喧嚣的寂静在大山上来来去去，满脸青色。一双双恐惧的眼睛躲进了岩缝、洞穴和鸟巢。

我躲到哪里？那庞然大物的风，以摧朽拉枯之势向我冲来——

砸碎一些一百年后还会被复制的古董；

戳穿一些一千年后被传颂的骗局；

踏烂一些一万年后还会被膜拜的礼教！

痛快淋漓！没有权力可以禁锢，没有残暴可以统治，没有愤怒和屠杀可以瓦解、清扫或摧毁。只有全新的力冲动着、喜舞着，呐喊并且狂奔。

擂鼓的汉子被撕裂的青春铸成钟乳石。

草垛下，蚁民们沉着，冷静，忙碌。嘴巴衔着泥巴，背上扛着越冬的粮食，那么艰难和自信。他们把家建在风雨找不到的地方。在那里，他们将希望和信心盖在薄薄的屋顶上。

时间敲响了寺庙里的钟声，孤独穿着紫衣，慢慢走过来。我搂着孤独的肩膀，比孤独更孤独。是谁家的门前亮起了油灯，在乳燕还没有醒过来之前？也许是你。

徘徊者在空空荡荡的路上留下一张单瘦的背影，那是灵魂出行后的我。

五

玫瑰的容器，爱情以祖传的方式浮在上面，像苍白的浮萍，总是找不到固定的根。失血的孩子把有了皱纹的手伸给我。雨不声不响地下了起来，隔着一层思想，没有举行任何仪式。

我触摸到真实的一滴，那么凉，那么透彻和宁静。

无家可归的乞丐穿着捡来的半双凉鞋，试图走穿所有的路。这命定的失败使他充满了无限的激情。也许某条路口是秘密的转折，走总比等距离希望更近。

苍莽的黄土地，流浪的语言找不到嘴巴。是信念使生命滋润，一如这情窦初开的雨，分割一片片蓝天，分割一支支苦涩的歌，分割一个个家庭、团体和无边无际的天伦之乐。

一片树叶沾满泥巴和沉默。

有人被围困在自己设置的情节里。读不完的书使昂贵的文字受尽冷漠。你在冷漠里哭泣，我在你浓稠的哭泣里叹息。

天地慢慢变宽。窗口上摆着一个传统的日子，葡萄般滚圆，那是我的生日。我要在我的生日这天杀死自己又诞生自己。我一生的故事在雨中褪色，在追忆中失去原形。

坟茔上坐着残疾的灵魂。野草，石头，树枝使灵魂更加落寞。

唯一的声音来自雨。

雨，放肆地下。

温柔的疼痛

一、红磨坊的艺术之花

当一个画家问凡·高喜欢做什么样的画时,他毫不隐讳地说:"我喜欢让我的画表现出深刻而温柔的东西。"

深刻而温柔!凡·高的喜爱也正是法国人的喜爱。多少世代以来,一座巴黎城,将整个世界的艺术眼球都吸引进去了。而《红磨坊》作为法国忧伤而显略病态的艺术象征,这里的浪漫包含了深深的泪水,特别是它的康康舞和略带色情的肆情表演,让人们感觉到它的颓废,一种疼痛的美。

值得一提的是,《红磨坊》影片几乎与观众熟知的地方无关,它是一部典型的传记片,讲述的是法国画家吐鲁斯·劳特瑞克——又名亨利的人生经历。

19世纪末的法国,画家和残疾,歌女与酒杯,荡笑与病痛,这几个特征同时出现在银幕上,让人一下子产生许多联想。记得有一本轰动一时的书,书名就叫《吐鲁斯·劳特瑞克》。而这个电影就取材于这部传记的后半部分。有意思的是,这本传记原本就叫《红磨坊》,是后来出版家为了"高雅"才请人改的。

当然,生活中的画家——亨利还是与红磨坊渊源颇深的:红磨坊的最初创始人是亨利的熟人,据说在建立的初期他曾虚心征求过亨利的意见。这个野心勃勃的家伙天真地认为,将艺术与康康舞与色情与各类打趣调笑搅到一起,红磨坊马上可以名声大振,并很快使他成为百万富翁。不幸的是,当时的文人墨客和各类自视甚高的才子佳人虽然生活颓废,却好面子,视红磨坊为"不洁之地"。就这样,时间一天天过去,红磨坊并没有像创始人期望的那样"红火"起来,大家都认为是海报不好,知名度没有打出去。于是,这位创始人就恳求亨利给画一张巨幅海报。并不擅长画海报的亨利推辞不掉,硬着头皮做了一幅。

没想到这幅红磨坊海报在法国各地掀起轩然大波,谩骂和赞誉接踵而来,它成为亨利艺术生涯的分水岭,更为红磨坊的创始人的日进斗金吹响了激昂的号角——它理所当然地为红磨坊夜总会带来了滚滚财源。红磨坊今天风靡全世界,可以说亨利功不可没。

人们都相信这幅《红磨坊》海报原作今天一定是身价百万了。

画家亨利原是贵族出身,由于近亲结婚,造成了亨利的身体缺陷,长大后的亨利是个畸形的小矮人,上身与正常人一样,腿却像小孩子。假如他身体健康,将顺利继承伯爵之位,然而,他的残疾使他的伯爵梦破灭了。

影片以心理白描的手法,恰到好处地展示了亨利那种贵族与残疾、骄傲与自卑、敏感与多情的性格多重性,这是他终生不安和辛酸的根源。即便是财富,即便是世袭的贵族地位,即便是艺术的极大成就感,都不能改变他作为一个残疾人的宿命。

影片的画外音极其感人:当有人对亨利说"如果你不是残疾,哪里会有今天的名气"的时候,亨利一脸痛苦地回答:"在残疾的画家和卑微但健康的清洁工之间,我会毫不犹豫地选择后者!"他又补充道:"可是,你可以选择你的工作,但你无法选择你的父母。既然上帝要我变成现在这个样子,我就要正视它并且珍惜它。"

亨利的心是脆弱的,红磨坊成了他发泄和寄慰之地。没有任何客人可以在红磨坊获得食品和酒,但亨利是例外的。这殊荣表明了他与红磨坊的特殊关系,也反映了他内心的孤独是多么沉重地折磨着他。

生活中的亨利一辈子没有得到一位异性朋友的真情之爱,除了他的母亲,他对女人的感觉是孤傲而狂暴。每一次发泄都是一次内心撕裂。他爱上了酒,连他的拐杖都定做了酒瓶和酒杯,无论到哪里都有酒相随。亨利后来去了精神病院,并最终因酒精中毒而死去,时年三十七岁。

然而,作为一个画家,尤其是一个残疾人,在临死前能够听到这样一个喜讯也该瞑目了:他的画作被卢浮宫收藏,总统因为他的艺术成就而颁发他爵位——这个爵位显然比世袭的爵位更加珍贵。

影片中,修拉、罗丹、德加、卢梭、凡·高和莫里斯,甚至左拉等,这些大名鼎鼎的人物一个个游走在红磨坊,特别是那场关于达·芬奇画作的论争,按照传记的说法,当时凡·高也参予了,并积极发言,可惜影片没有很好地体现这一点。

尽管如此,《红磨坊》经过康康舞和色情表演的真情打造,犹如一朵惊艳四射的花,虽然带着病态,却十分安然地开放在世界电影经典艺术的山岗上,孤独而冷冽,有如画家亨利本人的传奇人生。

二、无名影片的感动

忘记了影片的名字,也忘记了那个美丽无限的女演员的名字,但精致而感人的故事情节仍然历历在目,清晰而细腻。

影片讲述一个生长在大都市、富裕而美丽的女人,她的内心总是被一种不满足所充溢。为了寻找内心的宁静,她只身离家出走,到远离闹市的深山老林体验一种全新的生活。人们告诉她,在那大山深处有一座古老的小屋，如果能在那里生活一段时间，那么，你的一切都会改变。

当女主人公终于到达这个小屋的时候，不禁泪流满面。这是一个野外的家，粗野的石板路，遍地泥浆与野狐的叫声，稚花的生动和浓雾的包裹，使她感到刺激、苦痛和恐惧。这是她自己选择的生活方式，没有谁要求她这么做。如果她愿意，她可以立马回去。但她说，她不能回去，因为这是上帝的安排。如果在这个野外的家里遭遇到什么意外，她也只能认命。她深深地明白，经过一段时间后，经过精神的洗礼，到那时，如果有幸活着离开，她将变成一个完全不同的人。

最初的两个小时，因为离开舒适的环境，女主人公满心是被流放的痛苦：语音邮件、电话、电视、收音机、垃圾食品等统统没有。而此刻只有一个孤傲的女人，与之相伴的只有山、树木、野生动物、风，还有茫茫无涯的寂静。

夜幕降临，女主人公唯一的光源是一盏油灯，唯一的热源是一只烧柴的炉子。为了取暖，火堆整夜燃烧着，同时也燃烧着女主人公的灵魂。她不断阅读前人留下来的那些日记，发现大家拥有非常相似的经历。

白天，女主人公徒步远足，在山中探险；晚上，她和衣睡在一块巨大的石板上，这是她的依靠，仿佛野兽攻击她的时候，她能够举起那块巨石砸向野兽。空中，有一个声音不停地诱惑她，鼓励她，燃烧她，让她的心中确信："我再次回到世界的时候，将带着一个更为清晰的思路和完全崭新的视角看待生活。"

一个多月的与世隔绝，女主人公幸存下来。最后，她衣衫破烂地走出了那座古老的小屋。阳光像匕首，刺在她的肩上，她亲吻着没有门栏的小屋，泪流满面。

回到大都市，因为有了这深刻的经历，女主人公安排了时间重新生活。她每天都安排一点时间给自己，虽然她无须上山顶或者走进热带海岛以求恢复活力，但她学会了在自己家里营造一个神圣空间，在这里释放自己，同时以自己为中心。她不断地鼓励自己应该构建一个特别的时间和空间："这里是你的家或者后院的某个角落，也可能是你步行或者开车可到达的某个地方。你应该送给自己一份这样的礼物。你会被这种意识、精神的投入和熟练所深深地吸引……"

这部电影是二十年前我在上海复旦大学求学时看的，影片的故事有些简单，节奏十分缓慢，甚至略显冗长，但我看得津津有味，而且记忆犹深。女主公漂亮的面孔，大片大片野菊花和不断地跳着舞蹈的蜜蜂，以及高高的天空、波浪般起伏的群山和一条看不见却能清晰地感觉到存在的直抵灵魂的无尽头的路，都是那么深深地吸引着我，当时我的求学经历与女主人公对内心精神世界的寻找有着某种相通的东西，在这种背景下，这部没有名气的影片像一枚亲切的橄榄，让我久久回味，甚至感动得一蹋糊涂。也正是从那个时候起，我对法国电影就有了一种简单的认识：法国人很浪漫，但这种浪漫是一种深刻而温柔的浪漫。

三、《钢琴家》的泪水

法国人的这种浪漫在《钢琴家》这一影片中得到了淋漓尽致的展现。

2003年当地时间5月26日晚（北京时间27日晨），第55届戛纳电影节落下帷幕，竞赛片单元的各项大奖也一一揭晓。著名导演罗曼·波兰斯基的影片《钢琴家》获得了电影节的最高奖项——金棕榈大奖。

此前，《钢琴家》荣获"恺撒奖"的最佳影片，而波兰斯基本人也因此夺得最佳导演奖。这部电影的男主角——艾德林恩·布洛迪也因此获得最佳男主角奖项。《钢琴家》一共获得七个奖项。在上台领奖的那一刻，波兰斯基的泪水一触即发——这积蓄三十五年的咸咸的泪水在戛纳电影节上再次成功地洒向每一个观众。

今年六十八岁的波兰斯基有着深深的"戛纳情结"，他从影数十年，曾于1968年和1999年两次出任戛纳电影节评委，其中第二次还是评委会主席。他也先后四次送片参展戛纳，但这一次得到的金棕榈奖却还是头一遭。从1968年第一次出任评委到2003年的获奖，三十五年的风风雨雨，波兰斯基的执着与耐心委实不同凡响。

《钢琴家》以二战中的华沙为背景，讲述一位著名的犹太钢琴家被限制在犹太人区生活，在那里他失去自由，受尽凌辱。他设法逃出后在城市的废墟中藏身，是一位德国军官发现了他，并帮他生存下来。

波兰斯基原本就是犹太人，他出生于法国。二战开始前，他回到了波兰，这样得以逃脱法西斯的屠杀；但他的母亲却死在了集中营。他曾说："我总有一个愿望：我要把波兰历史中这惨痛的一章拍成电影。"

有一天，波兰斯基拿到了钢琴家伍拉迪斯罗·斯皮尔曼的回忆录，他看完第一章，立刻意识到这个题材正是他多年来苦苦寻找的"灵魂之伤"。该书简洁、干练，文字充满张力，作者以冷静而客观的手法触目惊心地展示了生活在华沙犹太区中的人们求生的痛苦与内心的挣扎，正如波兰斯基所说："全书以令人吃惊的客观笔触描述了那段时期的真实情况，客观到了近乎冷酷和精确的地步。书中波兰人有好有坏，犹太人有好有坏，德国人也有好有坏……"

正因为此，波兰斯基希望他拍出来的影片最大可能地接近于事实，而不是那种典型的好莱坞风格的电影。他成功了。当波兰斯基听到自己获奖的消息时，泪水一下子涌出，与他同时登台领奖的《钢琴家》男主角饰演者艾德林恩·布洛迪顾不上自己泪流满面,细心而温柔地替他的好导演轻轻拭去了眼泪。

接过奖杯时,波兰斯基说:"我等了三十五年,终于等到了今天。我太感动了,能以一部反映波兰的影片拿到大奖,我非常荣幸!"

四、人文精神的闪光

看法国电影,总感觉到它的诗意的跳动,节奏的抒情,画面的精美,演员的高贵华丽,以及人文精神的闪光。而这些,恰恰就是法国电影的内部风景。

比方,《情证今生》(又名《印度支那》)这部影片,就是经典的华丽诗篇。饰演男女主人公的是法国著名演员凯瑟琳·德芙和文森特·皮瑞滋,仅凭这两个演员就足可以使该片成为名片,何况这里的故事悱恻动人,令人落泪。文森特·皮瑞滋的表演不像美国大片《007》系列中的《明日帝国》的布鲁斯南,他不是靠演技,而是靠他对生活深沉的体验和细节的把握。而凯瑟琳·德芙甜美动人的笑无疑为该片注入了活力,她的表演不像意大利影片《美丽的西西里岛传说》中的女主角那样张扬,她的表演细腻而真实。

法国电影经常表现二战时期的某个片断,伤痛与毁灭,死亡与爱情,成为这些影片的主题。但这些影片不像美国电影《太阳照样升起》那种赤裸的惨烈,法国电影的爱情旋律是平实的,却又是空灵的。它也描写战争的场面,也有爱国的主题展现,但不像前苏联影片《士兵之歌》那样直接、直露,法国电影是抒情的,浪漫无处不在,爱情的疼痛使鲜花更美。他们不可能拍摄前苏联《雁南飞》一样的电影:热恋的维罗丽娅与鲍里斯全然不觉战火已经烧到了他们身边。鲍里斯没有和任何人商量就上了前线。战争结束了,幸存的英雄回来了,但是鲍里斯没有出现,他的父母轻轻搂着泪水满面的维罗丽娅回家了。他们也不会拍摄像美国《阿甘正传》这类好莱坞式的励志经典。在法国人看来,阿甘这样的傻瓜只要到红磨坊走一圈,他就会变得聪明起来,他不需要那样奋斗。他的爱情不能在阳光下寻找,只能在红磨坊那样的阴暗角落里寻找。

　　换句话说,如果在法国,阿甘肯定会"变坏",肯定会"颓废",但也正因为这样,他的生活也才会更真实,更成功——当然不是传统意义上的建功立业的成功,而是享受生活的成功。由此可见,法国电影是多么浪漫,浪漫得粗糙和肤浅,但谁能说这不正是它们人文精神的闪光呢?

高山流水

一

我是高山,我是上古时代就一直困守在此的不老的高山。我是后羿射杀太阳所必须翻越的地方,是女娲补天蹲过的大船。那浩瀚的飓风至今还在我胸口激荡。那剧烈的扭动、高耸的肩胛、强劲有力的喊叫以粗犷之势向我奔来。我一直守望在此,守望曾经发誓要经过此山的那些人,守望已经凝固了的、只有细节记忆的风中偶尔飘忽的那些故事,守望落雨天看花是怎样的被鸟所诱惑。我并不靠记忆生活,我的回忆极为有限。这里的树木是最好的树木,这里的花鸟是最好的花鸟,这里的空气、苔藓以及透明的阳光都是崭新而持久的。没有谁发现,也许有发现了的人,但他们无缘到达这里,不是体力问题而是心智问题。

我每天就坐在群山中。那一片野地是我极目已久的地方,我真有些孤独。尽管我周围都是山,都是兄弟姐妹,可他们参与了太多的诱惑,他们因为参与了太多的诱惑因而失去了他们自己。他们拥有了太多的世俗或阴谋,他们因为拥有了太多的世俗或阴谋而拥有了我十分鄙视的东西。他们总是在欲望里张望,他们本来都高于我的身高却被沉重的欲望压弯了腰。我周围的山连长出的树都是弯的,连吹过的风都有一股被酒肉腐烂的酸臭味。所以,我无法与他们结成同盟,我无法理解他们每天在规范的动作里所演示的一切，我无法听懂那种用肩胛哭泣、用耳朵说话的语言或意境。

也许我曾经是一片汪洋大海，是无数的船只从我的表皮上抚摸而去的美丽大海，是海鸥、染色的云和殉难者最后的休养地。也许一场地震，一次可怕的海底火山喷发，使地心摇撼，使大海之外的肌肉集中一起，组成一个坟堆。也许我的祖先竟是无数未曾谋面的冤魂？是冤魂叠加的骨骼形成了我的躯干。可是没有一个文字能够证明我的推测。我一天天长大长高，我满身茸毛就是满山的大树和绿荫。我是在困惑的虚空中成长起来的，我的真实身份也许只有太阳能够说清。但太阳距我太遥远，它只能以阳光的方式同我交谈，它只能用月光触摸我欲摆不能的孤独。

是什么声音总是在我身上漫无边际地响起？是什么东西总是在我睡眠的时候糊里糊涂地闯进梦中？我不懂，但我看清了一种流动，一种清亮的、不卑不亢的流动，一种与生俱来的却无法勾通的流动。它是谁，来自哪里？

二

我是流水。我是给自己命名的始作俑者。曾经的辉煌灿烂，曾经的意气风发，曾经的漂泊、苦难与奋斗都与我无关。我在高山裸露的胸脯上呆坐了许久，我感觉漫天遍野的时间永远无法流完。在云雾笼罩的寂寞深处，我不知道什么叫感动，什么叫悲伤。

我是谁？来自哪里？我一直都在思考这个问题。我不在乎结果，但在乎开始。

我是与大海一脉相通的吗？我是那场灾难中的唯一幸存者吗？可我将目击的内容全都忘了，连形式都不复存在。我不懂大海意味着什么，它的概念同我有什么关联。恶梦中的肢体、血液和恐怖的喊叫难道就是大海曾经有过的灾难？没有谁回答我，我也不需要似是而非的回答。我习惯了自言自语或自我反省。

也许我是河的子孙,是站在岸边唱民歌的山民们把我从浑浊的水中过滤出来供他们酿酒时用、口渴时喝的。他们用我的干净洗去他们的肮脏、愚昧和屈辱,他们的泪深深渗入到我的灵魂,他们的血在我的心脏搏动。难道这就是所谓的感动或悲伤?

也许我是溪水,是地层的伤口汩汩地流出的井水,是无名之泉。而所有这些,于我何用?我日复一日、年复一年地呆坐这里。在这笨拙的、傲慢的大山身边,我的歌声没谁听,我的倾诉没人理会。我试图亲近大山,可它无动于衷。我甚至想,如果这座大山是从大海的灾难中成长起来的海的后裔,那么,说不定它是我生命中唯一的亲人。我不敢再往下想。

晚风吹起来,多么美的晚风啊!它使夕阳更加温柔,使夜色更加迷人。我放肆地亲吻着晚风,亲吻着带有野花芬芳和绿色氤氲的晚风。瞧,月亮升了起来。古老的月亮是如此的亲切,我流动得更加欢快,我希望月亮能听到我心底的呼唤,我是多么的渴望啊!

三

已经走了许久,我筋疲力尽,来到了这块野地。这块有高山作伴,有流水注目,有飞鸟经过的野地。这儿的空气透明而清洌,没有半点尘埃;这儿的风欢快而流畅,没有丝毫做作;这儿的景色质朴而自然,没有任何虚饰或伪装。我长长地舒了一口气。

我是伯牙,是先秦的琴师,是注定要成为著名成语的主角,此篇文章的中心人物。

那个年代太久远了,连象形文字都脱光了牙齿。可我记得很清楚。我不是怀才不遇,我在宫庭演奏,皇帝和大臣都洗耳恭听,舞女跳着优美的舞姿。我弹奏得很卖力,感觉自己全身心投入进去了。我热情洋溢，所有的音符都跟随我的情绪起伏不停，我完全忘却了自己。当我从艺术的痴迷中渐渐苏醒过来时，我听见了掌声，是那种完全公式化了的冷漠的掌声。我看见大伙的脸上写满古怪的表情，我已经多次陷入这种可怕的结局。我听见我的琴声在哭泣，在灯红酒绿的上空孤苦伶仃地徘徊。我望着陌生的大厅和雕梁画栋，望着悲凉的文字被御制者们所扭曲，被参观者、倾听者和附庸风雅者们所曲解，我仿佛看见了自己的明天，看见了被遗失后的没有思想的空壳。我的血液在燃烧。我的胃一阵阵痉挛。是的，我吃着皇上的俸禄，占据许多人企望占着的位子，我该满足了。可我的灵魂找不到依靠，像没有根的浮萍，我无法忍受这种生活。

有那么几回，我变幻着音符，用一种最简单的方式把深刻的主题反复弹奏，我仍然得不到发自内心的回鸣，仍然是那种程序化了的敷衍塞责，包括机械的掌声和麻木的笑容。我觉得自己受到了侮辱。我愤而离开了浮华的宫廷，离开了那个貌似高雅、深刻实则浅薄、粗俗的地方。我背着木琴，周游各地。我是为琴声而活，为灼热的、带有自己咯血的音符而活，而不是一杯酒（哪怕是皇宫玉液）或一顶官帽（哪怕是宰相大臣）。我去过的地方让我伤心，没有一个知音，没有一声超俗的喝采。我每天生活在虚假的、没有特征的模式里，我几乎感到了绝望。

这荒山野地别无他人，只有流水抒写着自己的情怀。我呼吸这些清新的空气，真好！我重新调弄琴弦，把满腔的思绪倾诉给高山流水。我重新回到自己的昨日，敏锐的感觉激发了板结的思潮，我欢快地、近乎疯狂地弹奏。我的志向、抱负和理想拉成了生动的音符，让高山更高，流水更美，让遍地野花更加芬芳……我感到了从未有过的轻松和畅快！冥冥之中，我与自己达到了默契。没有谁理解虽很可悲，但自己理解自己也足以快慰平生了。

就在我畅快淋漓的时候，我看见一个人向我走来，他的眼睛布满了欣喜与惊奇。

四

　　这是残根败枝的黄昏，是黄昏中的一条小路。我挑着干柴，在这条小路上走，从没想到有人会来到这里。

　　今天有了意外。从我踏上的那一刻起，我就有了莫名的激动。我是樵夫钟子期，一个在芦苇里长大、与泥巴厮混的乡巴佬。我没读孔孟之道，没有经过大风大浪。我独自一人日出而作，日落而息，活得很踏实。

　　眼看就是梅雨季节了，我得上山弄点干柴。整整一天，我拾得两捆满意的干柴。我挑着它，思考明天是否将那扇被风雨侵蚀的木门换成新的，当然我完全可以不去管它，反正没有外人来，但我总得做点事儿，我是一个闲不住的人。就在胡思乱想的时候，我踏上了这条小路，发现天上落下了许多音符，鲜花一般。我听到了一种声音，充满渴望与期待。

　　我加快了步伐，感到有些力不从心，我老了。我笑着歇了一会，翻过一个小山包，我看到了前面的野地坐着一名琴师。他弹得入了迷，我依稀感到这高山流水都在倾听他的琴声，如泣如诉，像慷慨激昂的琴声扣人心弦。这个可怜的怀才不遇者，我分明听懂了他那"巍巍乎志在高山"和"洋洋乎志在流水"的远大理想。他是谁？他终于抬起了高贵的头颅，我们的目光连在一起。

五

　　是缘将两个孤独的灵魂连接起来，是志趣将两颗陌生的心沟通。我在古书上翻读这个动人的故事，没有任何背景的故事显示了历史的干净和爽快。我是作家聂茂，是很小的时候就在成语字典里结识伯牙和子期的人。

那块野地仍然处于蛮荒时代,尽管上面堆满了脚印,可很少有人留下名字。樵夫钟子期死了后,伯牙摔琴绝弦,终身不操。他将子期埋在一丛苦菜花下,每天坐在子期的坟堆上,回忆与知音厮守的日子。多么美妙而短暂!伯牙不能自已,高山不再鲜活,流水不再动听,世界失去了颜色和意义……

而今,我来到了这块野地,寻找那把被摔断的琴弦和结满蛛网的沉重音符,我找到了一丛苦菜花,不敢想象这美丽的植物会是子期湿漉漉的灵魂。伯牙是如何死的,古书上没有注明,我也不敢妄加推测,但我总是问自己:他会自杀吗?

诚然,伯牙是怎么死已无关紧要。我们无须只从表面或文字上去理解一个古老的成语,历史的背景往往是后来者人为地添加进去的,但这并不妨碍我们所要寻觅的本质。生命易得,知音难觅。许多时候,人的一生就是一个寻找知音的过程。伯牙可以欣慰的是,他终于遇到了子期,尽管相见恨晚,毕竟有了心灵得以沟通的最大快乐。我们找到了知音吗?

历史已经有些走样,我们对"高山流水"的理解更多的局限在"爱情"范围内。这个成语已重新谱写了音符,歌词也有了花哨的包装。在小巷深处,在银屏上,在烟囱刺天的城市,我总能听到一个孤独的歌手在哀怨地低唱,声音是那么尖、那么细、那么脆弱与无奈……

第四辑　云淡风轻

　　月光出来的时候，我感觉无限的美从四面八方向我涌来。我知道"月印万川"的道理，知道"心中之月"与"空中之月"的不同，就像知道有屋顶的房子和没屋顶的房子之不同一样。有个声音对我说：你没有必要离开房子，坐在床上看着就行；甚至看也不必，等着就行，甚至等也不必，只要沉默和孤独就行，大千世界会主动向你走来。

没有屋顶的房子

我住进了一间没有屋顶的房子,这是我渴望已久的事。我可以尽情地奔跃和放肆地呼吸——这清凉的气息来自大自然,来自粗犷的田野和贴着地面缓缓升起的风。我看见纷纷坠落的露珠闪烁真诚的光泽。这质朴的水分从泥土深层爬出来,蓄满湿漉漉寂寞的爱。在那睡眠的手臂上,我每一分钟都被它捏在手里;星夜的窗口,布满目光的天空,是谁为我展示古老的忧伤?我不知道父亲是否触摸过它。当我禁不住伸出手去,我猛地停下,一种人格的力量带着痛的锋芒从头发直逼指尖:那是万物之根的泪水和血液啊!它透明而婉约的姿态仅仅是它的艺术形式,在树叶,在草尖,在早晨或黄昏,我躺在厚实的大地上静静地守望它,就像守望多年后的我自己。

月光出来的时候,我感觉无限的美从四面八方向我涌来。我知道"月印万川"的道理,知道"心中之月"与"空中之月"的不同,就像知道有屋顶的房子和没屋顶的房子之不同一样。我曾习惯于有屋顶的房子,可以避风挡雨遮日头,又安全又可靠。可我总觉得气闷,总觉得从小小窗口看世界未免太单调太窄小太自以为是了。这房子使我有了家的概念却失去了对家的渴望。

父亲说:我拼死拼活给你砌了一间房子,你竟不要!我知道父亲的辛酸,我甚至看见了父亲在黑暗中倍受煎熬的心灵,为了一砖一瓦,他奉献出全部的白天和夜晚。在那片永远没有走出欲望的黄土地,雪天里孤独如雾,厉风刀片一样在胸前留下一条条爪痕,而房屋的建造者——那些只须一把小米便茁壮成长,只须一杯浊酒便豪情飞扬的汉子们——我的祖先,我的父老乡亲,是房屋,让你们无语而立;是房屋,表达你们的一切情感和理智。理解房屋,便是理解了你们,理解祖父临终扬起的手臂,理解大伯大婶走向战场那无怨无悔的背影……

是的,我理解这些,充分理解,但我更清楚,与其住在父亲苦心经营的土屋里,不如住在天空下。我一直在逃避父亲,我担心自己背叛了他。直到某天,我把一本新出版的书抖抖地送给一字不识的父亲时,老人家翻书的模样十分庄重,却使我一下子想起了得到尊重的盲人,我哭了,深深地。父亲曾骄傲地告诉我:只要给我一把锄头,我就能够活下去!我不忍告诉父亲:只要给我一支钢笔,我不仅能够活下去,而且活得比您好!

我承认,很长一段时间,我住在有屋顶的房子里。有个声音对我说:你没有必要离开房子,坐在床上看着就行;甚至看也不必,等着就行,甚至等也不必,只要沉默和孤独就行,大千世界会主动向你走来。诚然,这声音也不无道理,它其实在说"万物皆备于我":你愿往心中装多少就有多少,你是自己的国王和臣民,你是你的整个世界。尽管如此,我仍然固执地认为,房内和房外是两个完全不同的世界,我要出来。我不悔。

而今,我终于住进了没有屋顶的房子,没有围墙,也无所谓窗户或门槛。当绵绵的虫鸣将无尽的夜色赶进森林的时候,当亮丽的蛙声把天空下的露珠一颗一颗摘走的时候,当隐隐的涛声和着大地的搏动轻轻叩击耳膜的时候,我仿佛置身于历史的汪洋中,而现实辐射的艺术之光从我的头顶倾泻下来……

我猛一抬头,太阳像一朵花,开在山岗上。

乡村牧歌

无论是斜风细雨还是烈日当空，农民们总是那么平静。裤管是卷起的，衣服是粗糙的，胸脯是袒露的。那毫无规律的节奏，合二为一的粗重的呼吸，是他们的真实写照。汗珠从手臂上落下，在水面漂浮着。泥浆浑浊而清澈，没有任何语言。当风从永恒的器皿下疲惫地张开手指，当月光菊花般随雪飘去，当用浊水洗涤又用甘松香熏染的老水车在漏雨的墙头呜呜作响，农民们走进稻田，一如走进苦难而温馨的家园。

他们就这么生活着：在与贫穷最残酷的交战中，他们的天空充满苦难，一片又一片云树叶般跌落，没有任何回响。他们把麦粒扬向空中，每一粒都写满沉重的慰藉。他们的手皲裂，像秋后着霜的田地，有希望暗长，有梦发酵，有水酒慢慢滋润。他们发出粗犷而多毛的叫喊，那是快乐的开始，也是痛苦的降临。

他们就这么生活着：脊背上留下铜币似的盐渍，被烈日暴晒的皮肤有着黝黑的扭曲，一道道结痂的血痕触目惊心。风从中间穿过，刀子一般，流出烫人的液体。

他们就这么生活着：爱情非常遥远。躁动的目光从布满老人斑的草垛前流过。他们从不理会虚拟的概念，总是干脆利落，直奔主题。他们揍人，吼叫，欢乐地拍打或沉闷地哭泣，用自己的方式爱女人。他们的声音石头般坚硬，劳动给予的一切他们都给予了农田。房屋和门的钥匙谁也没法握紧，草帽在墙头监视镰刀。

他们收割孤独，却又不能投入水中。因为水像一块不忍伤害的玻璃，使农田多了一些宁静。

他们就这么生活着：那从未举行过婚礼的堂屋布满灰尘，老鼠追赶着流浪的亡灵。他们没有鹦鹉和百叶窗，只有封闭的阳光丈量潮湿的时间。农田是他们的命根子，是他们赖以生存的凭证。

他们躺在稻草上，有蛙声响起，有露水降临，吠声贴身而过。一根扁担已被挑弯了，一头是饥饿，一头是热望。寂寞深处，他们撕下空洞的微笑，贴在镜子上，他们的心就保持了平衡。

他们的海碗是祖先留下来的，缺了一个角，也许还要缺第二个角，并且比后来的更粗糙。可他们用它喝酒、吃饭、装磷肥和种子。他们不需要说话就能听懂原始的祭奠，对祖先，对稻田，对捕风捉影的传说或虚拟的迷信，尊重、崇拜、愚昧。他们把唯一的家禽贡献出来，也许是一只鸡、一只鸭、一只眼睛发红的绵羊。而病重的老父亲临死前还希望参加那个仪式。他参加了一辈子，没有一次改变命运。

他们在脚盆里生下了孩子。贫血的孩子没能上学，把邻居借来的破书看了一遍又一遍，那些文学使孩子们过早地懂得了生活的痛苦。他们和渔夫结为朋友，和猎人成为至交，和黑夜亲切握手，因为黑夜使他们的痛苦得到解脱。

秋天已经来临。那只有形式没有内容、只有唠叨没有意义的老母亲像苍白的玉米秆在风中摇晃。当暮色在村头迈着步子，她匆匆走进那间安全而又破败的小屋。她是在那间小屋降生的，带锈的菜刀切掉她的脐带注定了她一生的坎坷。她经历了许多事情，只有小屋距她的心脏最近。她在小屋逃脱了恶犬的狂吠和暴雨的撕打，她对小屋充满感激的柔情。她分娩的痛苦和有限的欢乐都是在小屋度过的，而最终，一个出血的早晨，小屋倒塌了，做了她的棺木。

叶子的声音。风信子在视线以外的地方漫无目的地游荡，像幽灵，又像是闪光的火球，把高高的天空逼得更高。农家后代在天空下沉稳地走着，一如他们的父亲。

春天来临的时候，山女们把自己嫁给太阳。她们像母亲一样，穿着厚厚的粗汗衫，站在村口梳理阳光，也梳理悄然而来的欢喜和纷乱。她们想象中的男人模糊而恐惧。一种撕裂的喊叫阴影般纠缠她们，又剧烈，又霸道，擦伤她们的胴体。

沉重的牧歌，唱不完农民们的酸楚。那些健康的体魄总是被生活压弯，尽管也有高昂的笑声，又新生的风从山的对面吹过来，有腰鼓、唢呐和耍狮子的彩球充满诗意，但农民们的皱纹总是那么多，那么零乱和深刻，像干裂的稻田，永远期待大雨降临！

母亲的金耳环

那年母亲六十七岁了,一头青丝白得所剩无几,身体也愈来愈加矮小,脸上的皱纹像塑料薄膜似的,风一吹,我几乎能听见空洞的响声。每次回家看望母亲,都感到了岁月的无情,每次离开,都不知是否能够再次相见。那感觉真叫人刻骨铭心。

可母亲似乎活得踏实,活得满足。母亲唯一渴望的是,能够有副金耳环。母亲很少提要求,但这个要求她向我讲过多次。

实话说,我不大赞成母亲戴耳环,白发苍苍的人了戴着耳环像啥样儿?在骨子里,也许受小时候看电影的影响,我对戴耳环的女人有一种不健康的看法,总觉得有一种小资产阶级低极趣味的情调。尽管现在戴耳环的女人越来越多,但我以为她们要么炫富,要么赶时髦。母亲一生清贫,无富可炫,亦无时髦可赶,因而戴耳环之类,大可不必。于是听之任之,全没放在心上。去年回家,母亲第五次向我说及金耳环的事,并说某某人没任何资本也戴上了耳环,她看了很不服气云云。既然母亲把金耳环看得如此重要,我该认真对待了。

那次返城前,父亲给我讲过一件事,说母亲年轻时,曾在广西柳州口岸死过一回。当时父亲穷得叮当响,满城里找棺材,居然三天没找到一家棺材店。令人不可思议的是,母亲第四天又神话般地复活过来,但脑子一直不清白。一个月后,头发全部脱落。差不多半年时间,母亲出门还找不到家,完全换了一个人似乎的,说话颠三倒四，许多时候怔怔地望着某个地方发呆。父亲急得没办法，后听从一个道士的劝说，用卖血的钱替母亲买了一副银耳环。道士说要是金耳环就更好了，但父亲已竭尽所能了。

说来真是奇迹。母亲戴上银耳环后病情慢慢好转，一年后，彻底恢复过来，头上也开始长出发丝来，父亲悬着的心总算放了下来。

父亲说，母亲的那副银耳环后来为大哥治病被迫典掉了。父亲说起这些时，声音很低，像讲起一个与己无关的遥远的故事，其时，母亲正佝偻着身体在洗菜做饭，残阳柔和地射进来，照着母亲那多皱纹的苍白的脸孔。我为母亲感动。

回到报社后，我多次想去街上买一副金耳环给母亲。每当这个时候，总有一个更美丽的愿望撞进我的脑海：让未来的媳妇给母亲买吧，这样更有意义，也更令母亲开心。母亲每年喂一头大猪，等待我带一个漂漂亮亮的城里妹子做她的媳妇，但每次都让母亲失望。

也许我真的不懂爱情，让一个又一个优秀女孩擦肩而过，而她们中间至少有一个女孩我完全有理由成为她的男友直至丈夫。遗憾的是，我没有抓住机遇，以致快到三十仍孤身一人。有时，我想，我没恋爱没结婚并不重要，重要的是有个好女孩替我买一对金耳环。

在焦急和彷徨中等待了三个月，没有一个优秀女孩向我微笑走来。于是，一个秋日的傍晚，我走进商店，用五元钱买了一对假金耳环。起初觉得这样做沾污了自己对母亲的情感，同时也沾污了母亲对金耳环的向往。后来想，许多有钱人不也戴假耳环吗？戴金耳环反而容易招惹麻烦。尤其令自己可以开脱的是，反正将来终有一天我会让女友为母亲买一副金耳环的，如此这般，心也就宁了。

我托人把假耳环送给了母亲。我猜想母亲一定会高高兴兴地把它戴在耳坠上。

不久后的一天，我因采访路过家乡，顺便回家看望双亲，我发现母亲并没有戴上那对假耳环。父亲唠叨一些一句话也没听进去。母亲没提假耳环的事，我也羞于启齿。临走，母亲特地将我拉到一边，神色庄重地说：孩子，我千省万聚积攒了五百多块钱，请镇上一个老人打制了一副金耳环。我没有告诉你的哥嫂，也没有告诉别的人，即使是那个制耳环的老人我也只说是给别人定做的。我要在大年初一那天戴上耳环，我说是你给的钱买的。母亲停了一下，决然道：村子里有些女人啥都不是，也戴耳环，娘得为你争这口气！

我望着皱纹历历的母亲，眼泪夺眶而出。听父亲说，母亲对自己的生活十分吝啬，常常吃些馊菜剩饭。不难想象，为了积攒打制耳环的钱，母亲在梦中都想着如何将一分钱掰做两分钱花；她的身体一直不好，病了，只得苦苦地熬；她把儿女们给的一点点钱全部小心地藏进秘密的布搭子里……母亲啊，为了争一口硬气，你苦苦支撑了一辈子，为何还要苛求自己？做儿的不是不爱你，实在找不出更好的方式来爱你啊！

母亲见我眼眶红了，就轻轻地安慰我说：你怎么啦？咯要什么紧？先前，你买给我的那副耳环等我死了后，放进棺木吧，我这副金耳环就送给你女朋友做纪念……

"娘！——"我紧紧地搂住母亲，再也不准她说下去，泪水如注。

父亲的康乃馨

这是一个平凡的人所做的极其平凡的事。说它平凡，是因为写作者并非位高权重的非常人物，被写者亦不是卓尔不群的时代宠儿，都不是。充其量，这是一个父亲对于懵懂爱女的心灵手记。

这样的一本书为什么让我感动？原因在于，平凡的父亲把对于女儿的那一份关爱、呵护、喜悦乃至辛酸淋漓尽致地展示出来，这里没有矫情，只有真情；这里没有煽情，只有痴情；这里没有滥情，只有挚情。

至真，至情，至爱，是该书的品质；

有苦，有乐，有趣，是该书的风格。

这是一个老农对于水稻的轻言细语；

这是一个男人对于妻子的持续表白；

这是一个诗人对于爱情的深情吟唱。

爱情开花了，结果了，他把果子捧在手心，反复端详，细细观察，那种专注，那种缠绵，那种爱不释手，让人羡慕，让人感慨。

也许在父亲的情感世界里，爱女儿就是爱世界，女儿就是父亲的生命，父亲的宝贝。因此，她不必太优秀，但必须健康；她不必太天才，但必须聪慧。上班之前，下班之后，工作之余，茶饭之后，他看着她笑，看着她哭，看着她睡，看着她醒，就连她折磨他，他都欣然笑纳，并不是没辙，而是感觉到有一种滚烫的、浓烈的、无边无际的爱铺天盖地涌来……

读了这本书，总有一股暖意在心底流淌；

读了这本书，总有一种力量在心灵深处轻轻敲打。

茗芝，多么幸福的小女孩；

江湖海，多么有情有义的男子汉！

茗芝因为有了这样的好父亲，注定她将来的一生会是幸福的、快乐的；江湖海因为有了这样可人的女儿，有了把自己滚烫的、满满的爱毫不吝啬地奉献出来，也注定他将来的一生同样是幸福的、快乐的。

女儿因为父亲的爱而快乐，父亲因为女儿的快乐而快乐。

与其说江湖海把自己的爱献给了自己的女儿，不如说他深沉表白的是对于娇美妻子的千宠百爱。爱女儿，爱妻子，爱家庭。一个"爱"字，被多少人书写，被多少人赋予不同的含义，可是，又有哪种日常的爱、纤细的爱、琐碎的爱、容易忽略的爱、难以捉摸的爱表现得如此逼真、如此生动、如此的扣人心弦？

"女儿是父亲前世栽下的康乃馨！"这句话，用在江湖海身上，是多么的生动、准确和恰当！

更为重要的是，江湖海借与女儿对话这样一个独特的视角，把自己在工作、生活、学习中的心得、感悟和体验畅快淋漓地写了出来。这里有感慨，有不平，有愤怒，有郁闷，但所有这些，一旦碰上茗芝，一旦与爱女联系起来，他便变得从容，变得淡定，变得宠辱不惊，变得宁静而有趣。比起爱情和友情，那些浮名、那些蝇利、那些喧嚣或寂寞都是那么的一钱不值！

作为江湖海多年的好友，我深刻了解他的生活，包括他的痛苦和不屈。我为有这样的朋友感到高兴，更为这样的朋友拥有这样幸福的家庭而感到高兴。这是上天对多年来他的漂泊、他的追寻、他的坚守的最好的回报。

记得多年前看过周国平的散文集《妞妞——一个父亲的札记》，作者在扉页上挥笔写道："对于男人来说，唯有父亲的称号是神圣的。一切世俗的头衔都可以凭人力获取,而要成为父亲,却必须仰仗神力。"是啊,父爱如山,父爱托起女儿的天空。

心理学家指出,尽管母亲在生活层面上更多地影响了女儿,但是父亲却会对女儿的性格和一生的幸福有着至关重要的影响。为什么父亲会对女儿有那么深刻的影响?父亲又在哪些方面深刻地影响着女儿?教育心理学家研究发现,以下几个方面父亲对女儿的影响是母亲无法替代的:第一,父亲奠定了女儿心目中最初的男性形象;第二,父亲的肯定更能帮助女儿建立自信;第三,和母亲的爱相比,父亲的爱对女儿具有不同的价值;第四,父亲对女儿女性气质的培养更重要。

我相信,江湖海是深明此理的;我更相信,未来的茗芝一定出落得楚楚动人,一定变得知书达礼,一定不会辜负父亲对他的殷切期望的。

中国人大都知道"养不教父之过"的道理,但不一定了解犹太民族把父亲看作是"将女儿引向幸福婚姻的人"。其实,父亲正是有着这样神奇的力量。读完这本书,你就会明白,神奇的力量是如何产生的。

2006年12月7日,贾平凹在女儿的婚礼上发表了简短的讲话,把一个父亲能表达出来的对女儿的爱,全都浓缩在这样纯粹的文字中了。他说:"我二十七岁有了女儿,多少个艰辛和忙乱的日子里,总盼望着孩子长大,她就是长不大,但突然间她长大了,有了漂亮、有了健康、有了知识,今天又做了幸福的新娘!我的前半生,写下了百十余部作品,而让我最温暖的也最牵肠挂肚和最有压力的作品就是贾浅。她诞生于爱,成长于爱中,是我的淘气,是我的贴心小棉袄,也是我的朋友。我没有男孩,一直把她当男孩看,贾氏家族也一直把她当做希望之花……二十多年里,我或许对她粗暴呵斥,或许对她无为而治,贾浅无疑是做到了这一点。当年我的父亲为我而欣慰过,今天,贾浅也让我有了做父亲的欣慰。因此，我祝福我的孩子，也感谢我的孩子。"

说真的，读了这段话，我很感动。我不知道将来的某一天，为女儿写了几本书的江湖海（茗芝百日那天已经出版了一本书，这是第二本书，不知道今后他还要写作多少本书），面对即将出嫁的茗芝，他会说出一番什么样感人肺腑的话来？但有一点我可以肯定：他是欣慰的，微笑的，深沉的。也许他会说上这么一句：孩子，你没有出生在显赫的家庭里，但拥有跟你相配的父亲以及父亲那显赫的、绵绵不尽的对你的爱。

茗芝，我的乖侄女，快快长大啊——我要看着你长大后究竟要变成怎样的大家闺秀。

江湖海，我的至情的好友，继续书写啊——我要看着你把这平凡的感动究竟发挥到怎样的极致。

我们都是平凡的人。因为同样的平凡，但我做不出同样平凡的事，所以，我要向把平凡的事做出不平凡来的人致敬！

我爱茗芝，我爱江湖海，我爱这样幸福的家。

祝福茗芝，祝福江湖海，祝福这样幸福的家。

地老天荒总是情

很久很久以前我就有一个愿望，带你去爬山，去爬一座很高而又很平常的山。爬到山顶，坐到一棵松树下，默默地看着对方，感受对方的心跳和呼吸。

生活已经太平淡了。我们需要这种浪漫。人人可以做到，可并不是所有的人都愿意这么做。在那个山顶，回归自然，想些钱权以外的东西，比如时间、阳光、石头、哲学和宗教，等等。

阿妹，在你的面前，我很不愿意重复人们用滥了的那句话。我是在默默地想你，牵挂你。也许你并没有感受到我的这番情意。记得那年我去邯郸讲课时，在一个古庙里忽然就想起了你，立即跑到一个菩萨面前，为你祈祷。那天晚上我写了三封信，三封很长很真的信，写完后天就亮了。天亮后我没有勇气把信发出去，我只求自己静静地想你，悄悄地 love 你就行了。听算命先生说你有难，我急了，接连七天用荷叶贴住胸口。算命先生说，这样你的难就会转移到我身上来。你开开心心地活着，哪里知道我为你做的这种"傻事"！

从农家孩子到硕士研究生到作家记者，我不知经历了多少磨难，可我大难不死，活到了今天。也许你从未为我做什么，可因为有了你，有了你的存在，我才能一次次倒下又爬起，我才能一次次把痛苦喝下去，把眼泪和耻辱埋进记忆深处。我从不向你诉说苦难。如果你在意我，不说你也会知道；如果你不在意，说了也白说。但无论你是否把灼热的目光投向我,反正我所做的一切都是为了你!

那年10月我去北京人民大会堂领奖,我多么希望你就在台下啊!不要鲜花,也不要祝贺之类的话,甚至不希望拉一拉手尖,只要你看着我,会心地一笑。那意味深长的一笑足以把我的疲倦、劳累、痛苦和寂寞赶得远远的。因为你认定,我应该有今天的风光。可惜你不在我身边,这个灿烂的想法便只好去梦中寻找。事后又觉得自己犯傻。唉,傻就傻吧,心好就行。你说呢?

阿妹,你现在还好么?你不会轻易给人许诺,你不会轻易给人机会,你守护你的纯洁和亮丽一如守护你的天空。我仍在找你,总有一天你会走出来,吓我一跳。也许到那时,你我都老了,我们就让各自的吉祥鸟衔来一枚枚干柴,烧一堆火,重温我们在天各一方里所做的事。当你的手终于不经意地搭在我的手背上时,我苍老的心突然跳动一下,然后安详地合上眼睛。

阿妹,还等什么呢?一块去吧!

风之歌

一、与风相约

几乎是黄昏的时候，那一缕芬芳从甜柔的寂静里向我逼来，沙沙作响。幻象之上，你的装束古色古香，你的笑容花开花落，你如水一样的名字若隐若现。远远的沙滩，三五只鸟儿收集夕阳，我在夕阳中。

我在青萍之末紧握你的目光，你的目光比夕阳更为古老。当回忆的碎片落满双肩，你的温柔将我淹没。

晚风四起，蛙声透明。轻轻拨开一层呢喃，我听见月光落在地上发出银子的响声。那种脆弱的声音被我捧住，就像捧住湿漉漉春天里的一只小鸟。

注视来的方向，它飞去的道路延伸到春的尽头。风从四面吹来，仿佛翻动了一部书。当语言的歧义在芦苇中消失，我被滚烫的词定格在一片小小的树叶上，你的指尖将我分为两半，一半融入你的芬芳，一半成为你的梦想。我只有完全消失的时候，才能把灵魂邮寄给你，包括白天与夜晚。我是因为爱你才心甘情愿地消失的啊！

等待着你，我的鲜花已经枯萎。夜是如此之黑，我摘下一片月光，将你的笑容在月光之中洗了又洗，我在你的背影里看清了自己。我的忧伤总是美丽地跟随着你。哦，玻璃的风！你无法穿过雨季与我走到一起,你只会在小路日夜徘徊,我只会日夜徘徊在小路。我们约定的歌声已经发黄,可是,听歌的时候,我的泪水仍然模糊了你的视线。合上昨天,合上紧握手中的你的声音和呼吸,任芬芳飘向空中,那是我无法抵达的爱。

蓦然回头,我感觉一滴冰凉正慢慢触摸我的脸孔。

二、风乍起

当宁静以永恒的光晕笼罩曙光初露的大地,我听见你的琴声沿着生命的隧道迅速走来。你的热情比我想象的还要猛烈,在字里行间剧烈地燃烧。我突然明白,昨晚你并没有失约,你在水之湄守望我,你以崭新的失约方式赴我的约会。你的芬芳证明,你每时每刻在我身边。

洁白的诗句露珠一样动人。羞怯,辗转,奔跑,不宁的风啊!我的灵魂被你的手指戳痛,你站在我的伤口上,白天正在来临。

青色的果实睡在树叶上,睡在涟漪和手掌之上。我在阳光下复制自己,金子的阳光比金更亮。我听见跑马一样的柔情在树林里歌唱,你抱着一架风琴,我的目光将你的声音涂得通红。阴影飘来的时候,你的声音纷纷落进井中。

风啊,玻璃的风!鸟唱的季节,雨水的名字,你在一缕芬芳中过了整个冬天。长满苔藓的日子,我的茅屋已没有一片完整的瓦棱。为了等你到来,我挥霍青春和财富,最后一滴酒洒在点着篝火的地方。

你的砂子占据鸟巢,天空中,那些惊慌失措的鸟无家可归,每一片羽毛都写满雨水和渴望。

四月残酷地横在眼前,我收拾好昨日的锋芒,忧伤依然停留于瞳孔。这命定的缘!

我在陋室缄默不语,享受痛苦。我的思绪被你穷追不舍。

青石板上的女子把粉红的民谣留下来,把南方的节日带走,把牧歌、爱情和嘴唇带走。

阳光下的谷仓,我唯一的财富就是回忆。当时间的河流穿过冰凉的身体,我把回忆撒满天空,我一无所有。你在山岗上,你的四周全是风。

三、追风

辽阔的草地,没有恋爱的果实,金属的儿子。你的头顶坐着夏天,盛大的夏天比果实更为沉重。一只鸽子飞向远方,那里有我的名字和故乡。

我看见一头小鹿奔跑在你的磁场,我看见水底的花朵开放在你的船中,我看见篱笆上的爱情堆积在你薄薄的屋顶。当风翻阅我的信笺,我羞愧得直指天空。又一轮上好的月亮掉下一片羽毛,我一拾起就能飞走。

滑行的小草,悸动的情愫。我的伤口在哭泣中愈合,在愈合中梦见你的白马在哭泣。静静的茅房,你的手指已经长大,像艺术一样坚韧有力。你的歌爬上树梢,让我唱熟一个秋季。

我躺在空空的麦秆上,过着清贫的生活。有一根鹅毛轻轻撩拨,那是你温柔的手指吗,在井里的睡眠消失之后?

在生日和末日之间,我选择道路,最艰难的一条路,像柴一样干瘦,弯曲在我的追求中。我守护我的痛苦胜过别人的幸福,我执着于我的路胜过跟着别人走。我在追求中看清风的启示,那是你从未显明的哲理。

泪水一触即落。

去年的树根仍然留有你的温馨。北方的草垛,冬天的竹筒,爱情的绳索,我被你逼得走投无路。我坐在木盆中一天天老去,我在老去之前用最好的语言抚摸你。

我看见你从火焰里跑来,大地的火焰将我的追求照得发白。我最后一滴血极有可能抵达你的福址,你能感觉到么?

哦,玻璃的风!我在追求之中失去自己,我在失去之后仍然追求你,我再生的风啊!

雪鹤

雪下得极大，山野里白花花的静，冻僵的风麻麻木木地来而且去。

老汉起来的时候已是病后的第五天，老汉估摸不下了，穿上冷铁般的破褡袄，哆哆嗦嗦地打开门，就有看不见的刀子从老汉的肋骨穿过。

老汉急欲关门，忽见柴门前几米许的地方歪倒一只鹤，老汉一怔。鹤漠然地望着老汉，无声，无息，无怨。

老汉将黑乎乎的被单披上，愈急，愈无力。短短的几米地，竟跟跟跄跄地逝去好几分钟。老汉弯腰的时候，鹤懒懒地合上眼皮。

冻红的腿肿得骇人。

火，点起来，温暖溢出。老汉将鹤搂在怀里，焐它。

鹤睁开眼，动了一下。

老汉吮鹤的伤口，吐出污物，又用唾沫擦，从袖口撕下一块，轻轻缠好。鹤站在火堆旁，仄一下，终于稳住。老汉松了一口气。

鹤仍漠然地望着老汉。

老汉伸出瘦骨嶙峋的手抚鹤长长的头。老汉说，你别这样看我，我又穷又病，该进坟墓的人了，知道你饿，我自己也需要……可是……唉。

鹤无动于衷。

老汉眼角好辣。雪又下起来,纷纷扬扬,愁绪一般。火苗渐渐小了。老汉缩回手,说:你怎么这么冷漠?莫非、莫非你也是被孩子们赶出来无家可归的?

一滴泪水从眼中滚出。老汉一时恍惚,看着鹤潮湿的地方,弄不清是自己的还是鹤的。

火苗愈来愈小。老汉四面瞧瞧,说:你在这儿呆着,我去找点干柴来。再暖暖,你的腿就好了。老汉费力站起来。鹤望着老汉,一动不动。老汉冲鹤点点头,踽踽走出门外。

约摸一袋烟的工夫,老汉搂着一把干柴,喘着粗气进屋,倚墙过来。老汉陡地惊呆:火已经熄灭,鹤歪倒在火堆中央,羽毛已经烧焦,腿部和胸部的肉逸出淡淡的香味,而鹤的头完好无损,只是冷漠的眼睛美丽地闭上了,仍是无声,仍是无息,抑或仍无怨……

天空下,茅屋下。柴门紧闭,永远。

脚步声，轻轻

黄昏，风更紧了，像催命似地尖叫。我走在山路上，孤零零的，无视地上的落叶，什么也不想。三次没考上大学，活着还有什么意思？呵，就这么走吧，默默地，默默地，朝着那一片枫林，朝着生命的归宿……

蓦地，有脚步声尾随而来，我扭头一看，除了光秃秃的树枝在北风中挣扎外，别无他物。幻觉？不，分明是脚步声，是轻轻的、轻轻的脚步声。我停下来，四处搜寻。奇怪，脚步声消失了！于是，我继续走，但脚步声又隐隐约约地响了起来。

莫非有人监视我？

风渐渐小了。我装作若无其事的样子继续走，一回头，终于瞥见一个人在不紧不慢地跟踪我。我快他也快，我停他也停，像一条甩不掉的影子，把我的心搅得乱糟糟的。

他是一个老人，一个手持拐杖、穿着陈旧的黄解放鞋、衣衫褴褛的驼背老人。

我跑到他跟前，大声问："你为什么老跟着我？"

他望着我，面带笑容，但那笑有点古怪，令我不安。我以为他会摆出一副饱经风霜的样子训导我：你年纪轻轻，没尝过苦头，遇到一点挫折就想不通甚至寻短见，值得吗？我原想只要他一张口，我就毫不客气地反驳：像你这么窝窝囊囊地活着，有什么意思？然而，他什么也没说。

我决计不再看他，转身朝枫林走去，他竟然一声不哼地跟上来。

"他有什么理由监视我？"我恼火极了，猛地停下来，愤怒地盯住他，吼道："我究竟犯了你什么？"

他一脸无辜的表情，望着我，直喘粗气，张口想说什么，但终究没说出来。

"难道、难道他是盲哑人？"一个疑问闪电般掠过我的脑海。为了证明自己的判断，我拔腿就跑。

忽然，背后"扑通"一声，他摔在地上，乱摸乱抓……

啊，原来他竟是以我的脚步声为方向，寻找出路……猛地，一种从未有的情感强烈地打动着我，我匆忙折回来，扶起老人。

老人从身上摸出一张小纸条，递给我，依然是那种令人不安的笑。我低头一看，那一行歪歪扭扭的字扎痛了我的眼睛——

"当我摔倒的时候，是您扶起了我，谢谢您。"

稻谷之思

一

我们每天都在寻找历史深处的声音，每天都在追溯祖先辉煌的文明。

这片神奇的土地太古老了，以至随便抓起一把泥土，都能看见时间的皱纹从手中脱落。

一种巨大的心跳如此逼真地撞向我们，让我们狂喜，让我们心痛，让我们骄傲和自豪！

我这样说，并不是夜郎自大，更不是信口雌黄。

二

混沌初开，阳光布满灰尘。

正是这片土地，远在一万多年前，这里高温、潮湿、杂草丛生。洪水猛如虎，一次次吞噬着这片土地，一次次在广袤的空间留下粗暴的印记。

可是洪水退潮之后，一种草本植物昂然挺起头颅，展示生命的顽强。它细长的圆茎，狭长的叶片，像刀剑一样不屈的性格，处处显示高洁的个性。它每到秋季便开出白色或绿色的小花，结出一粒粒金黄色籽实。风一吹，摇动着一块块诱人的黄手绢。

濒水而居的原始人群——我们勤劳而智慧的祖先,他们赤裸着古铜的胸脯,头上扎着棕榈叶,手握石器。他们在狩猎不足的情况下,便去旷野采集天然食物。当他们偶然发现"黄手绢"上的籽实不仅可以充饥,而且味道甘甜,不禁欣喜若狂。他们用长满茸毛的大手将籽实连叶带芒吞食进去。后来,他们把这种植物称之为"稻"。

人类赖以生存的最忠诚可靠的朋友经过亿万年的风风雨雨、自生自灭后终于缓慢地"浮出水面"。

于是,群居在这片古老土地上的勤劳的祖先有了他们最简单的分工:每天秋天,男人们带着石弓石箭去山上射狼打猎,或去河中捕鱼捞虾;妇女和儿童便划着独木舟来到沼泽地采摘稻粒。他们一边采集,一边跳着裸舞,唱着祭歌,向太阳感恩膜拜。只是,这种野生稻结籽少,且稻粒常常未熟先落,每年的收获量极为有限。

一个秋风爽朗的日子,一位腰间扎满树叶的妇女,当她千辛万苦从沼泽地里采得一捧稻粒返回时,一阵大风将她手中的稻粒吹得满地都是。这位没有姓氏、没有符记的妇女怀着沮丧的心情回去了。岂知第二年春天,她惊喜地发现吹落的稻粒竟生根发芽,长出了一株株可爱的绿苗。秋天再次来临,这些植物结起了黄灿灿的籽实。

这样,经过苍茫无边的漫长跋涉,人类终于第一次在不经意中收获了自己洒落的种子。

三

"路漫漫其修远兮。"今天,当小小稻米养活了地球上三分之二的人们的时候,大家都禁不住好奇地问:稻作农业始于何时?稻种发源地究竟在哪里?

据报载，经过近一个世纪的探索，考古学家和农学们最终把目光渐渐集中到中国的长江流域、印度的恒河流域和印度尼西亚的爪哇。爪哇人在公元前1084年已开始种植水稻，并把他们的技术传至南洋各地。印度人种稻始于公元前1000年左右，他们最初的文学作品《吠陀》中率先出现"稻"字；《梨俱吠陀》的赞歌对印度人的农居生活有着生动的描写：太阳神像"金色的宝石"从空中冉冉升起，"被太阳唤起的人们，抵达他们的目的地，从事他们的劳动"。夜神降临时，人们"就像鸟儿飞回到它们的树巢一样"回到了家。这优美的诗句形象地反映了古代印度人日出而作，日落而归的生活情景。而现代考古学家更是用辛勤的汗水在印度恒河流域的马哈嘎拉遗址中发现了距今8500-6800年前的稻作遗存。勤劳、聪明的印度人早在8000年前就已驯化了野生稻，并把他们的稻作文明传到了欧洲、非洲和美洲。

犹如一声惊雷，一颗燃烧的种子从奔腾的泥土里破土而出，尘封的古文明从此有了生命的新绿，有着丰沛的、无与伦比的原始内涵。而中国的这片土地，苍老得让人无话可说。早在公元前1000多年前，商代甲骨文就出现了"稻"字，它比印度要早数百年。在没有文字的岁月里，先祖们像在没有阳光的大地上默默地耕耘，有限的收获使沉重浓稠的苦难得以稀释。他们说着鸟语，熟悉兽类的每一个行为，每一声嘶叫。他们同风暴作斗争，胸口留下道道爪痕。漫漫长夜里，他们引颈仰望苍天。

但文明的曙光终究冲破了黑暗，电闪雷鸣中，勤劳智慧的祖先用繁体的方式粗犷有力地记录下自己的生活。

于是，我们在中国最初的文学作品《诗经》中读到了关于当时农民生活的生动描述。如《大雅·生民》中说"禾役穟穟"，意思是禾苗长得浓绿茂密的样子。《豳风·七月》则有"十月纳禾稼，黍稷重穋，禾麻菽麦"之句，只用"十月获稻，为此春酒"寥寥八个字，把三千多年前稻谷丰收时农夫们的喜悦之情恰如其分地表达了出来。中国的野生稻与史前遗址中的稻作遗存犹如满天星斗,东西南北中布满了神州大地,以至中国的考古学家、农学家们在讨论我国稻作起源时,出现了"黄河下游说"、"云贵高原说"、"华南说"、"淮河流域说"、"长江下游说"、"长江中游说"以及"多元起源说",等等。每一种说法都有雄辩的史实,每一处史实都是已被打开的辉煌文明的一部分。

四

这片不说话的古老的土地,埋藏着太多的秘密、太多的辉煌和遗憾,面对它的庄严和神圣,面对它的丰蕴和沉默,我们感到不安,感到一股热流在脚下奔涌。

终于,神秘而厚重的历史被慢慢掀开。1995年12月19日,中国考古工作者迎来辉煌的一天。

玉蟾岩,当地人俗称蛤蟆洞,这座位于湖南道县寿雁镇白石寨村的一处山洞,它的外观跟其他原始山洞没有什么不同:遍地藤蔓,杂草丛生,灰色的石灰岩经风化露出一排排锋利的牙齿,像一位历经万年的老人,内脏和肌肉全部消失,留下的只有钙化的骨骼,风一吹,发出阵阵恐怖的叫声。

然而,正是它,回荡着一万年前人类生存的强大跫音!

据当地文史资料考证:此洞名为"玉蟾岩",何以名此,资料上没说。笔者揣测:除了此洞外形酷似蛤蟆外,我们的先人是否还寄托了某种意蕴?记得元好问《蟾池》中有句名诗:"小蟾徐行腹如鼓,大蟾张颐怒于虎。"看似老实沉默的蟾蜍,一旦发怒,也如猛虎一样威力无比。这是否反映了古人对蟾蜍的敬畏?就在这块神秘的敬畏之地,人们发现了迄今为止世界上最早的稻谷!

"谁知盘中餐,粒粒皆辛苦。"我明白了九重水稻的艰难历程,我牢记着保卫水稻的痛苦岁月。面对饱经风霜的水稻,想想短暂的人生,我还有什么理由不让它过得充实而富有呢?

隔荷看月

上：荷之月

　　隐见卵石铺就的小路被我的目光磨得发白；
　　隐见你的美丽从荷叶深处伸出来。
　　隐见鱼儿作弄的涟漪因你的倩影而羞退，且退得极靓，且红霞四溢的柔情汪汪的一片，且平平仄仄打着漩儿似退非退，竟悄悄偷窥袅娜初绽的你。
　　隐见薄暮里传出声声马蹄。割禾的少年从小鸟的寂静里冒出头颅，持苇的手忽见裸足的你而垂落。秋水静静地流，你濯足的姿态强烈地震动懵懂的少年。他不知道为什么，只觉得发慌、发烧，遂揪住胸口在你蓦然回首的瞬间蹲下水去，一只小手高高地举起一根荷叶，为赢得你妩媚的一笑，他做了十年荷叶。你只知道有一根荷叶总是固执地高出水面，虽常常发颤，却并不因风暴的袭击而倒下。你是否知道，那个割禾的少年就是我？而今，握笔的手仍高高地举起，且仍然颤抖，且会继续颤抖下去，只要你允许我如此忘情地站在这个位置上。你有意无意的一笑，足以消融我全部的疲劳。
　　什么时候，小小的脚窝已盛满盈盈阳光。柳岸蜿蜒一如你葡萄般的手笔。天上下了金子，地面长出银子，更加宝贵的却是，荷荫里我无限向往的对你红唇极度的渴望。你樱唇一动让我美丽地死去,你樱唇再动又让我幸福地复活。这样两下,我就被你折磨得死去活来,心、甘、情、愿。

雨水降临的时候隔荷看你,雨水湿了泥土,却怎么也湿不了我火热的心。除非你忽然而去,在黎明之前把我伤害。

便是伤害我,我也会隔荷看你,看你洗衣的手是怎样的深入水里,深入我泪水的中心,灵魂的净地。除非你弄瞎我的眼睛。

便是弄瞎我的眼睛,我仍会固执地隔荷看你,我能感受你的目光是否缓缓移到我的头顶。你的衣裙,你的笑靥,你的明眸早已植入我的脑海,只要我的心在"怦怦"直跳,就能感受你的呼吸,你的宁静。除非你剜走我的心。

便是剜走我的心……天啦,你该不至于如此吧?我仅仅是为了看你,隔荷看你呀!

下:月之影

落在地上,像雪一样的白,是月。温柔,干净,凉爽。月淹没了道路、农田和村庄。屋檐下,我把脚伸出去,一如伸出一段往事,寂寞而美丽。

我的脚再也没有收回。

怎么会呢?前面,那丰嫩的脚不是幻觉?我触及的不是童话,竟是残酷的你。

分明是你,从没见过的你,古诗词里走出来的你,独自一人,穿着风衣,静静地站着,沐浴在月光中。

树木和栅栏,虫鸣与远山,悄悄逝于朦胧的画里,而清晰的激动叮当作响,在我的血管跳跃。

你依然那么柔情而固执地站着,月从你的肩胛泻下,湿了一地,不知道是露还是泪,是你还是我,抑或现实与梦境。

像注视一只鸟,我在阴影里奢望,月在手臂上融化,激动在血液里融化，我在你宁静的呼吸中融化。久久不能自拔，直到酽酽的一声犬吠将脆弱的心膜首次撕开，那纯粹的颤栗至今还在额前蠕动。

月在上空，没有一句话，你和我，我们的影子和影子里文质彬彬的石头。

呵，鼻尖下那颗小小的痣，最先掀动我的日记。我宁愿那是相思的红豆，种在贞洁的南山上。

天与地，寂与声，你与我，有月流过。

有月流过，我无数次想伸出手去，试图挽留其中一缕。最后一瞥，必是甜蜜的，你原是与月同来，仓皇中，我竟羞怯错过。

那一缕月光，我信是你眼里的柔情；

那一缕柔情，我信是你心中的愁绪；

那一种愁绪，我信自己无力辨出。

多年以后；我夜夜怀想：你许是失恋了，我应从阴影里伸出小小的但温暖的手，告诉你，我就在身边，终有一天你能看见。

其时，屋檐下空空荡荡，无人，无月，甚至无我。

可是，我分明是伸出了脚且至今不敢收回来的啊。

偶尔便痴痴地想：也许，我们原本没有邂逅，邂逅的仅是月。

而月，早已落进心中。

永远的岸

一

用土石和板结的思想垒起来,横亘在历史和现实之间的是岸。岸是江河湖海的总首领。

狂风像一面旗,凌空卷起千军万马。枯枝败叶奔走相告,被寒冷禁锢的大地蠢蠢欲动。无数的手在空中挥舞,无数的嘴喊出一个简短有力的虚词,无数抖动的阴影把稻田、烟囱和小孩的啼哭彻底包裹。雷声隆隆,马蹄声声。一切是那么突然,在古老的积云来不及发挥想象的时候,雨放肆地下起来,飘逸着,旋转着,冲喊着,扑向大地,扑向命中的江河湖海。

平静的水面突然被打得粉碎。岩鹰追逐着岩鹰,海鸥扭打着海鸥,大山和旷野都在抄写痛苦的昨天。而水兴奋、奔涌和狂泻起来,冲破沉默已久的封锁,冲击窒息的地心和河床。让流血的痛快地流,让呻吟的痉挛地喊叫,让语言和声音以及记忆中的大麦和小麦全都愤怒地燃烧!没有秩序,没有界碑,没有压抑和沉重,有的是畅快淋漓,有的是不顾一切的摔打和组合!

而岸在永恒的地方注视着,操纵着水母和风的走向,狂暴在继续。一千张帆被锐利的刮刀砍断了,一万条船连同无数的生灵被残暴地吞噬了。没有留下任何遗骨,只有水草充满血腥,只有河流充满悲壮,只有苦难留在大海最深的伤口处。太阳出来的时候,幸存者成了暴君。暴君同岸达成不可告人的默契。默契的背后是江河湖海的死亡以及像死亡那样轮回的大爆发。

这不是预言,而是灿烂的启示。

二

许久许久以后,篝火终于燃起。是谁播下的火种已无关紧要。满身茸毛的祖先疲惫不堪坐在一条独木船上,孤独地寻找生命,那么艰辛和痛苦,像哥伦布,为了充满希望的新发现。

一个巨大而漆黑的背脊在大海中矗立,在风暴中心一动不动,可它只是阴谋的岛屿或失传的钻塔,不是岸。

祖先鼓起铜色的肌肉,头颅稻穗般弯至膝盖,远处一片乌黑。

天问发自汨罗江畔,带着神秘的楚文化:

谁躲过了一百次的翻船又开始了新的跋涉?谁跋涉了一千次没有一次触过暗礁?谁被暗礁布下的谎言所杀死而后成了它的帮凶?谁看见帮凶独舞千年九死一生?谁用偏航的岸标欺骗一个个航海者让他们永远到达不了彼岸而成为狂飙和海盗?

祖先是幸运的,是智慧和勇气帮助他走出了杀机四伏的暗礁,避开河滩和险道,以及潜流、水鬼、凶鳄和巨鲸,一息尚存地来到陆地。

历九难而不死,靠的是信念和对苍天的忠诚。

勃发的生命力使整个大地迅速生动起来,冬天已经接近尾声。大片大片的野草和树藤被春诱惑着,拼命生长。赤身裸体的祖先在大树上完成了人类的进化。

回头一看,此岸不是彼岸。

三

一切是那么温柔和成熟。在盛大的天空下岸安静得如同处子,充满人情味。

爱如潮水。最初的音符迅速得到定格和磁化,跳动在血脉里滚烫的情愫刺激一根根神经,刺激树木花草把芳香布满天空,刺激日月星辰充满欢乐和温馨。爱如潮水。如雪的爱浪花般拍打着岸,剧烈而醉心。如雪的爱一不小心甚至越过雷池将岸淹没。

而岸在热烈的窒息中缓缓喘回一口气,又缓缓地露出头来,依然是那么坚定和敦厚。

不能用单一的时间去衡量爱。

爱诞生于沼泽地,又消失于杂草丛中。

如此快地来到,又如此快地离去。

有人因此找不到岸,听任爱的灼烧,在情感的漩涡中打捞记忆。有人把一辈子的心血和智谋堵上去,得到的仅仅是残缺的泡沫。有人不经意地找到了岸又被岸不经意地抛弃。

岸被许多人追求、依赖、幻想和重塑。

岸需要泥土去培植,正如爱需要心智和温情去培植一样。经得起风浪的冲击,经得起烈日的暴晒,经得起时间的锻打和痛苦的考验,是岸,更是爱。

从岸的切面中抽出来,褪去历史和哲学,褪去虚伪的表象、介词和落花一样脆弱的浪漫,把单个的"自我"置身生活的大潮中来,岸更能接近它的本意:高大、伟拔。

复合而精深的岸!对女人而言,它是男人的肩膀;对月亮而言,它是太阳的光芒;对家庭而言,它是篱笆和围墙。

岸是爱和恨的结合处,是夜与昼的两个断面。它比天空大,比心灵小。

四

　　平静往往是虚拟的假象，历史总是残酷地让后人看到那些真实和痛心的事件。

　　黄河之水天上来，奔流到海不复回。

　　作为中华民族的摇篮，大禹的汗水和抗倭将士饮马的身姿总是如此的亲切，这河流之父像刚果河、尼罗河一样滋润一代又一代人，而它的灾难如同长城一样，让我们看清了都不忍说它。那些不闭的眼睛、白花花的骨头与苦难深重的历史联在一起。

　　与历史联在一起的还有岸。

　　黄河之岸是中华民族的脊梁。它是亿万双黑眼睛黄皮肤中国人用血与肉垒起来的。它使黄河变得驯服，使黄河得以能够哺育大江南北的麦苗、油菜和黑马，使黄河成为启蒙教课本上的第一篇文章。

　　当我们从个人缠绵的情感中走出，东洋强盗的铁蹄再次疯狂地闯了进来。《义勇军进行曲》把华夏大地的灵魂聚在猎猎红旗下，大刀向鬼子们的头上砍去！

　　风在吼，马在叫，黄河在咆哮！

　　然而没有多久，像噩梦一样，一个独夫民贼在河南花园口——黄河动脉处埋下了数十吨炸药。天空全黑了，历史被炸痛了，中国被炸痛了，全世界被炸得目瞪口呆！

　　决堤的河水呼啸而下，无数的手脚树枝一样飘在水面上，无数的嘴巴来不及控诉就被泥浆贴上了封条，无数的眼珠再也找不到自己的头颅和心脏，无数的家庭从古老的族谱中突然消失了。

　　具有博大胸襟的黄河原谅了许多伤害过它的人，唯独这一次例外。

　　黄河之岸用千钧一笔记下了这耻辱的一页。

五

　　从历史到现实，从彼岸到此岸，一切暗示、比喻和夸张都是多余的，但多余的东西并非都是无用的。

　　正如那个著名的荷兰人发现了新大陆，正如智利的埃利蒂斯发现了爱琴海上的阳光，我们发现了"岸"：发现它的曲直弯折与堤没有什么不同；发现它的有棱有角与坝没有什么两样；发现它的沉稳挺拔和凶狠残暴，以及温柔长满小草，脆弱写满无奈，跟石头一模一样。

　　是岸将两座大山紧紧地联结起来，将友谊搭成长长的臂膀，让披红挂绿的风从它的门槛自由出入。

　　岸是两河的脐带，沟通心灵，又阻止心灵彻底地交流。

　　岸使人懂得了距离之美，岸充满审美情趣。

　　"代沟"是几代人情感的桥梁，祖先的血液沿着这座桥梁一直走进我们的心灵，我们因此强壮而健康，并且秉承了祖先的脾性，但我们毕竟不同于祖先。是"进化"之岸阻止了我们的"同一"，世界因此更加丰富多彩。

　　岸是生与死的结合点。站在岸边，往下一跳，往往死无葬身之地；而要在岸上站好站稳，它需要足够的勇气和毅力！

　　对信徒而言，岸是一种宗教。"悬崖勒马"、"回头是岸"是皈依者忏悔的心灵写照。

　　岸是起点，又是终点，充满哲学意蕴，向永恒的事物靠拢。

　　岸堆满时间，储满箴言，写满沧桑，充满柔情、忧伤和激愤。

　　岸的沉默映衬河水的咆哮；岸的直立暗示道路的曲折；岸的窄小反映了人生长河的远大和深远，像历史那样永无尽头。

　　这内涵丰富、没有概念的永远的岸啊！

第五辑　风格风骨

　　店子坐落在小街的中间，不大，但很精致。店主是个少妇，爱笑，有两个甜甜的酒窝。多数时候,她端端正正坐在门口，向来来去去的人投以平静的目光。暗香袭人，外面积雪未融，寒风刺骨，而花店洋溢着蓬勃的生命。女店主的笑更加春天般叫人温暖。但花店一定不是摆投，也一定不是让行人看看而已，他想。他不停地望望花店，试图发现有人买花。

第一枝玫瑰花

店子坐落在小街的中间，不大，但很精致。

花的品种也不很多，名贵花尤其少。最多的是玫瑰花：红红的玫瑰特别艳丽，火一样的燃烧。

店主是个少妇，爱笑，有两个甜甜的酒窝。多数时候，她端端正正坐在门口，向来来去去的人投以平静的目光。

生意实在清淡。

因为是小县城，因为是冬天，因为雨雪总是不断。

他并不知道这些。他是外地人，因出差来到这个小县城。他在花店对门的咖啡屋里坐了好一阵子了，没有谁注意他，而他也没有注意别人，他注意的是花店。

他首先为这样一个小县城有这么一个精致的花店感到吃惊，随后他为花店前生意清淡感到遗憾。

这是一个贫困县，人们还在为温饱奔波，也就谈不上对鲜花的消费了。既如此，这个有酒窝的女人为什么还开一个花店呢？

他注意到来来去去的人经过花店时，都放慢了脚步，目光不由自主地投向了花店。

暗香袭人。

外面积雪未融，寒风刺骨，而花店洋溢着蓬勃的生命。女店主的笑更加春天般叫人温暖。

但花店一定不是摆投，也一定不是让行人看看而已，他想。

他不停地望望花店，试图发现有人买花。

很失望。又一杯咖啡干了，他仍然一无所获。

突然，他发现走来四个人，每人手里各提着两个小花篮。他发现女主人同他们有说有笑，那四个中一人付了钱后，招呼大伙走了。

原来，小花篮是从花店租去的。

但花店靠租花终究维持不了。

他走过去，说是要买花，趁机同女主人聊天了。

他说：生意不好？

女主人笑笑，算是默认了。

他说：你这样开店必定要亏本的。

女主人又笑笑，还是没作声。

他提高声音说：你明明知道要亏本为什么还要开呢？

女主人先是惊愕地望着他，随即粲然一笑，说：我喜欢花。停了一下，又补充道：既然我喜欢花，我没想到要靠它赚钱。何况，它每天带给我好心情，这本身就是收获。

他的脸红了，他觉得女主人说话的神态很迷人。他猜想她一定有一个会赚钱的丈夫……

先生，您想买什么花？女主人见他有点发愣，就提醒他。

哦，一支玫瑰，一支红玫瑰。他连连说。

女主人挑了一支最好的玫瑰，递给他，说：这是我今天卖出的第一支玫瑰花。

多少钱？他问。

两块。

太便宜了，他想。他本来要把这支玫瑰花送给店主的，但他拿到手里后，却怎么也说不出口，

天空飘起了雪花，他捧着红玫瑰离开了花店。路上碰到每一个人都向他投来友好的一瞥，使身处异乡的他感觉到了回家的温暖……

风雨贺龙桥

去了桑植,不去看看贺龙故居,是说不过去的。而去贺龙故居,必须先过贺龙桥。

于是,我们一行四人驱车而来。

因为到了七月下旬,天气热得不行。走出车门,一股热浪冲向脑门。几步远的地方就是贺龙桥,我们快步来到桥上,只感觉一阵凉风从身边刮过。

贺龙桥系木质檐开结构,长百余米,高十二米,宽不过十米,由三座石柱支撑。桥面由厚厚的木板连接进来,两边有一米多高的木护栏。护栏的横栓恰巧是一条长长的木凳,乘凉者或走累了的旅人可在上面坐坐。桥的上端由屋檐盖住,青色土瓦,可挡风雨。

桥的对面就是贺龙故居。

走过桥头,来到散发苦艾味的故居前,我们的脚步开始沉重,不敢轻易跨进大门。

导游告诉我们,贺龙故居变故多多。清朝末年,贺龙祖父贺良仕在这地皮上建起了几间木房子。1916年贺龙举起两把菜刀,捣毁芭茅溪盐局后,故居房子第一次遭到反动派烧毁。1919年,贺龙的父亲贺士道苦心经营了两年,在原地皮上又建起了几间木房子。1928年2月,贺龙回洪家关领导桑植起义,后随红军转战鄂西,故居再次被烧毁,仅剩下一截门一堵残墙。1967年,贺龙遭林彪、"四人帮"迫害,故居第三次遭殃,连残墙地基均被平毁。造反派还要当地居民把残墙上的断砖扔进茅坑里，叫嚣要贺龙"遗臭万年"。但历史终究由人民来写。1974年，贺龙平反。三年后，贺龙故居得以重建。重建时，当地百姓将冒着重创危险珍藏于床底下的断砖残瓦捧了出来……望着蚀迹斑斑、覆盖着一层浅绿色苔藓的断砖残瓦，我们不忍触摸，不忍打破它的孤寂，仿佛一触摸，就能听到历史的呻吟。

从故居出来，回到贺龙桥，我们的脚步变得沉重而缓慢，好像每走一步，都是向风雨如晦的昨天靠近一步。为了新中国，为了黎明的曙光，贺龙的父亲被反动派用刺刀挑死，他的弟弟被活活蒸死，他可敬的姐姐和妹妹也都献出了宝贵的生命。贺龙的家人就这样坚定地走出家门，走过这座桥，义无反顾地奔向远方。他们像一只只巨鹰，虽惨遭风暴，但魂魄永远翱翔于蓝天白云下。而贺龙，他一次次走过这座桥，又一次次回来。他，每一次走，都能看到招展的红旗，都能听到呐喊的声音，都能感受到正义的力量不可战胜！

这看似一座平凡的桥却有许多传奇故事。我的眼前总是浮现这惊天地、泣鬼神的一幕：刽子手挥刀砍下反抗者的头颅，一名坚强的妇女毅然跪在那里，用衣裙兜住被砍下的火种就此灭绝。那名妇女就是贺龙的祖伯母，贺龙骨子里流淌的血与祖伯母是相通的。当贺龙的祖伯母捧着丈夫的头颅走过这座桥、走过脚下平静而去的溪水时，没有人看见她掉过一滴泪。但她回到家，拿起菜刀杀死了门槛上的一条黑蛇。那把菜刀后来留给了贺龙，贺龙将它打磨得更加锋利。

慢慢走过贺龙桥，虽然感到这里的每一块木板、每一根木柱、每一片瓦棱乃至每一处缝隙都充满沧桑岁月的皱纹的时间的残骸，都是由刀光剑影和血泪铺垫而成，但是，烽火毕竟远去，我们无意沉湎于昨天，重要的是，如何珍惜现在和把握未来。因此，我们抖落一身疲惫，在"贺龙桥"的木匾下照照相。桥上有几只石狮,我们轻轻抚摸。有人还到桥墩下,到裸露的溪沟边玩水、捡卵石,这一切都是随意的,没有任何不祥的预兆,它仅仅表明平凡的生活是多么真实。

然而万万没有想到,我们一去竟是同它永别,我们成了它的最后见证人!就在我们离开桑植的第二天,突发了一场百年不遇的山洪,疯狂的洪水淹没了整个县城,贺龙桥连根带叶被冲走。

听到这个消息,我们的心被深深地刺痛了。我们后悔没有多看它几眼,后悔没有多呆一会,多陪它一会,甚至后悔没有多拍几张照片。我们努力回忆在桥上的每一个细节,酸涩而苦闷。

回到长沙,我们立即冲洗了胶卷,贪婪地望着照片上"贺龙桥"三个字,十分怅然。我们查遍了旅游、文物等方面的书,都没有找到关于这座桥的文字记载。后来好不容易在一本积满灰尘的书中找到了一行简单的文字:贺龙桥又名"红军桥",始建于1916年,后多次被敌人烧毁,于1952年修复。

其实,无论贺龙桥是否被洪水冲走,无论贺龙桥是否被史书记载,它在我们心中都永远是一本砖头般厚的书,都永远是一座冲不垮的桥梁,都永远是一尊推不倒的丰碑!

远古的跫音

流泪的竹简

　　我常常凝视案头的一枚竹简,黑黑的、两个指头宽、有点卷边的竹简每每令我发思古之幽情。这竹简脱水后有些失重,拿在手上轻柔无比。不知道它来历的朋友老是问我:这是什么宝贝,让你如此迷恋?

　　我迷恋它吗?说不上,我既没有对它裹以丝绸,又没有对它日日擦拭,更没有对它秘不示人。它静静地躺在书桌上,让我默默地看着它。一种复杂的情感在我的心海掀起波澜,竹简上的文字不见了,与之相关的故事消失了。我们只能猜测历史,只能从蛛丝马迹中寻找历史深处的声音。

　　这枚竹简上的文字也许是皇帝的手谕,也许是纨绔子弟的情书,也许是冤案中的供词,也许是库吏的账目……当我在薄薄的纸上写下这些乱七八糟的猜想时,曾作为书写对象的竹简会不会躲在历史的帷幕后面独自叹息呢?毕竟,这枚竹简被孤独和寂寞埋葬了逾千年啊。它终于现世后,怎不渴望被人了解呢?而我们,又何尝不渴望读懂它呢?

　　可是,如一幕悲喜剧,重重的帷幕刚刚拉开,便被匆匆地合上了,留下无尽的遗憾。

　　这枚笔简是一位姓冯的老人送给我的。1957年,在河南信阳,冯老参加了那次发掘楚墓的行动。当时,他只是普通的发掘工人。

湿漉漉的泥土运走了,墓道慢慢打开了,展现在人们面前的是一堆堆泡在水中的竹简。竹简上写满了密密的文字,考古工作者马上意识到,这可能寓示着一场文化大发现……

可是,等到把竹简小心地排放在平台上,让照相机一片片拍摄着这古老的文明时,竹简开始卷边,并迅速变黑,不一会,竹简上的文字开始模糊,如同它记载着的往事一样,重新隐回到历史中去了。

作为纪念,冯老得到了一枚经过脱水定型后的竹简。这两年,因为工作关系,同冯老接触得较多。他见我喜欢这枚竹简,便郑重其事地送给了我,并缓缓地说:"当时,不光是考古专家,连我们这些发掘工人都无声地哭了。"

这枚竹简很轻,我拿着它却感到有些沉重,因为我明白,冯老和考古专家的泪水无法让这枚竹简还原,它上面的文字连同它的故事永远地消失了。

今天,还有谁为这枚竹简伤心落泪呢?只有我默默地凝望着它,思绪万千……

遥远的蔬菜

蔬菜水果于城里是每天必不可少的。然而,走进菜市场,面对那些精致的水果和水灵灵的蔬菜,大家总是挑了又挑,选了又选。回到家,还免不了要反复洗涤。因为,吃蔬菜水果中毒的事件时有发生。想想那些好看的水果、嫩绿的蔬菜竟是被农药一遍遍喷洒后长成的,大家能吃得泰然自若吗?

我的邻居是一位年逾六旬的老妪,她珍惜生命比我们更为迫切。每一回去菜市场,她买回的蔬菜水果全是虫吃过的。她解释说,她年纪大了,免疫力差了,虫吃了的东西她再吃不碍事。望着皱纹满面的她，我感到一阵心酸。

有一回，我们几个人去农村采购，结果采回了大批野菜。大家兴致勃勃，放心地吃了几天。其实味道不怎么样，有些野菜又涩又苦，味道极怪的，但大伙都说好吃，没有人提出异议。恐怕不都是因为新鲜吧？

邻居老妪说，先前不是这样。她年轻时从未听说有人因吃蔬菜水果而中毒的。

我相信老妪的话。可我们再也吃不到她年轻时吃过的那种没被农药喷洒过的蔬菜水果了。

没被农药喷洒过的蔬菜水果已成为历史，我们多么向往。不仅仅是对一种美味的向往，更重要的是对美的向往。

为什么美的东西难以持久？为什么环境对生命的影响是如此之大？

由此我想起一件事来：70年代初，长沙马王堆汉墓的发掘震惊世界。考古工作者在墓葬主人的棺椁之间发现了大量的水果和青青鲜嫩的蔬菜。令人惊异的是，这些随葬品同它们的主人一样完好如初！

但是，当人们怀着兴奋的心情把这些历经千年而不变的仙桃、鲜藕和蔬菜拿到桌面上，准备拍上几张照片时，很遗憾，在几分钟内，这些蔬菜水果全部化成一滩滩清水，梦幻般消失了，考古工作者负罪般呆呆地站着，有人抖抖地触摸了那无声的清水，像触摸了一个遥远而忧伤的童话。

这些古墓里的蔬菜水果，生命是如此脆弱，一丝阳光、一缕轻风就扼杀了它们。它们只宜沉睡在古墓里，像一个不被惊动的梦。因为它们的心同古墓里的主人一样早已死了，只有美丽的空壳埋葬在泥土里。由此可见，并不是美好的东西不能持久，而是空洞的、没有心的美才是短命的。

我看见那个抖抖地触摸化成清水的蔬菜水果的老人流下了浑

浊的泪水，老人的泪水绝不仅仅是为一种美的消失而流淌的。

多年来，我总是想起这一幕。每当面对餐桌上一盘盘精美的水果、一碟碟可口的蔬菜，我就想，这些被农药喷洒过的、美丽的食品能用我们的泪水洗涤干净吗？

筑：独舞千年

这是一种古老的乐器，一般人难以得见，即使见了，也不知道它为何物。此刻，我静静地面对它，一如面对一个沉默的谜团。

它叫"筑"，是我国古代弦乐之一。秦时，高渐离击"筑"送荆轲于易水，留下一段千古绝唱。但"筑"这一乐器自宋以后便失传了，史书也无记载。后人因未见过"筑"，产生过一些误解。如郭沫若在写历史剧《高渐离》时，根据《说文解字》的注解，误将"筑"说成竹弯曲而成。其实"筑"并非竹乐器而是木乐器，不但琴身为木结构，连击筑之器亦为木制锤状物。而电影《秦颂》在拍高渐离送别荆轲时，导演因不知"筑"为何物，改作"抚琴"，更为方家所笑。

"筑"作为国宝级文物在1993年从长沙渔阳王后墓出土后，立即引起社会的广泛关注，被誉为"天下第一筑"。出土的"筑"本来有四件，其中一件为冥器，三件为实物，但其中两件实物因盗墓原因已朽坏，剩下的这一件便成了焦点。

文物保护工作者经过两年多的反复试验，终于使这件国宝脱水定型成功，使我们能够清楚地目睹它昔日的风采。脱水定型后的"筑"长约1.2米，音箱部为长方形立体中空结构，长约15厘米、宽75厘米，为五弦琴，下部有一旋状固定装置。脱水后完整的击器有十余件，为大小不等的锤状物，有尖顶、圆顶等。

轻轻地触摸一下"筑"，我感到一阵阴凉。它的琴弦已喑哑了数千年，它的身世仍是一团雾水。有人说"筑"为楚地出产的具有浓厚地方色彩的乐器，但有专家认为，屈原的楚辞中，现有的二十九种本土乐器都有记载，唯独没有提到"筑"。有人说这一乐器来自北方游牧民族，是渔阳王后从中原王朝带过来的，但渔阳王后的来龙去脉，人们却无从知晓。

"筑"如何配乐，如何演奏？

文献资料显示，原始的表演艺术中，歌、乐、舞是三位一体的。《吕氏春秋·古乐篇》说："昔葛天氏之乐，三人操牛尾，投足以歌八阕。"又《河图玉版》载："古越欲祭防风神，奏防风古乐。截竹长三尺，吹之如嘷，三人被发而舞。"虽然葛天氏八阕之歌未能流传至今，但《吴越春秋》中的"弹歌"和《礼记·郊特牲》中的"猎辞"等作为古老的歌谣已能见出先辈们对歌舞的狂热。

但击"筑"是否狂舞只有高渐离清楚。我们只能从"风萧萧兮易水寒，壮士一去兮不复还"的悲歌中细细感受那穿越历史的稀薄之音。渔阳王后死后由"筑"陪葬，除了说明她生前酷爱音乐，特别是酷爱"筑"外，是否还暗示人像研究孤独的"筑"一样去研究她的身世呢？是否渔阳王后的身世一旦提示清楚，笼罩在"筑"头上的云雾就因此烟消云散了呢？

历史是孤独的，成为历史的每一个细节都是那么脆弱和悠长。我不敢说，作为弦乐本身的"筑"能在历史的某个机要处起到不可替代的作用，但是，喑哑的琴弦，消逝的歌舞，悲怆的送别都随着一场暴雨而定格在一座古老的坟墓中，唯不安的灵魂在独舞狂奔，一年又一年。

那几乎快要生锈的音符被闪电擦得透亮。

那大片大片落叶一样的谜团堆积一起，生发腐朽的气味。

而心灵之"筑"在孤傲的天空下等待悲壮的一击！

明天

　　明天就要到来，明天的太阳将会非常博大和壮观。因为，它经历了一夜的寒冷和黑暗，燃烧的欲望更为强烈，像不灭的灯，挂在辽阔的天空中，温暖万物。

　　大地清爽干净，到处结满沉重的果实。我端坐在锄柄上，享受劳动带来的喜悦。有鸟欢叫着飞过，追逐风；有风温柔地吹来，扩散声音；有蜜蜂般透明的声音缓缓落下，带着鲜花的芬芳——撒在劳动者头上。

　　我认识天空下那些默默劳作的人，父亲、母亲、兄弟、姐妹，还有许许多多叫不出名字的人们，他们带着满足的神情望着我，像望着一块钟情于他们的泥土。我十分感动，将水洗一般的目光异常清澈地投向他们。我们柔和地融在一起。

　　有人坐在铺满稻草的禾场上尽情地吹奏唢呐，有人带着小孩悠然自得地散步，有人站在菩提树下久久地遥望远方……死于明天的人是有福的。

　　他们平静、安详、不卑不亢，像枯萎的叶片静静地躺在大地上。他们的额头岩石一样承受过风暴，他们的脸孔田野一般丰富生动，他们的手脚筋脉根根，纵横交错，像质朴的散文，真实地记录着他们经受过的风风雨雨，每一处或明或暗的褶皱都浓缩着一个多彩的故事。他们失落过，得到过，爱过，也恨过。他们唯一欣慰的是：没有因求而即得而惊喜，也没有因得而复失而羞愧，更没有因失而不得而遗憾。在一次又一次的挫折和困厄中，他们珍爱自己的眼泪就像珍爱荣誉一样，因为他们深深懂得，眼泪并不能说明什么，重要的是行动。他们饱经风霜，劳累了一生，收割了一生，如今是休息的时候了。

生于明天的是甜蜜的。

那金属般的哭声和有力的蹬腿足以证明这一点。只要睁开小小的眼睛，看一眼盛大的天空就会知道：他们出生得正是时候，他们有许多值得骄傲的地方，父亲的全部精华和母亲的一切聪明毫无保留地遗传给了他们，他们兼有父亲的坚锐和母亲的柔静。他们并不因好走捷径而惧怕曲折，并不因渴望成功而惧怕失败。呵，大地的儿子，让我们将庭前打扫干净，将衣服和圣水准备好，以饱满的热情迎接你辉煌的降临。

明天充满希望，充满甜蜜和幸福。明天的天空异常辽阔，明天的太阳无比温暖。

然而，耽于幻想是不明智的，也是不现实的，明天距今天毕竟还有一段距离。因此，明天固然重要，但今天的荒芜必然导致明天的虚空。与其幻想明天的硕果累累，何不抓住今天大干一场？

是的，昨天只剩下一堆回忆，今天正一点一滴从指缝消失，明天的钟声即将敲响。播种的人、收割的人都劳作在同一块蓝天下，我们置身其中，等待星星在头顶敲门……

清明时节

又是清明,又是伤心断肠的季节。

雨照例下了又下。纷纷扬扬的雨水并未阻止扫墓的人们,而墓区被雨水冲洗得更加肃穆和庄严。

一把黑纸伞把两位老人的头彻底罩住,瘦瘦的腿那么整齐地往前走,结满老年斑的手握在一起。他俩走得很慢,有人把迟疑的目光投向他们。

守墓的老妪远远地看见了这把黑布伞,她走出门来,嘀咕道:"一连七天了,他们天天来,都大把年纪的人了,还替谁伤心?"她似乎想问个明白,但黑纸伞一过来,她又不知问什么好。"唉,人人有本难念的经,不问也罢。"她安慰自己。

雨终于停了。黑纸伞收起来,露出两颗白发苍苍的头。他们朝两块青冢走去。

一年轻人站在青冢的一块坟前,跪倒在地,那么虔诚和痛心!躺在坟里的是他的什么亲人:父亲,母亲或情人?这年轻人一脸倦容,蓬头垢面,他是来向父母忏悔还是告别抑或是向情人诉说自己的执着?

两位老人没有去问,他们极认真地把青枝绿叶献在坟上,点起了香。守墓的老妪过来,"这孩子蛮可怜",她说:"他家里穷,双亲病在床上,他在读高中。他的哥哥为了他升学而外出打工,发疯般挣钱,不料积劳成疾,死了。孩子的父母想瞒着这事,等他考完高考再说。但孩子很快知道了真相，放弃了高考，跑去广州，岂知没赚回一分钱⋯⋯"

"唉，这孩子命苦。"老妪的话引起了老太太的同情，老头也直摇头。

老妪见两位老人被自己说动了，就倒出自己的疑问："你们两人天天来，这两块墓地是谁的呀？"

"一块是我的。"老头用手指指自己的胸口，又指指老太太，说："一块是她的。"

老太太接着说："你也许无法理解我们，我们三个儿子，一个抗美援朝，一个去非洲遇难，一个在上次的抗洪抢险中⋯⋯都去了，我们连尸体都没见着。我们提前替自己扫扫墓地，也算是了却一桩心愿。说不准儿子们正在另一个世界为我们扫墓呢。"说完露出平静的笑容。

两位老人搀扶着，沿着来路踽踽回去了。守墓的老妪怔怔地望着他们的背影，直到一声杜鹃把她唤醒。她折来两根松枝，放在两座空坟上，然后抹了一把脸，走进自己的小屋。雨，又下了起来。

插满玫瑰的小屋

半山坡,有一座精致的小屋。

小屋由大小不一的青石砌成,约摸十平方米,平顶,上面铺有稀松的土和细碎的绿苔。小屋前面是一个小小的土坯平台,前沿载着三棵松树。屋主是个老人,挺豁达,挺平和。我那时只有十六岁,上初三,暑假里老上这儿玩。

有一次,老人以一种满足的神情告诉我,这地方是他自己选定的,这房子是他一块石头一块石头砌成的。

"你瞧,小屋背后是个平弓形的小山凹,远远地看,像一把藤椅,躺在里面多舒服。"老人边说边往前走去,那天上午,他挖了几蔸玫瑰,然后坐到小屋前,一心一意拔扯着玫瑰茎条上的刺,饿了,从身上掏出一块粑粑,慢慢嚼;渴了,就喝溪沟里的水,有时,他还与头顶上的飞鸟打手语,一脸的微笑。

老人身边堆着许多瓦罐,当他把玫瑰的刺拔干净时,就将它移入瓦罐,小心翼翼地浇上水,认认真真侍弄它们。

几天后,我发现老人苦着脸,坐在小屋前发愣,原来瓦罐里的玫瑰全部打蔫了。我说:"老大爷,您不能这么拔掉玫瑰刺,您应该用一把小剪刀先把茎叶剪去一半,然后将刺去掉,不要连柄拔去。"

"哦,是咯样呀?"老人孩子般笑笑,又活泼起来,"你是从书上学来的吧?"

我点点头，又替老人从一堆密集的灌木丛里弄来一蔸紫茎黑玫瑰，老人十分高兴，连连说："还是你有办法。"

"您有孩子吗？"我冒冒失失地问。

"有，二十三岁了，刚订了婚。"

"就是每天早晨与您一同来的那个扛着鸟铳的后生哥？"

"嗯，他喜欢打鸟。"老人停了一下，又说，"他是朋友的孩子，朋友死后，老婆改嫁了，这孩子我就领了来。"

我顿时语噎，后悔不该问这些。为掩饰自己的窘态，我借故走了。在山下的小溪沟里，我居然抓了十几个大螃蟹，回到小屋，与老人点火烤着吃。那些日子，我彻底放松自己，投身大自然，与老人、小屋、玫瑰厮守一起。然而，暑假一晃就过去了。我恋恋不舍，常常沉浸在逝去的日子里。早晨，太阳从山屁股后面一爬出，老人就悠然自得地来到小屋，前后左右转一圈，然后坐在平台上晒大半个上午太阳，有时也讲一些掌故给我听。而我每每从书堆里找一些有关玫瑰栽培技术告诉他，比方玫瑰的肥料不能用氮素尿素等化学肥料，最好用一个大坛子，将鸡蛋壳、果皮和骨头等放进去，装满水，密封十天半月即可。老人照着去做，玫瑰长得十分茂盛，花香浓郁，惹得蜂蝶乱转……可如今，我就要离开老人，离开玫瑰和小屋。我是多么不情愿啊！

"明天，"我苦着脸，一字一顿地说，"我、就、要、上学、去了。"

"好呀，上学还不好？我就吃了没读书的亏！"老人说，"安心去，玫瑰我会好好照顾的。寒假回来，保你大饱眼福。"

第二天一大早，我来不及向老人告别，被几个同学拉走了。面对中考，我的任务十分紧张，功课压得喘不过气来。但每当想起那间插满玫瑰的小屋，一种温馨漫上心头。好几次在梦中与老人一起调理玫瑰，开心极了。

元旦期间，学校放了两天假，我迫不及待地赶了回来。我要看看快乐的老人，看看那间插满玫瑰的小屋。

然而，我气喘吁吁地爬上半山坡，看见小屋变成了三间，左右各夹有一间新砌的红砖屋！

幻觉？我揉揉眼睛，再看，没错；我仍然不信，往前走三步，往后退三步，还是没错。

一阵浓烈的花香扑进我的鼻孔，我打了个寒颤，跑过去。小石屋的门开着的，里面摆满了各种花盆和鲜花，一个女人正在给花浇水，看见我，微笑着问：

"小兄弟，你是不是买花？"

"老人呢？"我懵头懵脑地叫了一声。

"嚷什么？"一张乱乎乎的头从左边红砖屋里冒了出来，见是我，摸了一把脸，淡淡地说："嗬，原来是你！"

"你爹呢？"我心"怦怦"跳，感到不妙。"死了。不晓得怎么搞得，你跟我来吧。"

我慢慢走进香气四溢的小屋。突然，我看到了墙壁上挂着老人的黑框画像，下面，冷清清地摆着一个骨灰盒，泪水充盈我的眼睛……

士兵的光荣

是苏联卫国战争的经典电影，片名我已经忘记，英雄的名字我也忘记了，但脑海里却永远忘不了那场残酷的战争。那是1943年隆冬季节，在苏联的一座小山上，没有太阳和风，没有宁静的树木、候鸟和蛇，只有尖啸的炮弹波浪般涌来。

一张脸被硝烟涂得不成样子，但是一颗冰冷的子弹还是找到了他，并把他的脑袋打得稀烂。我看不见鲜血和脑浆流到了什么地方，只知道伏尔加河畔的上空被厚重的悲哀笼罩。到处是巨响，到处是飞扬的石头和断裂的肢体，到处是疯狂的吼叫、扭动、发红的枪管和破碎的冰块。我看见一块巨大的石头将一个小小士兵砸成肉饼，绿色而空洞的肠子被风一吹就消失了，消失在碎石之间，消失在刺刀上，消失在历史的走廊和记忆的尽头。

那座山其实很低，可团长说："多高的山啊！"是的，还要把红旗插到山顶，每前进一步都要付出一条乃至几条生命。德寇的机枪像希特勒一样残暴，它歇斯底里，拼命弹跳，一排排子弹蝗虫一样飞来。我看见那么多鲜活的面孔倾刻间凝固了，一个高个子大兵刚刚站起来，手中的枪还来不及扣动扳机，他的心脏就被一颗子弹挖空了，喷薄而出的血液将他的半边脸染得鲜红。他瞪着眼睛倒下了，他倒的方向是团长命令的方向，是红旗前进的方向，他似乎还要说什么，可没有人听，他其实也说不出什么。他看到身边的战士解下他腰上的手榴弹，向敌人投了过去。在辉煌的爆炸中,他看见了敌人的尸体比他抛得更高。他在黑暗中静静睡去,永远地睡去。没人为他收尸,连名字都没有留下,团长还来不及辨认他时,新的尸体已埋到了他的上面。像折了翅膀的鸟,沉重地落下,像失去了禁锢的落叶,自由地落下。仿佛倒下的不是一个个生命,不是一盏盏燃烧的生命之灯,而是一团泥巴,一块黑石,一棵小小的树。

战斗仍在继续,死亡仍然穿着狰狞的黑衫,在石头边徘徊,在土壕里寻找,在树梢和空气中游荡。一系列年轻的黄金因此失去了光明和痛苦,永远回到了宁静的村庄,茅房和小桥流水的追忆中,用板结的方式,用滚烫的情愫,用仇恨和森林般叉举的手。

红旗,多么温暖的名字!"想起红旗就想起祖国离心脏很近。"这是一个眼睛被打瞎了的上士说出的话。他已经看不见红旗,他看不见红旗在前面延伸,艰难而顽强地挺进。他不能为红旗做点什么,他已经奄奄一息,死神驾着车辇在前面的山口等他。他知道这一回要到一个很远很远的地方去,再也不会回来,再也不会和红旗在一起。我分明看见他流泪了,那浑浊的、黄豆大小的泪珠是他对祖国最后的留恋,是他对红旗的最后表白。像许多士兵一样,他已把入党申请书掖在最靠近心脏的地方,想起党组织,想起在庄严的红旗下宣誓,他的心就永远不会死去。"只要红旗猎猎,我的心就永远搏动。"这是他的遗言。他圆睁着眼睛,仿佛要对天空说这句话。

就在上士死去的时候,我看见那个满脸平静的卫生员从一堆烧土里爬了出来。那个有着红十字架的药箱仍然静静地靠在她身边,只剩下几滴水的水壶套住她的脖子。她极力喘着气,因饥饿而虚弱,因缺水而皲裂。她一身是血,有连长的血、机枪手的血、老班长的血和中士以及她自己的血。这些混合的血一粘到她身上就凝固起来,似乎要将这朵美丽的花浇灌,在战火中开放!她还只有十九岁,一个刚从大学一年级来到前线的学生,她还没来得及在妩媚的月光下同爱情作一次浪漫的散步。她的家在莫斯科郊外的农场，那里年年红莓花儿开，她百看不厌，她老幻想自己就是那红红的草莓，是残酷的战争粉碎了她的玫瑰色的梦。她的左手已被打断，她曾试图找到那只被打断的左手，但找了许久也没有找到，倒是找到了战士们被肢解的十三只手，她分不清哪是左手，哪是右手。也就在那一刻，她突然有一种出乎意料的平静，她拂了拂额前的头发，一如拂走跟到身边的死亡。

红旗即将插到顶峰，扛旗的是那个爱说粗话的胖子。他走的速度很快，但暗堡里的一梭子弹比他的速度更快。他晃了晃，并继续迈出两步，终于倒了下去。女卫生员看得十分清楚，她朝胖子身边爬去，她的水壶里还有足够润湿胖子嘴唇的水，让他感觉生命的凉爽，并重新爆发出巨大的能量，冲上去，打掉那个暗堡，打掉那个唯一的暗堡，然后把红旗插到山顶。女卫生员几乎要接近胖子了，她很兴奋，要喊一句什么话，但她没有喊出来。兴奋就够了，她已没有力气喊话了。

然而，就在女卫生员站立的一瞬间，一颗炸弹的弹片刀片一样切进她的喉咙。她甚至看见那弹片划着优美的弧线，看见一片温柔的血泼在年轻的草莓上，看见母亲在很远又很近的地方摇着一块红手帕。她终于缓缓地倒下了，倒在胖子身边，倒在半面红旗身边。她最后看了一眼水壶，发现水壶的底已不知何时也被该死的子弹打穿。压根儿没有一滴水，她太伤心了，以至死不瞑目。

那个暗碉终于被团长从另一个方向炸飞了。此刻，战场上还有五个人，其中三个是敌人，紧跟团长的是年轻的号手。团长的脚板被打没了，是号手替他包扎的。在团长去炸碉堡时，从侧面冒出一个敌人正准备放冷枪，被号手及时发现，并用手榴弹结果了敌人。望着号手被硝烟熏得发黑的脸，团长居然笑了笑。号手也笑了笑，露出一排洁白而整齐的牙齿。

起风了，很冷很冷的风。垂死的敌人也慢慢包抄过来，团长匍匐着身子，在四周搜寻什么。终于，他拨弄血迹斑斑的硝土，找到一块石头，很白的一块石头。团长用衣袖把石头擦洗干净，然后，他将号手叫过来。团长坐起来，脸色十分严肃，他对号手说："鉴于你的英勇无畏和顽强作战，我郑重宣布，授予你'一级英雄'光荣称号！希望你继续为祖国战斗！"号手庄重地接过代表荣誉奖章的白色石头，向团长敬了一个军礼，转身向敌人冲了过去。

当红旗插上山顶的时候，天空红霞万丈。弹痕累累的红旗下，我看不见团长和号手的脸孔。也许他们都已捐躯，唯共和国的旗帜高高飘扬……

送友

朋友要去日本，就去送他。

喝了酒，抽了烟，说了无数难以实现的祝福话。手握了又握，那情景，像在永别。

朋友就终于走了。

快快回来，想起与朋友往日岁月，又美丽又伤感。隔着一海，不知何时才能相见。猜测朋友一如我想他那样想我，委实有些疼。

不料朋友竟未走成。见了面，很惊讶，朋友颓唐得很，说机票弄丢了。

我格外高兴，连忙领他进屋，说是彼此思念太甚，老天都不忍看我们分离，就使你不觉丢了机票，好让我们多聚一会。

朋友听我一说，渐渐开朗起来，说机票丢了就丢了，多看一眼老友也值。这番话，令我好生感动。

毕竟是要走的。在我家举行小小的告别仪式，就走了。我说送送，朋友不让，说最怕机场伤心断肠。我有同感，作罢。

几天后，忽然接到一个电话：天哪，竟是朋友打来的！他说，那天去机场，出租车扫描，待赶到时，飞机已起飞。停了一下，朋友又说，他觉得不吉利，所以退了机票，回来后，闭门谢客，哪儿都不想去……

放下电话，我赶紧往朋友家跑。推开门，朋友对我笑着说：看来，我去不成日本了。见我不语，朋友又自个儿嘀咕：也真是，好好的干吗辞了工作去那个陌生的地方呢?

别胡思乱想了,我盯着朋友,说:你费尽心机想出国,现在成了,哪有不去的道理?你不去,别人怎么说你?

朋友红了脖子,似要说什么,被我打断了。我说:定个黄道吉日,提前作准备,早点去机场,我送你上飞机。

朋友说:算了,我真的不去了。他垂着头,极力不看我,似乎怕我看穿他的秘密。

我不好再说什么。

临走,只叮嘱他:想通了就告诉我。你是我最好的朋友,多送几次也是应该的……越说越不是滋味,就打住话头走了。

翌日我去电话,接电话的人说,我的朋友昨天下午乘飞机走了。我听了一点也不吃惊,只觉得手尖都凉了。我想,朋友真正走的时候,恐怕没有一人送他。也许这正是他的希望。

可是,朋友,当你登上飞机的舷梯,望着一双双挥动的手时,你难道不希望那里至少有一双手是在向你抒写留恋和祝福么?

希望点歌

我听了许多感人的歌,都是唱给别人的。我多么希望在一个宁静的夜晚,有一首属于我的歌声在耳边忧伤地响起。窗外下着蒙蒙细雨,如雾的雨珠轻轻叩击着窗玻璃,像叩击我脆弱而透明的心。我默默地看着黑魆魆的远山和远山之上模糊的天空,那一首为我点播的湿漉漉的歌在我耳边如泣如诉。呵,朋友,你不必说出你的名字,也无须送上祝福的话语。我的泪水已经证明我已猜出你是谁,你的声音和呼吸又一次占据我整个灵魂,我将为你祈祷!

然而,朋友们似乎忘记了我,没有谁为我点歌,我无法拥有那一种令人心碎的激动时刻。我仍然一天天地听别人歌唱,那些歌没有一首是点给我的。

没有谁为我点歌,我就希望为别人点歌。当年母亲六十有四,整天呆在一间小屋子里,守着一台小电视机,有戏无戏都开着。母亲老了,她佝偻着背,坐在一条木凳上,看着电视。我知道她其实啥都看不懂,可她没有别的活动。有一次我回去,正好碰上一场足球赛。母亲将电视机的室内天线调来调去,希望调得清楚点,谁知越弄越差。我坐在床上,指使母亲调频,母亲不听,她说她以前就这么调的。好一会儿还没弄好,我看足球心切,就吼了母亲一句:快调频啦,不懂装懂,烦死了!母亲猛地抖了一下,赶紧扭转频道,电视机立即清晰起来。母亲红着脸,默默地退到一旁去。我忽然觉得自己太残忍,对不起母亲:自己坐在床上暖脚,懒得动一下,却指使母亲去调电视,还吼她老人家!她不懂,你原是知道的呀……母亲站在窗外吹冷风,瘦瘦的肩胛微微抽搐。我眼角辣辣地看不下去,就爬下床,很想说声"对不起",可又觉得别扭。因为这句话并不能表达我的歉意,反而觉得有点客套。那么,现在,我是否可以点一首歌表达内疚的心情呢?

我知道,动听的不一定感人,感人的也不一定动听。可是,当我的初恋快要结束的时候,我看见漫山遍野的映山红正火焰一样朝我开放,天空是那么湛蓝,果实是那么遥远,心是那么沉重。我突然产生了为她点歌的欲望。我点的歌不是那首《伤心总是难免的》,而是《北国之春》。我与她相恋近五年,我每一次成功或失败都注满她柔和的目光。我深知我的未来将不再圆满,可我并不埋怨她。相反,我得谢谢她,谢谢她这么些年来给予我的种种关怀、温暖和信念。我分明感到春天不知不觉又来了,置身于大自然,我看见树权上伸出的手指正在触摸整个天空。

许久没收到朋友的信件,也无法知道他们的消息。大家都还好吗?那个为丢失花猫而伤心不已的圆圆,那个考研究生不成而差点自杀的牛牛,那个将口哨吹红了月亮的快乐王子,我的朋友,你们都还好吗?寒冬早已过去,你们也该从厚厚的甲壳里冒出来,给我写几个字,或者捎个口信,我是如此想念你们呀!真想跑去看你们,可路途实在遥远,那么,就让我为你们点一首歌,点那首大家爱唱的《友谊天长地久》吧。我记得那次唱这首歌的时候,圆圆哭了。她说,终有一天我们会天各一方,然后杳无音讯。而牛牛坚决反对,他还用"海内存知己,天涯若比邻"来鼓励大家。只有口哨王子在满不在乎地吹《我们正年轻》。可毕业的时候,王子慌了神,硬要跟着我们走,说要永不分离,说得大家都哭了。这些,你们还记得吗?

呵,那些有风有雨有阳光的日子就这么悄无声息地消逝了,留下来的尽是美丽的忧伤的回忆。有一回，邻居的小女孩对我说：叔叔，你能为我点一首歌吗？她天真地望着我，说，再过一周，我就读书了，我已经要妈妈为我点歌了，我最喜欢听《我是一只小小鸟》。小女孩的娇态十分动人，我推说忙，回绝了。可是，三天后，小女孩竟在一场车祸中丧生！当我闻讯赶回来时，小女孩的尸体已经火化了。她的妈妈正死死搂着孩子的骨灰盒，在反复机械地唱着"我是一只小小鸟……"，泪水不知不觉涌出了我的眼眶。

因此，在一个阳光四溢的日子，一个称我为老师的文学爱好者用恳求的语气请我为她的生日点歌，我立即答应了，当天就给电台写去信，以后又追加三封，言辞恳切，满怀深情。女孩子爱浪漫，生日那晚，她特意跑到我家，将蜡烛和生日蛋糕尽数搬来。我们品着红葡萄酒，享受生活赐予我们的甜蜜。到了点歌的激动时刻，我们一首首听下去，却始终没有我点的歌。我看见那女孩突然哭了，她用疑惑的目光看着我，羞得我无地自容。可是，我分明写了四封信去的啊！后来我才知道，要点歌，光写信不行，还要寄钱去。我的心一下子凉下来，原来这个浪漫之中也还有点异味。

也就在这时，我明白了朋友们没声没息的意思。他们兴许为我点了无数次歌，但没有一次成功，因为他们也不知道，这年头光有热情还远远不够……我终于明白了这一点，尽管有点迟。

于是，在那么一个无风的下午，我独自去了一趟电台，直截了当交了钱，我点了一首歌，叫做《梦想时分》。我把它献给所有那些点歌不中的人，包括我自己。

秋日的天空

每一天都可能是一生中最后的一天，所以，你要努力做好任何一件事，包括小事，让这一天完完整整地属于自己，平和、充实、愉快。

想想这就是最后一天，你还有什么理由再睡懒觉？早早起来吧，把被单折叠好，轻轻抚平毛毯上的皱褶，像抚平一个个粗糙而湿软的梦，放下蚊帐，然后出去跑一圈，活动活动，呼吸清新的空气，看宁静的天空和天空下善良的人。那站在樟树旁打太极拳的老者向你投来友好的一瞥，像水洗过似的清澈、明净。他的动作极慢，四肢有些僵硬，一招一式显得有点笨拙，可他认认真真地做，丝毫不在乎你想什么说什么，只是用全部的身心去占有那属于自己的分分秒秒。一种发烫的情愫在你心底轻轻蠕动，你眼角一辣，赶紧掉转头，跑了回来。

桌上的书已搁置数日，上面铺了一层薄尘，你搞不清逝去的日子究竟干了些什么，想想竟是一片茫然，像曝光的胶卷没能留下任何痕迹。你的手在微微颤抖，像怠慢了一位忠诚于自己的朋友。你打开书，狠命地读，把冰冷的文字捂在胸口，把失去的感觉找回来。

想到即将告别母校，告别老师和同学们，内心总会涌起无限多的联想。一个孤独的地方，常常是获得痛苦和赢得荣誉的地方。寂寞的背后有两条路，往前是鲜花和掌声，再往前则是更深更重的寂寞；往后是沼泽，沼泽上面往往铺有美丽的陷阱和短命的苔藓。你往何处去？走过的地方是否留下了或深或浅的脚印？老师的教诲，同学的劝告是否铭记在心？

平时在一起不大在意，一旦要分别总是如此的割心断肠，尤其想到这也许就是一生中最后一次相见。虽然写了那么多的祝福，但谁都知道前面的路比祝福的要曲折得多，艰难得多；虽然一再叮嘱"再见，再见"，可真正能够"再见"的又有几个？所有的话堵在喉咙说不出口，所有的笑容堆在脸上无法生动，所有的心愿写在赠送的日记本里可怎么也不忍拿出来。也许曾经争吵过，计较过，甚至幼稚地仇视过，可此时此刻，心贴得如此的紧，彼此尽是美丽的回忆。不说，不说，说出来的总不如内心所想的丰富完美，就这么默默地走，在温馨的夜里，在熟悉得能叫出我们名字的草坪旁，在如乳的月光下，我们手拉手，慢慢走近那痛苦的一瞬……

想想这就是最后一天，你会觉得崇高、宁静，像秋日的天空。你写下的文字就是绝笔，你说出的话就是遗言，你迈出的步伐就是抉择。因此，你不能乱涂乱画，要珍爱你面前圣洁的稿纸；你不能搬弄是非，要呵护你苦心经营的荣誉；你不能走上歧途，要捍卫你矢志追求的光明。

想想这就是最后一天，你还有什么怨恨？不错，你有过刻骨铭心的失恋。你播种多情收割薄情，你撕下欢乐长出烦恼，一片爱心搁浅在冷漠的荒丘，你为此愤怒过，悔恨过，哭过，你甚至想到报复，用硫酸毁坏她娇嫩的脸孔或用水果刀……可是，你仔细想过没有，你是否真正爱她？倘若你真正爱她，你盼望的就是她快乐她幸福，既然她同你分手是建立在她快乐她幸福的基础上，那么，你还有什么理由去伤害她呢？伤害她等于伤害你自己和她受虐的那个人。倘若你并不真正地爱她，那更没有理由扰乱人家甜蜜的心境。有个诗人说，你首先要想办法获得一个女人的好感，然后无情地打击她，她会永远记住你。干吗要这么残酷呢？征服感情是极其崇高的事情，任何逢场作戏和诸如此类的杂念都将亵渎这个圣洁的字眼：爱。爱意味着光明、欢乐和奉献。为爱而活是伟大的，为爱而死是高尚的。爱不能勉强，更不能威迫，勉强和威迫有可能得到一个人的肉体，但永远得不到她的心和她的灵魂。因此，既然她心意已定，不要去乞求，乞求得来的同情和怜悯不是爱；既然她心有所属，不要去纠缠，纠缠的结果只能是更加伤害她和你自己。假如曾经还有一份美好的回忆就好好珍惜，不要撕碎，也不要延续；假如依然还有一份痴切的恋情就默默收藏，不要抚摸，不要回首。既不要故作洒脱，借花献佛，也不要自甘沉沦，借酒浇愁，更不要小里小气把曾经赠予的情书情诗手帕索回，仅作一个小小的纪念吧。要知道，爱情本来就很捉弄人，你爱她，她不爱你；你不爱她，她偏爱你。所谓"爱上爱你的人"是极其难得的，更多的时候，同你结婚的不一定就是苦苦觅求的梦中人，同你分手的不一定就是擦肩而去的过路者。这的确是一种遗憾，但遗憾也是美，一生中没有那么几次刻骨铭心的遗憾，也许才是真正的遗憾。何况，爱需要缘分，没有缘分的爱很难有好的结果；没有爱的缘分算不上真正的缘分。情深缘浅或情浅缘深都不会结出理想的果实。别以为你与她相处了四年，可缘分这东西跟时间是搭不上边的。有些人相识一见钟情，一见如故，一拍即合，有些人相识一辈子也只能停留在最初相识的水平上。既然你与她只有做邻居的那种缘分，你就应当适可而止，做一个忠实的邻居吧。

　　想想这就是最后一天，你觉得窗户上的阳光格外柔和、可爱，你整个儿心沉浸其中，享受大自然给予你的快乐。

　　楼下的阿姨送信来了，虽然是一封退稿信，你还是十分平静地说了声"谢谢"。阿姨是值得尊敬的，编辑更值得尊敬。他退你的稿总是有理由，或是你的文章没写好，或是不适合他刊发，因为每个刊物都有自己的风格，不能面面俱到，或是你的文章水分太多，要修改，他还给你提了具体的修改意见。即使只是一张铅印退稿签甚至连签也没有仍然不能对编辑抱怨，他们太忙太忙了，实在无法每稿必复。将心比心，要你每天写上几十封信，鼓励多一点怕你骄傲，泼水多一点又怕你气馁，最糟糕的还是，你把退稿原封不动寄往他刊竟然就登出来了，于是，你平白无故地怀疑编辑的水平是否货真价实。这显然不对。你不能一味想自己而不顾别人。你的稿发了，说明它符合那个刊物的要求，不发更要体谅编辑的难处。应当相信：你的稿人家认认真真看了，退了是多方面的原因。你应该沉下心来，平和地对待这一切，就像平和地对待春天里的细雨一样。

想想这就是最后一天，你没有心思停在路上看别人吵架凑热闹，也没有情绪去闲聊一些永无结果的问题，更没有时间倚在门槛上懒洋洋地享受孤独。你得给远方的朋友写一封信了，虽然你已经给他写了两封信，他没有回音，你不要生气，你们亲密的关系不允许你这样做。他没回信只能证明他太忙，或忙于职称评定，或忙于自学考试，或忙于分配住房，这都是些十分伤脑筋的事，他一定忙得焦头烂额，愁绪万千。你得劝劝他，挚友的开导往往比亲属和领导的开导更管用。你说，何必吊死在一棵树上呢？放开些，潇洒些，好不好？他回不回信并不重要，重要的是你给他的信，你的情义，你的温暖。

想想这就是最后一天，你就会变得博大、开朗、成熟。轻轻一挥手，把不该计较的东西统统抹掉。上街去，首先要过一座古老的石拱桥，无数次经过这里，你似乎从未注意过它。今天你一步一步记下石阶的数字：共四十九级，这是一个带有象征意味的数字，吉利的数字。然而，你知道，这座桥马上就要拆除了，可它，像行将就木忠于职守的老人异常固执地拱起腰，努力扶走最后一名行人……呵，你的脚板有些发烫，你感动了，匆匆离开。

前面围了一堆人，你上去一看，竟是五名学生为一名患了白血病的同学募捐，你摸摸衣兜，全掏出来，才一元五角二分钱，你几乎是有些羞涩地把碎钱递上，转身要走。一名女同学将一个小小的硬纸牌塞给你，上面的一行小字让你又激动又惭愧："谢谢你一片爱心。"

想想这就是最后一天，你没有时间去幻想。幻想总是朦胧依稀，而现实却是赤裸裸的。你只能扎扎实实地做力所能及的一切。

夜幕不知不觉就降临了，你揿亮台灯，坐下来，打开一本书，或者铺开一本稿纸，你知道，这个夜半又将完美无缺地属于你。

当这"最后的一天"完全成为一种回忆时，你将深信：明天会更好！

生死之间

黑米作为鸬鹚镇人前后不过是十天的事。黑米原来的名字叫楚朝阳,这个名字被光荣地刻在鸬鹚南面不远的公墓上。当年,黑米参加了著名的"黑煞口"狙击战,终因寡不敌众,在消灭近三倍于己的敌人后,全团战士弹尽粮绝,壮烈牺牲。黑米能够活下来,完全是料想不到的事。作为司令员,他同机枪手、团长和一名女卫生员成为最后一批殉难者,他们像狼牙山五壮士一样手拉手从悬崖上跳下去。

黑米醒来的时候,发现自己躺在一个老人家,十分吃惊。老人告诉他,收尸的时候他发现黑米胸口还有点热,就悄悄将他背了回来。黑米伤愈后,想回部队去。老人告诉他,部队早走了,你的名字已登记上去。况且,大家都死了就你活着别人怎么看?会不会把你当作汉奸而处决?又没人给你作证。老人说,他就亲眼见过这等事。老人独居深山,打猎为生,黑米就做了他的儿子,将"楚朝阳"的名字改为"黑米"。老人说:别看"黑米"是我狗的名字,它不委屈你,你不知道它有多聪明,多勇敢,可惜死了,是为我而死的,死在狼的牙齿下,那只狼后来被我砍了三百刀。黑米不计较自己的名字,认了。两人和和气气生活多年。老人死后,黑米直奔故乡,深更半夜叩开家里的门,全家人都大吃一惊,以为碰见了鬼,直到做娘的颤巍巍地拉住儿子的手,才确信儿子真的没死。但是,作为烈士的家属,他们不允许黑米在村上出现。否则，非但黑米在劫难逃，全家人也跟着遭殃。当时的阶级斗争抓得紧，动不动抓"特务"，人人自危。何况，黑米当烈士，全家人享他的福，全村人庇他的荫。因此，母不敢认儿子，妻不敢认丈夫。黑米痛哭流涕，连夜逃回深山，过着野人生活。

　　三十多年后，一个极其偶然的机会使黑米重返"人间"，成为鹁鸪镇中最善良的一员。说起来还真叫人心寒：去年开春不久，鹁鸪镇发现有野猪出没，紧挨着山林的麦地和茶园被野猪糟蹋得一片狼藉，居民们惶惶不安。镇长立即组织力量昼夜巡逻，然而野猪极端狡猾，避开巡逻队，继续行恶。镇里老少不敢出门，唯恐惨遭不测。几条硬汉扛着毛瑟枪悄悄深入森林，在猎狗的帮助下，终于找到野猪的劣迹。好汉们趁机跟踪，经过十多天的周旋，好歹追上。可是，当他们端着枪准备射击时，才知道野猪已经死了，旁边躲着一个几近野人的老者。只见他双目紧闭，胸部流血，呼吸艰难，一条老枪断为两截，不用说，老人跟野猪搏斗多时，已奄奄一息。众人不敢细想，背起老人直奔镇医院。住了二十多天院，老人才勉强明白过来，他说他叫黑米，是个猎人。此时，黑米有许多话已忘了该怎么说，能说的话总共不上十句。不管怎样，作为鹁鸪镇的有功之人，人们对他的热情是显而易见的。镇长亲自买了罐头水果等营养品到医院看望，说了许多安慰话。末了，镇长说：要是愿意的话，你可以在鹁鸪镇留下来。黑米感激不已。

　　出院后，黑米办了正式手续，留了下来。开头几天，村民们像看猴子似的围住他提了许许多多问题，黑米很少回答，满脸歉意。县广播站一名见习记者听说黑米在森林里呆了三十多年，觉得是个极有挖掘价值的新闻人物，遂匆匆赶来采访。镇长闻讯，立即对黑米细细布置一番，先说什么，后说什么，哪些该说，哪些不该说，尤其要突出镇领导是如何组织人力物力在他生命受到严重威胁的时候击毙野猪，将他救出，并且很好地安顿下来，如此这般。黑米莫名其妙地望着镇长，什么话也没说。记者乘兴而来，败兴而去。但是，没多久，广播稿照样出笼，还在市日报上发表，鹁鸪镇一时热闹极了。黑米不管这些，努力做些小事情，比方修一座小便桥，填平一些路基，帮助驯养猎狗，等等，谁知，这么一来，居民们反而更疏远了他，有人甚至暗暗嘀咕：这老头是不是想捞个一官半职？黑米逢人点头，笑笑，但愈来愈多的人偏过头去，不理睬。黑米怔怔地搓着手，有点不知所措。

一周后，黑米向镇长请求一个正式工作。镇长盯着黑米身上的正宗狐皮大貂，态度十分模糊。黑米说，什么工作都成，只别让他闲着。镇长想想，说，南山公墓需要一个守墓人，你愿意吗？黑米慌忙点头表示愿意。黑米的猴相让镇长忍不住笑起来。镇长依旧盯着黑米的大貂。黑米突然明白了，嘿一声，说：感谢你给我这个工作。镇长装作没看见，淡淡地说，哪里，哪里，应该的嘛。

黑米从镇政府出来，感到很冷。他抱着双臂，匆匆回去。第二天，黑米披一件破棉袄，来到冷冷清清的公墓。不一会，他找到"烈士楚朝阳之墓"，只见野草青青，不觉眼角一辣，差点落下一串泪。交班的老妪对黑米说：你来了就好了，这些天有没良心的强人盗墓，把我气坏了。这里可都是些英雄啦。唉，你当心吧。说毕，将一把钥匙给了黑米就踽踽地走了。

就这样，黑米成了一个守墓人。

一天深夜，北风呼啸，黑米守在一座小小的砖房里，默默地饮着一瓶烈酒，不时涌起阵阵酸楚，看着身上的毛须，哪像个人！是啊，楚朝阳本来就死了呵。黑米踉踉跄跄钻出去，坐到自己的墓碑上，一动不动。

天上，有一轮寒冷的月光……

突然，身后响起一阵异常的声音。啊，真的有人盗墓！黑米迅速回家，抓起毛瑟枪，窜出来，伏在一个隐蔽处。黑米一下子置身于当年的战场中，恍恍惚惚，以至当一条黑影蛇一样爬过来的时候，黑米不由自主地扣动了板机，那人一下子不动了。黑米猛然惊醒，叫声"不好"，飞奔过去。四周有几条阴影匍匐过来，黑米似乎顾不了那么多，救人要紧。然而，当他刚刚跑到那人身边，弯下身去的时候，那人突然抓住他，摸出匕首。黑米胸口一闷，哀叫一声"哎哟"，就仆倒在地，血流如注。

　　黑米终于死了。镇长派人将尸体运去火化，让守墓的老妪把骨灰盒埋在南山上，与"烈士楚朝阳之墓"遥遥相望……

第六辑　风尚风范

　　画家回到小镇的第二天，便急不可待地寻找靠。画家找到靠当年居住的地方，可这地方全变了。记忆中的茅屋、围墙和风铃找不到丁点影子。画家询问了几个人，但谁也不知道有一个叫"靠"的女人曾经住在这里。画家没有灰心，接连几天都在寻找。终于，他从一位老大爷的口中打听到一点消息：靠去了另一个地方。

画家与模特

孤零零地,画家功成名就,老了。

城市的喧嚣已激不起画家的任何欲望。叶落归根,画家要回归故土。

经过一年的精心准备,画家的愿望实现了。

画家回到这片故土时,几乎没有人知道。

画家很高兴,他可以做他想做的事。

画家想做的事太多了,而最想做的事是把那幅取名为"渴望"的画送到一个女人手中。

确切地说,是一个非职业模特。

当年,画家既无名,又穷得叮当响,谁也瞧不起他,更没人愿意为他做模特。

但画家幸运地碰上了她,一个名叫"靠"的女孩。一个名字独特、个性独特的女孩。

头一回碰到靠,画家惊呆了。她的身材、她的气质、她超凡脱俗的美……画家的心被提到了嗓子眼!他想央求她做他的模特,但他太自卑,不敢说。

倒是靠落落大方,主动同他打招呼。

靠说:你是野麦?

画家狠狈地点点头。

靠又说:我知道你穷,可是你年轻啊!

画家怔怔地望着靠，似乎看到了一丝希望。

靠停了一下，继续说：你看，我给你做模特，合格吗？

画家又惊又喜，嗫嚅地说：可是我没有钱，我付不起你的工资。

我不要你一分钱，靠认真地说，但是，你要答应我一个条件。

画家忙说：什么条件？

靠浅笑道：把你画成最美的那幅画送给我。

画家兴奋之极。

以后，画家每周以靠为模特，画两幅画。每一次画完，画家都说不满意。靠总是鼓励他：别急，慢慢画。

画家的画技在飞速长进。有时，一幅画画完，靠望着画中人，脸红红地说：这么美的人，是我吗？

画家总是说：是你，但你最美的那幅画还没有画出来。

画家试探性地对靠说，他想画她的裸体像。画家结结巴巴地说，那一定是世界上最美的一幅画。

画家原以为靠不会同意，谁知出乎意料。

这就是这幅取名为《渴望》的油画的由来。在这幅画里，画家借用各种手法，把自己的全部幻想、激情和才智都投入了进去，光和色的搭配也极其和谐、完美。

画完后的几天时间里，画家的心都跳个不停。他明白这幅画的价值，也记得自己的诺言——把这幅最美的画送给靠，但他没有这样做。

画家携着这幅《渴望》离开了故土，离开了宁静而平凡的小镇，也离开了给予他勇气梦想和激情的靠。

因了《渴望》，画家一举成名。从此，画家的生活掀起了全新的一页。

在随后的数十年中，画家也时常想起靠，也试图打听靠的下落，试图对她有所帮助。然而，不知为什么，他一直没有行动。而每一次回忆，带给他的都是丝丝隐痛。

画家回到小镇的第二天，便急不可待地寻找靠。画家找到靠当年居住的地方，可这地方全变了。记忆中的茅屋、围墙和风铃找不到丁点影子。画家询问了几个人，但谁也不知道有一个叫"靠"的女人曾经住在这里。

画家没有灰心，接连几天都在寻找。终于，他从一位老大爷的口中打听到一点消息：靠去了另一个地方。

画家闻讯而去。然而，那个地方的人都不大愿意谈起靠。

不久，画家知道了原委。老人们说，靠年轻时太风流，当过模特，光着身子，比妓女还下贱，没有男人愿意娶她。

画家惊呆了，内疚不已。

费了好大的劲，画家终于找到了靠的住地，那是一间破败的瓦房。画家去时，有个老妪正在门前晒太阳。

画家一看便知道：她正是靠。

画家抖抖地说：我是野麦。你还记得有个叫野麦的人吗？

老妪皱纹历历，视力不太好。她辨认了好一会儿，才平淡地说：你终于来了。

画家说：我是来送画的。我答应过你，我要把最好的画送给你。

画家说完，便把那幅《渴望》送到老妪眼前。

老妪瞥了一眼画，依旧平淡地说：你觉得这幅画最美？

画家说：难道不是吗？

老妪长长地叹了一口气，说：这么多年来，我一直等着你来送画。现在我老了、丑了、不美了。

画家顿时羞愧难当。

夕阳柔和地照过来，照在老妪布满皱纹的脸上。老妪说：你回去吧。其实，最美的那幅画永远珍藏在我的心底，只有我自己能够画好。

不！画家大声叫道，迅速取出笔，掏出一张速写纸，对着老妪边画边说：相信我，相信我！我一定要把这幅最美的画定格在夕阳里。

一丝轻易察觉不到的苦笑挂在老妪的嘴角上。

画家的速写纸上，老妪的眼里盛满了泪水。

残阳

老铁来，踽踽地。

她还认识我吗？都三十年了！老铁喘了口粗气，拐杖撑住的胳膊窝渗出了汗。断腿那阵子，他真想死。唉。

前面的小茅房就是她的家。

夕阳温柔。

柴门虚掩。老铁镇定了一下，敲门，没有动静。再敲，依然是轻轻的。

"谁呀？"

终于传来了问话声，老铁蓦地激动起来，进去。可是，人呢？突然，他瞧见了她。她坐在后门外一个小的平地上，手抓毛线，慢慢织。听见脚步声，她回过头来，瞪着他，微笑地说：

"是冯大伯吧？多久没来串门了……"

顷刻之间，老铁跌进冰窖：她、她竟然不认识我了？竟然将我忘得干净？老铁的眼睛便有些涩。

"很忙？"她搔了下白发，说："我也忙。每年秋天我就要为他织毛衣……"

"给谁？"老铁有点忍不住了。

"你不知道咧，冯大伯。"她看着老铁，茫然若失地摇摇头，说："三十多年前，我跟铁鬼相好，他比你大，走的时候你还小得很咧，唉，他说过一挣上钱就回来……"

老铁猛地沸腾起来，在心里喊：我就是铁鬼啊，为什么把我当作冯大伯？突然，他的嗓子提了上来：难道、难道她的眼睛……他伸出手在她面前晃了两下，她毫无感觉。哦，春姑，可怜人，为了我你哭瞎了眼睛……

"可他一走就没有消息，但我想，他终会回来的。每年秋天，我就开始为他织毛衣，织了又拆，拆了又织。我怕冷，上午太阳在前面我就坐在前面，下午太阳在后面我就……"

"这些年来，你是怎么过来的？"老铁极力压住，声音依然打颤。

"啊……你，你是谁？"她从老铁的话里似乎听出了什么，浑身一抖，伸出瘦骨嶙峋的手，说："你、你过来，让、让我摸摸。"

老铁想想，过去。两手接触的刹那间，老铁顿时迷茫起来，只觉得有一只蚯蚓在身上爬来爬去。

突然，她的手停了下来，显得十分失望的样子，大声说："你究竟是谁？"

"我、我……"

"没良心的东西！"她十分激愤，嘴唇不停地嚅动："你想冒充铁鬼来骗我吗？告诉你，我眼瞎了手没瞎！铁鬼像你这么矮这么瘦？还有那腿……"

老铁目瞪口呆。

"出去，快出去！"她的火气十分大，喉咙却哽咽了："铁、铁鬼啊，你怎么怎么还不回来？"

能说什么？老铁默默地把泪往肚里咽：春姑，你怎么这样痴？人老了能不瘦？背驼了能不矮？而那腿、腿……唉，回去吧，让那个英俊高大而健康的"铁鬼"永远伴随她吧。

老铁去，踽踽地。

岔道

故事发生在第一场大雪后的一个阴云四合的早晨，主人公走在一条打满补丁的山路上，他绝没有想到两年后，他的事情会在《湖北日报》上披露出来。确切地说，当他把那名少女从衡阳骗到邯郸，并把她卖给那儿一位戴灰色毡帽的老农时，他压根儿没料到他已经触犯了法律，而他的报应想必也出乎读者意料之外。

此刻，他双手抓住鼓囊囊的钱袋满目春光地往前走，身旁每一颗小小的石子都能引起他对往事最直接的回忆。那个少女坐在车站外的一块青石板上愁容满面，她的背影很像他的女儿以至他大吃一惊，少女回过头来他才一目了然。她的年龄与女儿差不多，只是没有女儿漂亮，至少，他是这么认为的，少女的额上笼罩着她那个年龄不应有的阴影，她怔怔地望着他，希望得到一点什么。他往衣袋里掏出一把碎钱，数都没数塞在她手心里，少女止不住泪水，还给他。他想想，走进路边的饭店，弄了一碗米粉。他说：看到她就想死去的女儿，很难受；他不是施舍，也不是同情，而完全是一种发自内心的父爱。少女将米粉吃了，泪汪汪的。她告诉他，她没有父亲了，母亲恨不得她早死，她好再嫁。她想读书又读不了，整天当牛做马还挨打挨骂挨冷挨饿，她早就想……他摆摆手示意她别再说下去了，他双眼竟有些红，他说他难受极了，他不能就此扔下她不管。他的表演在不谙世事的少女眼中没有丝毫的破绽。她对他感激不尽，甚至执意要认他做干爸。他略一迟疑，便装模作样地答应了。

整整四天或更长一点时间，他确如待女儿一般待她，给她吃好睡好，还替她买了一条红围巾。少女的叫声真像女儿一般甜蜜，他爱女儿更甚于爱妻子。话又说回来，妻子早已扔下他与别人远走高飞了。因此，他的一切都是为了女儿。女儿当然不是他在少女面前说的那样死了，她在上初中，成绩很好，人又漂亮，真有点令他骄傲……下了火车后，戴毡帽的老光棍瞧了少女后怔了怔，他悄悄地告诉人家她已经二十五岁了，少女将红围巾取了后还真有点显老，她叫老光棍为大叔，他在车上曾告诉她，他将带她去他的一个远房妻弟那儿做砖坯，赚够了钱就回来，但当晚他就不管她死活，取了钱溜了回来。

有风吹来，他一脚踢开两颗石子，不由自主地吹了声口哨，他现在渴望见到女儿，他已经出门半个月了。

路上不时有些熟人，他总是冲人家打打招呼，前面是一片麦地，麦地前面是一条水渠，水渠前面是一排枣树，枣树前面是一口池塘，池塘前面是一个村庄。他隐隐见到村庄左边他的略为倾斜的瓦房，他甚至幻想出女儿坐在门槛上望着这条羊肠小道。他在心里说：乖乖，别急，你爸给你买回了好东西，你爸为你挣了好多好多的钱。

刚刚穿过那片潮湿的麦地，突然，麦地前面出现一个岔道，大约是灌溉之故重新垒起的，将水渠呈"个"字形分开。他本来是要踏上渠道上的大路，却鬼使神差，一脚踏进了冷水沟。两个月后，当他人模狗样地坐在拘留所里面壁思过的时候，他还能清晰地忆起踏进冷水沟那一刹那时的感觉，他仿佛一下子坠入了深深的陷阱，他大吃一惊，骂了声晦气，一声不哼地回到家。他大声大气地喊着女儿，可是，没人应。他急了，将门打开，里面空空荡荡。

女儿哪去了？

邻居王大娘戴着老花眼镜走到他门口，说，你女儿在你走后的第三天就跟一个外地人走了。外地人说他认识你，你被车撞了，要你女儿去照顾你，你女儿听后将书包一丢不听我们劝告就走了。刚才我们还在揣摩，那个外地人兴许是个人贩子……

他差点瘫软下来，王大娘奇怪地看了他一眼就唠唠叨叨地走了。他立即关上门，将给女儿买的各种东西慢慢拿出来，禁不住泪流满面。突然，他抓起一个酒瓶摔得粉碎，仿佛他要把那个拐骗女儿的人贩子的头砸碎似的。

那一夜，他没有睡。

他决定寻找女儿，不管付出多大的代价。

然而，当他懵头懵脑地打开门时，天还刚刚放亮。他目瞪口呆，门前站着被他拐卖的那名少女和戴着毡帽的老农。老农一见他就露出骇人的眼光，少女瘦黑了一圈，泪水如注。他正要绝望地关上门，猛地发现身边什么时候已站着两名身穿制服的人。他的手无力伸去，只嘶哑地喊了一声：

"我、我的女儿呢！？"

大毛

　　大毛属虎，无虎相，性温和。鹁鸪镇上上下下没坐过火车的人不少，不知道大毛的人不多。大毛同阳叔一样，属"无出息的人"一类，当然是另一性质的。大毛懒得出奇，刚分责任田那阵子，别人埋头苦干，五谷丰登，唯大毛依旧平平淡淡，一丘田只种一次，晚稻割义苗（即早稻蔸上长出的亚稻子），从不问看水、杀虫、除草之事，早也罢，涝也罢，全凭天意，能收多少就收多少。后来干脆将田发出去，每年得二百斤现成谷，乐得个游手好闲，悠然度日。不知什么时候，大毛在街上摆了个小摊，专营裤叉、乳罩、皮带和钮扣，不欺生，不贪心，和和气气，倒也能赚。可是没过多久，大毛鬼迷心窍，扔了小摊，整日拿着块旧黑布，往地一铺，叫道："来，来，人人发财。"毕，倒出棋子，与人对弈，一盘五块，从未赢过一次。过了半月，输个精光。大毛依旧赌，虎头虎脑，输了嘿嘿作罢，连家中的老茅庐也抵上，远处栖身，便街头巷尾狗一般活。

　　渐渐，很少有人再跟大毛对弈。大毛十分执迷，常花子似的坐在街口，叫："来，来，人人发财。"围观者哂笑："发个屁财！"大毛耷拉着头，摆弄棋子，一脸猪肝色，甚是可怜。

　　大毛愈来愈瘦，筋骨条条，一根皮带用铜丝铆住，每每蹲下，"噗"的一声，断了，裤头落下，不好意思，后来干脆扔了，穿着裤叉，坐在路旁，像个乞丐。有时，大毛等得筋疲力尽，无人光顾，只好自己跟自己对弈。他左手右手各代表一人，左手输了，右手掴左脸。右手输了，左手掴右脸。当然，更多的时候，不输不赢，大毛心满意足，言："和局，和局，和为贵也！"但是，自己跟自己对弈，终究没有跟他人对弈的紧张，几盘过后，腻味起来，大毛便望着身边的棋子发呆，一脸红霞。

"又输啦？"常有二流子这么奚落他。大毛总是嘿嘿笑，说："有输有赢，有输有赢。"接着便央求人家干。二流子说："你赤条条的，谁跟你干？"大毛说："你怎么知道我会输？"二流子眯眼，笑道："输了呢？"大毛不含糊："是狗。"二流子乐了，坐下来。大毛惊喜，慌忙摆棋。不一会，人仰马翻，一塌糊涂。二流子说："怎么办？"大毛望着棋，一脸苦相。良久，跪下，从二流子叉开的大腿下爬过，并且学狗叫，便有年老的过路人骂二流子缺德。大毛拍拍灰，说："应该的，早说好了。"脸色终是难看。二流子说："还来不来？"大毛二话没说，重新摆好棋，没几分钟，又蔫了。二流子说："怎么办？"大毛垂头答："你说。"二流子便要跟着他去种地。有了这一回，大毛再也不跟这样的二流子对弈了。

但并不是说大毛洗手不干了，相反，大毛更专注，更努力。老大的热天，柏油路融得黏乎乎，太阳照得大地"吱吱"作响，树上的蝉懒懒地叫唤。大毛赤膊袒胸，坐在地上，独守棋盘，雷打不开，雨泼不走。村民们便说大毛疯了。大毛听了，不作理会，缠住一外地过客，非对弈不行，吓得路人远远避之，不敢经过。大毛好不沮丧。

某日，一虬客从镇上过，见了大毛，马上停住瞧，像古玩似的打量半天。大毛讪讪地请虬客对弈，虬客欣然从命，大毛恨不得叩头称谢。虬客摆好棋，请大毛开局。大毛颇懂规矩，要虬客先动手。虬客不再推辞，捉棋飞走。大毛瞪着虎眼，手忙脚乱。不一刻，大毛的老"将"要被击中。谁知虬客虎门大开，大毛乘机而入，竟成平局。虬客大叫"造化"，大毛暗叫"惭愧"。正所谓吉人自有天相，懒汉有福。此虬客非平头百姓，乃潇湘电影制片厂林导演。大毛鸿运高照,林导演一见中意。当天下午,一辆面包车将大毛连人带棋载走了。

一时,鹁鸪镇沸腾了。有人说大毛装憨,憨中藏灵;有人说大毛自学成才,百折不挠。镇上老师教导学生要树立崇高理想,矢志追求,像大毛叔那样,不达目地绝不罢休。一些年轻妹子芳心洞开,盼望大毛归来。更有许多后生学大毛样,邋里邋遢,不种地,不摆摊,买副象棋,一块旧布,整日与人厮杀。

约摸一个多月,大毛忽然归来,依旧赤膊袒胸,萎靡不振。众人大惊,问其故,大毛耷着眼皮,概不回答。谣言顿起。有人说大毛是天生的黄鳝成不了龙,能拍什么鸟电影?有人说大毛得罪了林导演,被糊里糊涂赶了回来;有人干脆说林导演根本不是什么导演,而是人贩子!大毛被人当狗卖了……

大毛坐不住了,从肚皮下摸出一个皮夹子,打开,将他拍的镜头照拿出来。读过书的人一看便知,大毛了不得,扮了个好角色:小D!瞧他与阿Q比捉虱那一张多神气,绝!

镇领导在众多爱才之士的强烈推荐下找大毛谈话,大毛笨头笨脑,对镇领导提出请他出来抓宣传工作一事不置可否。镇领导要大毛考虑考虑,大毛说他从来就不懂什么叫考虑。镇领导摊摊手,作罢。

热门过后,大毛将老茅房买回,以免蚊叮狗咬之苦。白天,大毛依旧在街上闲逛,屁股后面往往跟有一帮子人,但他们不敢太接近大毛。大毛也不理会,把棋布一摆,棋子还未倒出,就立即围满了人。交通阻塞过好几回。许多人愿意跟大毛交手,旁观者皆言大毛棋艺高超,一举一动,十分脱俗。果然,大毛大获胜利,好不风光。败者常常拱拱手,抱拳:"老弟不行,输得口服心服。"一周过后,大毛竟然未失一局。白花花的太阳下,大毛望着棋子发愣。天黑,大毛才闷闷地回到老茅房。

一连几天,大毛没在街上露面,人们正在诧异,有人忽然发现,大毛常蹲的大树下,棋子散满一地,棋布已被撕得粉碎……

渡口

这是多年前的事情,至今读来,仍感触良多。

其时,狂风乌鸦一般荡来荡去,河水伸出千百双手乱舞乱抓,涛声震耳,浪头吓人。风过之后,四周一般寂静。虽然这是渡口,却并没有多少人,一只乌篷船冷冷地靠在岸边……

她形单影只地走到码头,茫然四顾。猛地,在离码头几十步远的石埠旁,她发现了那个老妪!她静静地站在那里,专注地望着远方。

昨天清早,她蹒跚来到这里,便发现了这个老妪。她站在醒目的石埠旁,守望渡口。从她的白发、皱纹和被生活压弯了的脊背,她想到了自己的母亲。很显然,老妪在等人。她木木地站了一会,转身回去了。回到家,她真希望丈夫向她认个错,哪怕是温柔地叫一声也行。然而,她失望了,丈夫竟没有好气地说:"动不动就走?好啊,你要走就走,看吓得了谁!"她简直疯了。这一夜,她翻来覆去地睡不着,天未亮,她一不做,二不休,拎起箱子,气冲冲地来到渡口,偏偏又碰上老妪!

她狐疑地走到老妪后面,老妪竟没感觉到。风又大起来,忽的一个浪头,老妪一个趔趄,她慌忙扶住问:

"大娘,您在这……"

老妪双手压着拐杖,缓缓地转过身,突然一把抓住她的手,抖抖地说:"孩子,别怕,我没疯,没疯……"

"大娘,您在等人?"

"我?"老妪顿时苍老下来,瘦肩抽搐,她伸手往身上摸,弄了许久,摸出一张发黄的照片,凑近她,极轻极细地说:

"他,是他……"

这是一个穿着上士服的军人,她问:

"是您儿……"

"我男人!他是我男人!"老妪抢过相片,瞪着恐惧的浊眼,将相片紧紧地捂在胸前,仿佛怕人抢了走似的。

"他在哪里?"

"台湾。"

"您为什么不跟他去?"

老妪掖好相片,沉重地叹了口气,低下头来。良久,才缓缓地说:

"当时,我与他吵架,我脾气太倔,得理不让人。他说要离开我,我知道他是与我赌气,就火上加油,他果真走了,半夜,他回来敲门,我竟鬼迷心窍不开门,鬼迷心窍啊……他没死!我梦见他回来了……"

她怔怔地站着,仿佛被什么东西狠狠地扎了一下。

"大娘,天太冷,回去吧。"她知道这话是多么的苍白无力,但她终于说了出来。

"你走吧,孩子,船就要开了。"

"大娘,我,我不是过河的……"

话未落,她慌忙背过身子,蓦地,狭小的山岔口有一张熟悉的胡子脸。她心一热,往回跑去……

恶雪

那个冬天的全部故事是关于他和一个女人的事情。故事起因于在鹁鸪镇居民看来是亘古未有的大雪，嚎风夹着大雪没完没了地刮了五天，仿佛要将百年内的雪一次下完似的。

他是在嚎风刮了五天的一个十分昏暗的下午走出那座低矮的茅房的。他挑着水桶到距茅房一里左右的井边取热气腾腾的水。他家的柴愈来愈紧张，不然，他不会冒着掉耳朵的危险去井边取水而完全可从房前取雪代之，结果，他发现了与这个故事有密切关系的那个昏死的女人。他放下水桶把她从恶雪中抱出来跑回家去。那时，四野茫茫，空无一人，而村里却是家家冒烟户户紧闭。他抱她到家不用任何担心。他发现她双目紧闭四肢僵冻而心脏尚有微微颤动。他将上好的木块丢进火里把女人冰冻的衣服脱下来。当他的手触及那细瓷一样白嫩的肌体时他的喉咙发干浑身发热，毕竟，二十八年来第一次如此逼真地碰过女人。火愈来愈旺，他愈来愈紧张，愈来愈乏力愈来愈不能自已。

他狠狠地抽了一下头发抱着女人来到床边，女人紧闭的唇闪着一种像死亡一样痛苦的东西。一丝冷感从心底发出沿神经系统掠过指尖和头发。他咬咬牙将那张黑乎乎羞于见人的被子抓起，裹着女人重新坐在火边。

女人浑身湿漉漉身子有点微微颤，他突然动作粗暴像野兽一样撕去她所有的遮羞布，外面的嚎风还在吼叫，他裸出滚烫的胸脯紧紧贴在她的心房。他完全是在一种不忍不敢不愿还有舍不得这四种复杂的心境中煎熬。

最先让他发觉女人已经醒来的是女人一声焦急而微弱的呻吟，慢慢地，她的眼睛张开了，他不知是喜是悲只静静地注视怀中的女人。

女人完全恢复过来浑身火一样烫，他知道她感冒了，他得烧一碗夹有葱花的姜汤，在他的想象中，女人是逃荒迷路的外地人或被愚蠢的丈夫赶出家门的落泊人。她是极其不幸的，他要让她幸福。

女人喝完姜汤后泪流满面，她告诉他，他的猜测错了。但她的确是不幸的，她的丈夫患了一种近乎绝症的病，只有一种在雪地里开花的"还魂草"能治丈夫的病，她是为寻药而来,不料……

他摆摆手不让女人再说下去，他从女人有点惊慌的眼睛中知道自己的极度失望。外面，风似乎停了，雪也似乎停了，可他的心隐隐盖上了一层薄冰。

女人潮红的脸显得十分妩媚动人，她的身子在黑乎乎的被子里一动不动。她明亮如水的黑眼睛告诉他，他救了她希望得到什么？他攥成拳手的手有点痉挛，此刻要占有她实在是太容易了。

他一步步逼近她，他看到女人紧紧裹着的身子瑟瑟发抖，他突然止住了。女人深深地垂下头颅，嘤嘤而泣。她说她骗了他她压根儿没有丈夫，她不知生于何时何地父母是谁，她似乎生下来就十六岁了，因为老山鬼在她十六岁的那晚不顾她苦苦哀求粗暴地蹂躏了她并告诉她都十六岁了还这么羞答答，从那时起她不知跟多少男人睡过觉有时仅仅是讨一碗饭吃，她恨天底下所有的男人。她患了淋病，她说，假如他也像其他男人一样，他肯定也会倒霉，她不会说自己的病尽管他救了她而她确确实实盼望自己早死她实在受不了受不了啊！

茅房静极了，火还在熊熊地烧，雪又下起来。他扫了她苍白的脸一眼，不知如何是好。今晚睡哪里？也许这个问题并不重要，重要的是他的水桶还在雪地里。

他冲女人点点头，走出门来，一团恶雪劈头砸下……

罗疤子

罗疤子并无光疤,长得白白胖胖,像块面包,罗疤子是鹁鸪镇的赤脚医生,不懂医,连扁桃体是什么都不知道,但他背着"十"字箱,走东窜西,从未停歇。罗疤子有两件法宝,一是青霉素,二是阿斯匹林。罗疤子行医五年,没治愈多少病,也没弄出什么新病,倒是有一头小母猪被他高剂量的青霉素打得瘫痪在地。受害者要罗疤子赔偿损失,罗疤子据理力争,说,要不是打了针,小母猪早就完蛋了,瘫痪算什么?不是病,小母猪这样更长膘。受害者告状到镇里,镇长仔细想了想,觉得罗疤子的话有道理,因此没找他的麻烦。罗疤子蛮豁达,见面仍旧打个招呼,不管受害者理不理。1985年,罗疤子改为卫生员,有间医务室,条件好了些,但找他看病的愈来愈少。罗疤子便在医务室出售些老鼠药、敌敌畏之类,生意十分清淡。老婆是个明事理的人,背地里不知替罗疤子挽回多少面子。她劝罗疤子回家务农,被罗疤子捆了一耳光,夜里,罗疤子回到家,在老婆肚皮上做试验,罗疤子说,他要发明一种药,让男人吃了不会生孩子。老婆受不了他的折磨,哭哭啼啼离婚。罗疤子关了医务室,搬进许多坛坛罐罐,整日埋头实验,不提。

约摸两个多月,罗疤子打开门,出来,一脸蜘网,头发胡须老长,阳光刺得他睁不开眼睛。罗疤子依在门口看了一会,就摇摇晃晃向镇政府走去。镇长不在,副镇长在办公室接待了他。罗疤子喝了口茶,说,他研制的药成功了。副镇长问什么药,罗疤子说他这种药为"克男",即男人吃了不会生孩子。副镇长刹时变脸,说:你怎么弄出这个药来?罗疤子说,为了计划生育。副镇长顿时沉默了,他表示得请示镇长,罗疤子说,快一点,就慢腾腾地走了出来。

鹚鹕镇的男人们听说罗疤子弄出这么个古怪的药,十分愤怒,妇人们也暗地里给男人使火,一时风云四起。镇长感到事情严重,只好找罗疤子谈话。镇长说,这药不能投入生产。罗疤子问为什么,镇长说不为什么,你上街看看去。罗疤子探头往外看,立即缩回了脖子,不再言语。镇长剪着手走了。罗疤子给县长写了一封信,内容不外乎自己的重大发明,并且暗示镇领导对计划生育不力,希望得到组织的关怀和帮助。镇长矢口否认不许生产,只说不知罗疤子的药是否真像他说的那样,要做个实验看看才行。县长觉得蛮在理,就叫罗疤子试验一下,罗疤子摸摸脑壳,说:这需要一个人合作。领导顿时为难了,谁愿意让他做这个鬼实验!罗疤子说:实在没人的话,找一头公猪也行。好,那就试试。领导说。

全镇人都忍着气看罗疤子做实验。罗疤子要两人将一头百来斤的公猪夹住,拿出大号针头,从一个试管汲取半管黄浊浊的液体,往公猪屁股上用力一扎,公猪哀号一声。渐渐,公猪的后腿萎缩下来。众人大惊。罗疤子搓拍着手,说:这种猪打了这种药就阳萎了。就这个样子。县长摇摇头,说:荒唐,荒唐!镇长立即附和:这算什么?副镇长不甘落后:哪能这样?许多人吼起来,县长朝激愤者摆摆手,然后对罗疤子说:你这是胡闹。计划生育也犯不着要男人受这样的罪,何况你这简直是使人瘫痪……罗疤子瞪着恐惧的眼睛,抱着头,大惊失色。原来,那头公猪在地上一动不动,已经死了。

1987年,罗疤子心灰意懒,从医务室退出来,回到老家,开始养蛇。一年多的时间,罗疤子发了。有人劝他找个婆娘,罗疤子屁都不放,整天与蛇厮守一起。有时,他用蛇将全身都缠起来,在山脚下晒太阳,一副脱胎换骨的味道。镇长派人捎话,说想吃蛇肉,罗疤子不予理睬。

一天夜里,屋子里多了一个人,一看,竟是离了婚的老婆。罗疤子怔了半刻,问来干什么,女人就嘤嘤地哭,说她错了,离开他后来嫁了个灰不溜秋的家伙,日子紧得很。罗疤子就从一个木箱里抓出一叠钞票要她回去,女人不走,眼泪汪汪,说,让她在这过一夜。罗疤子想了想,也罢。于是,女人睡在床上,罗疤子睡在床下。半夜里,女人光条条地钻进罗疤子被窝,罗疤子全身冰凉。女人大惊,以为出事了。但罗疤子轻轻推了推女人,说,不行了,那东西早萎缩了。女人复又恸哭。罗疤子说,哭什么?有什么好哭的?女人止泪,说,她后嫁的男人其实死了。罗疤子一抖,搂住女人,十分凄凉。

去年底,罗疤子将蛇全部卖了。据家里人来信说,罗疤子自费去湖北一所民办医科院校读书去了。临走前,他与离了婚的女人到镇里重新登记了一回。女人顶着雨将他送上火车,叮嘱他学些真本领,尤其是她想要个孩子!罗疤子紧紧抓住女人的手,竟哭了。

石匠

大家管他叫"石匠"。

石匠的手艺很好,只是慢了些,别人三五天就能凿好一尊墓碑,他得花十天半月。起初,人们以为他没活干,为对抗清闲,就把一天的活分成两天或几天做,渐渐,人们改变了这种看法,因为找石匠刻碑的越来越多,他也是那么慢条斯理地刻,仿佛在侍弄一件艺术品。

这些年,农村富起来,修祖坟的人蛮多,石匠的生意自然更好,人们乐意找他,除了他功夫好外,他还从不讲价钱,一尊石碑,别人张口就是五十以上,他呢,你给个十块八块他也不吭声,只要你良心过得去,有个穷光蛋甚至挑一担白菜给他,石匠只看了那人一眼就收下了,结果,白菜全烂在竹棚里,往后,竹棚里就常常有一些乱七八糟的东西,包括米酒、狗肉、西红柿之类。石匠吃不完,也不送人,更不卖,就让它们静静地躺在屋里,直到发霉发臭他也不管,村民们都说他是个怪人。

天刚放亮,石匠就坐到他那一大堆奇形怪状的石头中,"当噗——当噗"地干起来。他做得极有节奏,从不知道疲倦。太阳冒出来,将他的脸染得通红。他一丝不苟地刻,细碎的石子溅在太阳里,划出一道又一道细细的弧线,竟十分美丽。

人们依稀记得,石匠是在一个昏暗的下午来到这个小镇的。当他看到镇侧面有一座怪模怪样石山时,他眼睛发亮,不走了。

他在路旁竖起一个小小竹棚，算是安下了家。第二天，人们就见他把一块青石翻来覆去地看，然后坐下来慢慢凿。两周后，他竟在上面雕出个龙凤呈祥的云雾图，活生生的。人们想，这样的手段要是刻墓碑，那一定绝。于是，他开始刻第一块墓碑。那是一个小学教师，患肺癌，不到四十就死了，镇里人集资为他树一尊碑。石匠刻好碑后，亲自扛到坟头上，累得满头大汗。村民们有些感动，尤其当他们看到墓碑上刻了四个十分醒目的大字之后："不死之死"。

从那时起，二十多年来，石匠刻过多少墓碑连他自己都记不清了。有一回，镇上一个大户人家要为他们的太爷刻一墓碑，想在清明时用上，希望石匠早一点凿好，并表示付他双倍的钱。石匠没吱声。但他们一走，他就费劲把它（原石）扛到它应该在的位置上。结果，清明那天，那户人家很扫兴，不知道石匠为啥不给面子。后来，石匠将墓碑刻好了，那大户人家气恼地说不要它，他们已另请高明早就完工了。石匠就把那尊墓碑当凳子，累了，就坐下来喘一口气。自此，村民们规规矩矩，排上队，等候。

下雨天，石匠照例蹲在石堆中，"当噗，当噗"地凿，没完没了地干，仿佛干活是一种享受。

眼望着排在身后一大堆整齐的原石，石匠并不显得焦急。他知道自己老了，刻得更缓慢，更费力，但仍旧一丝不苟，他刻出的字没有一个不清晰的。人们望着他驼了的背，暗暗嘀咕：这老头莫非有些来头？比方说，一个真正的艺术家因为某种刻骨铭心的痛苦使他有话不愿说，只把深深的痛苦包括他的悲惨的故事刻在一个个石碑里？

正当大家为这种猜测寻找有力的证据时，石匠在一个打雷的日子默默地死去了。他歪倒在一尊未完成的石碑上，十分宁静，像睡去似的，令人肃然。

人们走进他的竹棚，试图找到有关他身世的蛛丝马迹，但是，除看到一些米酒、肉类和气味难闻的萝卜白菜外，没有任何新的发现。

镇长感到有些内疚，虽说石匠是外地人，毕竟在小镇生活了这么些年，自己从未关心过他。作为唯一的补救，镇长亲自主持了石匠的追悼会。

石匠埋在石山上，身旁，竖着他那块未完成的墓碑。

人们三三两两回来，经过石匠常蹲的岔道时，都不由自主地停了下来，看着那一长溜整齐的原石，耳边依稀响起那"当噗——当噗"的响声，有些亲切，有些悦耳，也有些陌生和怅然。

一名妇人咬着唇，说："下一块石碑就是我那死鬼的，我等了两个多月，好歹轮上，可石匠他……"终于没忍住，竟哭了。

阳叔

阳叔在鹁鸪镇被认为是没有出息的人。眼小，发稀，个头一般，少了一条腿，一年四季戴一顶洗得发白的旧军帽，像个土匪。阳叔无老无少无老婆，孤孤单单守着半爿茅庐，每次开会都自愿参加，不管是否与己有关，坐在旮旯里认认真真地听。阳叔辉煌的历史是当兵那段，参加过上甘岭战役，他作为一名旗手，在冲锋中被弹片击中。阳叔醒来的时候已经到了后方医院。当兵三年半，连党都没入，就稀里糊涂地回来。早先，鹁鸪镇居民们听说阳叔去抗美援朝个个欢喜，有人还为他募了些碎钱旧衣什么的，指望他英勇杀敌，为大伙争光，没料到结局如此的惨。阳叔挂着拐棍回来的那天，没有人去迎他接他。阳叔一声不吭，走进那间老茅庐，自己放了一挂鞭炮，打扫一番，安顿下来。从此，阳叔呷国家救济，平平淡淡。有那么几次，阳叔主动找镇领导申请干些力所能及的事，但领导只管下棋，对阳叔爱理不理。当然，这并不是说，领导不关心阳叔，相反，每逢八月一号，阳叔照例能够出席庆祝会，对此，阳叔感激不尽。

有关阳叔的概况只有这些。我决定写写阳叔下面这件事。

那年十月，鹁鸪镇根据上级指示精神，庆祝"国庆"的时候要悬挂国旗。阳叔一听到这个消息，老大早就赶到镇府大门，等了几个钟头，镇领导才哈欠连天地打开门，阳叔连忙上去，递一支烟，嘿嘿笑。领导将烟看了看，叼上，阳叔立即点火。镇领导吐出烟圈，悠悠地说："你什么时候学会了抽烟？"阳叔不好意思地摇摇头。领导以为阳叔又是来找工作的，便不甚高兴地说："我说过很多次嘛，目前镇上还没有合适的……"阳叔一啪嗒，打断领导的话，结结巴巴地说："不，不是哪事，听说，听说今天要挂国旗。"领导"哦"了一声，有些吃惊，看了阳叔一眼，说："这与你有什么关系？"阳叔马上斗胆地提出悬挂国旗的三种方法以及鹁鸪镇最适宜的一种应该是……领导摆了摆手，有点不悦地说："回去，回去吧，我们再无知也用不了你来教导嘛。"阳叔见镇领导剪着双臂踱回去了，心里就有些凉。

当天下午，国旗悬挂起来，放了鞭炮，蛮庄严。阳叔在人群中鼓完掌后感到不是滋味，国旗挂的不是时候也不是地方，而且不甚正规，他很想找领导说说，但考虑人微言轻，生米煮成了熟饭也就作罢。毕竟，国旗挂了起来，这是最应该高兴的。看到国旗，仿佛看到了当年战友们又在冲锋陷阵，浴血奋战……阳叔拍着胸脯，揩去眼角上一粒小小的潮湿。

国庆节后，镇领导忘记取下国旗。阳叔每天早早地来，瞧着国旗，呆头呆脑。头几天，大伙都不在意，以为阳叔蹲在镇府大门前又是找领导要工作，有人甚至私下说阳叔这人有点神经病。渐渐，大家知道他原来在守望国旗，便一笑置之，不再理会。

镇长一天下班，见阳叔一脸神圣地望着国旗，他才想起该取下来了，但镇长公务缠身，这类小事一闪而过。

大约是国庆节后的第六天，阳叔惴惴不安地再次推开镇长办公室的门，费了好大的劲才说清楚让他守护国旗。镇长眯起眼睛，忽然笑了，说："你这人真笨！"阳叔不能从这句话判断出镇长是否同意，因为说他"笨"的人太多了，他最担心镇长拒绝他的请求。因此，他立即补上一句："我是义务的，不要任何报酬。"镇长接过阳叔递过去的烟支，说："你这人呀真是，唉，算了算了，说多了也等于白说。明天国旗就取下来，应该早取的，太忙……"

阳叔一拐一拐退出来,眼角好辣。

翌日,天阴沉,阳叔疲沓沓地走到镇府大门口,一看,国旗仍在,阳叔便有些急了,天上乌云遮天,似要下雨。找镇领导,无人,不知到哪去了。风刮起来,阳叔更急了,他求人取下国旗,没人理他。有一个后生说:"领导没说取,我可不敢去冒险。"万般无奈,阳叔拄着拐棍,一仄一仄,从春寡妇家借来一扶梯,一步一步往上爬。春寡妇直搓手,说:"这是何苦!"阳叔不吭声,极费力地跪爬。春寡妇在下面喊:"当心!"乌云更密集了,风也大起来。阳叔好歹爬上围墙,抓住国旗,颤抖不已。突然一个炸雷劈头砸下,阳叔身子一仄,栽了下来……

镇长闻讯赶来的时候,已下起倾盆大雨。阳叔蜷缩一团,一只手还死死地抓住已被撕开的一角国旗,头上的血将国旗染得十分耀目。遗憾的是阳叔无法看见,他已经走了,默默地来,默默地去。

阳叔为国旗而死,镇长深感事情微妙,连夜开会。据说,那晚的会无一人缺席,开得十分成功。第三天,镇上为阳叔举行隆重的追悼大会。镇长在悼词中称:"我镇国旗守护员阳革明同志因公殉职。他是我镇下里村人,一九三八年生,参加过著名的上甘岭战役……"

馆王

馆王坐在阳光下看报纸,旁边是一部电话机。徐诗人从楼上下来,见馆王正在看报纸,就过来问有什么好消息。不料他突然发现馆王将报纸拿倒了,换句话说,馆王根本不是在看报纸,不过是做个样子而已。

这文化馆三十来个人,个个干部,唯独馆王是个工人。他是顶父亲的职来的,馆里一摊子事基本上就由他一人包了。馆王原名叫谭笑华,自徐诗人封他为王以后,他的原名就消失了。馆王对别人如何叫他满不在乎。

馆王见徐诗人指出他的错,他咧嘴一笑,说:给你看,我给你看的呢。馆王又从屁股下拿出一封信给徐诗人,并说:刚才送来的,我见你家门关着的,以为你还没起床。徐诗人不想跟馆王啰嗦,拿着信走了。

电话响,是找搞音乐的周老师,她住在五楼。馆王懒得跑上去,就尖起嗓子喊:周老师,周老师,你的电话!整个文化馆都被这声音惊醒了。

馆长从卧室出来,走到馆王身边,说:噢,对了,今天县委有个会,你替我去听听吧。馆王一脸肃然:这行吗?馆长摆摆手,说:行,行,不过是听报告,有两只耳朵就行了。馆王摸摸头,咕哝:我总觉得这事蛮复杂。他又望着电话机,馆长明白他的意思,说:你就放心去吧,这电话会有人接听的。

馆王骑着自行车去县委。东找西找,没找到会场,骂了声"娘希匹",返身就回来了。馆长问:怎么啦?馆王擦擦汗,自作主张地说:会议临时取消了。

搞书法的王老师一见馆王,叫住:喂,给我帮个忙,我给煤场讲好了,今天买煤球,给我拖一板车来吧。

你去不去?馆王问。

去,当然去。王老师说:这馆里也只有你肯帮忙,你是个好同志。

馆王有点不好意思,摸摸头,跟着王老师走了。

刚拖回煤球,还来不及喘气,就见财会室的周会计有点紧张地抓住他,说:馆王,你快跟我去法院助阵,那边闹得蛮凶。原来周会计的女儿要离婚,男方不同意,法院判离,男方大吵大闹。周会计见阵势不对,赶紧回来叫人。

馆王对这类事情有一种持久的热情。

他二话没说,回去换上一套军装,束上皮带,挺威武地去法院。走到路上,又折回去,将一个红袖套和一根自制的警棍带上。那一次,县里要各单位派人去参加联合巡逻队,馆王理所当然是文化馆最合适的人选。他报名后发现别的单位去的全是老头子老太太,只有他身强力壮,结果被公认为队长。馆王因此得到一个铜哨子和红袖套,而那根假警棍,是馆王花了两天时间做的,做好后又用黑漆油了。不料,巡逻队没三天就解散了,馆王将红袖套和旧军装锁在柜子中。

周会计见馆王"全副武装",虽觉有些扎眼,但也不好说什么。馆王人高马大,这一身打扮倒也像模像样,能唬住人的。馆王随周会计进了法院,时值男方闹得汹汹。馆王将钉掌的皮鞋在走廊上来回走了两趟后,那穷嚷嚷的声音果然慢慢低下来,直到彻底消失。

馆王脱去旧军装,换上皮夹克,重新坐在电话机前,屁股还没热,搞美术的张老师请他去扛煤气罐。作为回谢,张老师的儿子拉馆王去卡拉OK厅唱歌。

唱一首歌五元钱。张老师的儿子买了个号,叫馆王上。馆王觉得唱《社会主义好》和《学习雷锋好榜样》已经不时髦,他因此决定唱《便衣警察》的主题歌《少年壮志不言愁》。可是,当他站到台上时,竟一下子忘记了歌词曲谱,站了好一会,还是怔怔地发不出一个音来,台下大笑。

张老师的儿子不忍心馆王出洋相,就拉长嘴皮向馆王做暗示。馆王不懂啥意思,头脑一热,脱口就说:我给大家学点口技吧。台下顿时安静下来。馆王首先学一声马嘶,台下哄然一笑。馆王接着学一声驴叫,台下又是一阵哄笑。馆王最擅长的是鸡叫,他学母鸡带子,学公鸡求偶,学两鸡相斗,等等,惟妙惟肖。台下早已笑得不成样子,乱作一团,女孩子的哎哟声不绝于耳。馆王出乎意料,大大地风光了一回。

回到文化馆,天色已经不早了。文化馆是个蒸馏水衙门,为节约开支,馆王照例将电话机锁了起来,在走廊上吹口哨。

突然,馆王发现一个女人猫一样溜进馆长的卧室,门立即关上了。馆王一跳,觉得他们一定有鬼。

馆王把自己的发现告诉了徐诗人。徐诗人要他蹑手蹑脚去窗下探风,如有异常,不妨做一声驴叫,然后立刻就走。

馆王果真又兴奋又紧张地走到馆长窗下,没听一会,馆王对准馆长的大门做了一声大大的驴叫,然后赶紧闪进徐诗人的房间,大气不敢出。

由于过度紧张,馆王的这声驴叫学得一点不像,收声太紧促,被别人误解成跳楼自杀者痛苦的哀号。最先作出反应的是馆长隔壁的张老师(搞摄影的),他抓着相机,破门而出,大叫一声:谁自杀了?

这一叫,将整个楼上的人都叫出来了。张老师责任心极强,他立即想到要叫救护车，就赶紧去给医院打电话，但电话机被锁上了，于是又喊馆王。

人们本能都探出头来，议论谁跳楼了。听张老师叫馆王，忽然眼前一亮：馆王不见人影，莫不是他自杀了？

"馆王自杀了！"

有人奇怪：馆王有什么事想不通的？搞美术的张老师直埋怨丈夫：要你今天去拉煤你不去，这下好了，馆王死了，你自己去……

正在这里，徐诗人拉着馆王装作莫名其妙的样子走了出来。大家顿时迷茫了，个个都说：究竟是怎么回事？究竟是怎么回事？徐诗人和馆王也这么说。

只有馆长的门一直静静地关着。

荷花

萧是他众多朋友中唯一一个在他看来可以依赖的知己者。萧在阳光四溢的上午以十分惋惜的口吻告诉他：荷花死了。他听了这个消息后，心中那根最脆弱的琴弦像风筝挂在光秃秃的树上一样摇晃不已。他认识荷花，她异乎寻常的美丽。

他是距听到荷花死了的消息五十个小时后踏上铺满落叶的山路去向荷花哭丧的。他不是冲动行事，而完全是怀着无比崇敬的心情这么做的，在他作出这般决定的刹那间，一股清凉得像绿水滑过苔藓一样的奇异的感觉涌向他。

有那么一刻，他觉得去向荷花哭丧是十分荒唐的事，但这个念头只一闪便消失得无影无踪。萧说，荷花是为美丽而死的，许多男人恭维她殷勤她赞美她目的是为了破坏她，破坏她洁白无瑕的胴体破坏她的美丽，为了美她选择了死。

经过一片果园，前面两座半月形山峦的中间即是鹁鸪镇，也就是荷花的村子。他有点紧张，一个独眼老人站在路旁盯着他左臂上的一块黑纱弄不清干什么用，他扔根烟给老人并向他打听荷花住在村东还是村西，老人叼上烟嘟哝一声后缄默无语，他怏怏地往前走，心隐隐有些不安。

村子里弥漫一种叫人捉摸不透的氛围，大伙似笑非笑地望着他，一长满络腮胡子大汉把他带到灵堂门前，堂内挂着荷花的大像。他浑身一震，就要跨进去叩拜，但一声断喝让他目瞪口呆，一自称为荷花父亲的半老头子拦住了他。半老头子劈头盖脑给他一顿臭骂,并要他对死者的声誉负全部责任。

村民们一下子围了上来,七嘴八舌,议论纷纷。他渐渐弄明白了,大家尤其是荷花的亲人都认定他耍了手腕玩弄了她又甩了她,她觉得见不得人便服药自杀了。

"人都死了,还要假惺惺地哭什么?"

"不拿一万块钱就别放他!"

"他那贼眉鼠眼的样子,一看就不是东西!"

"打!打了再说!"

人群涌动,许多手在舞动,他完全懵了。一拳砸来,他倒在地上,喉咙里有无数的蚯蚓在爬。他真感到委屈,却又无从诉说。

他什么话也不说,任凭人家凶他吼他骂他,他都置之不理,只怔怔地望着灵堂,脸上渐渐平和渐渐安详起来。众人一见大惊,以为遇到了疯子。荷花的亲人们也惊恐地关上灵堂的大门。他慢慢地爬起慢慢地摘下黑纱,慢慢地退出鹁鸪镇。

走到距离家门不到两里地的白桦林边,望着如血的残阳,他终于忍不住泪流满面。

"啊,你怎么在这里?"萧迎面跑来,气喘吁吁地说:"我找你好久。你这是干吗?"

"我,我刚才去鹁鸪镇了……"

"什么?!"萧瞪着眼睛,说:"你去哭丧了?"

他忧忧地点了点头。

"唉,你也太不值了。"萧不无讥讽地说:"告诉你,我好不容易将荷花弄到手,可是同她干完那事后才知道,她已经不是处女了,于是,我……"

"啪"的一耳光,他狠狠地抓着萧揍萧,萧惊慌失措地倒在地上,连连求饶。

"哼!"他摸了一把脸,扫了地上一眼,伤心地朝家走去。
哭是一点儿用处也没有。
他疯狂地关上门,似乎再也不想打开。

第七辑 风俗风味

　　琴又在放《蓝色天空》。我进去的时候,琴有点慌,似乎将一个东西掖进了怀里。相片?我默默地看着琴,琴垂着头,小声叫我坐。房间真压抑,我试图打开窗户,琴说"别",声音幽幽的有如瘦箫。我们对视的瞬间,我发现琴的眼睛太潮湿。我不忍多看,咬着唇,仰着头,耳边又依稀响起了那久久不去的低沉幽怨的音乐。哦,这片由蕨叶、松树和袅袅炊烟衬托出的天空是如此纯洁、高远而湛蓝……

垂钓者

矮老倌坐到桥头的时候,太阳还没出来。四周静得很,露珠儿一颗一颗,草莓一般惹人喜欢。风微微地吹,夹着清新的小草味,矮老倌觉得蛮惬意。天天来此垂钓,从没见着个鱼影儿,但矮老倌并不灰心,他作古正经地上好饵,把钩缓缓地投入水里。

是条小溪,两旁的山甚是陡峭,滩上到处是卵石,鸡蛋似的,静静地排列。从山上灌木丛里浸出来的水常年不干,总是漫不经意地流,到桥头,合在一起,便有了些深度。

矮老倌喜欢这儿,有鸟,有草地,有阳光。当然,最投意的还是那潺潺而来的流水声,像个老妇人在细声慢气地唠叨,永远没个完,真好。池塘就没这个情调,何况人家喂的鱼,你去钓,甭说折了你的钓杆,还要你赔呢,那么别扭。

说来也是矮老倌的福气,打从老伴去后,这么些年来,他就几乎没下过地。儿女三个,全在外头,在这山沟里,矮老倌算是圆满了。吃不完,穿不尽,要上哪,只管开口,儿女马上安排好。只是,矮老倌有福不会享,日子过得清清淡淡。先前,女儿琢磨爹的心思接他去住,可他老惹外孙烦,他也烦外孙,其实,他是烦那个家,天天关门,日日闭窗,仿佛人人都是贼;上厕所也在家,又小又窄又不会使。虽处处小心,仍吃力不讨好。矮老倌看不懂电视,听不懂音乐,像笼中老鸟,连个走脚的地方都没有,更甭说交流交流了。女儿陪他玩了两天,但她有工作,不能天天陪。女婿无法陪他，两人一起说不上三句话。外孙娇生惯养，怪里怪气，老与做外公的作对。矮老倌感觉特别闷气，好歹熬过了一周，一箭走了回来。两个儿子听说，即刻回来，要老爹上他们那儿去，说是口岸，地方又大又热闹。儿俩磨了不少口舌，矮老倌只是眯眼微笑。儿俩以为说动了，就帮他略作打点，准备上路，但矮老倌坐在门槛上，太爷般摆了摆手，拖腔拉调地说，别劳心啦，吾哪儿都不想去，骨头子生得贱，享不起那个皇上福……一捧冷水泼在儿俩头上，两人迷迷糊糊地望着老爹，心灰意懒回去。

矮老倌把此事张扬了好些年，村民们听了啧啧半天，一半是钦慕，一半是妒嫉。做娘的深更半夜训斥儿女，要发愤读书，要上大学，要让做大人的也像矮老倌那样，日后享些清福。

矮老倌终归嫌冷清，说句话找不到听的人。先前总嫌老伴嘴多，可她一撒手，才品出唠叨有唠叨的滋味。村民们对矮老倌敬而有余，亲而不足，矮老倌就觉得日子过得乏味。不久，儿女们抱回个电视机来，穷山沟里连电都没有，看啥电视？矮老倌背着手训责，说儿女们抖派头，乱七八糟花钱。儿女们喏喏一番，下决心把电搞进村来，可矮老倌怎么也不肯，说太花钱，太吵嚷，太费力不讨好。况且电视看不懂，那里面的人物连个好人坏人都分辨不清，比先前的电影退步多啦。儿女们便没了主意。

有一天，矮老倌决然说：让我钓鱼吧。说话的口吻像是领了什么任务。儿女们一拍手：好啊，这还不简单？一周后，上好的钓杆到了矮老倌的手里。矮老倌得知钓杆花了大钱，嘴里直嘟哝，说这样的钓杆在山上砍一根竹就是。嘟哝归嘟哝，喜欢归喜欢，儿女们放心而去。

如此，矮老倌日日摆弄这钓杆，悠然自得，觉着圆了什么时候的一个梦。

此刻，水仍在潺潺地流，太阳慢吞吞地从山后冒出来。矮老倌坐在桥头，望着清澈的水底，漫无边际地瞎想：真怪，这鬼打人的地方居然天天有人打从这岔路经过，自垂钓以来，问路的人统共起来足有百来号人了。最可笑的要数那个日子，一对小鸳鸯袅娜而来，问波月洞往哪儿走。这还不清白？往左去就是嘛。矮老倌指路后仍专心刻意地钓鱼，那女的竟"噗哧"笑了一声，居然不是笑他，居然是女的笑男的，原因是男的要给矮老倌五元钱作问题费。矮老倌怫然变脸，冷冷地说："你搞没搞错呀？"便不再理人家。那对鸳鸯谢了一句，去了。没走多远，矮老倌担心他俩迷路，又追上去，自告奋勇带路。转过半座秃山，过了一条溪水，矮老倌止步说："波月洞往白桦那边拐，不是苦楝树这边。再往前三百米，路就畅达了。然后上山，从半山腰一怪石旁进去。"那男的十分感激，又准备掏钱答谢，被女的瞪住了。矮老倌揩了额上的一粒老汗，意味深长地说："后生仔，有钱花不完，到洞里多烧一柱香吧。"说毕，转身回去，甚是气派……

有人来了，矮老倌精神一抖，回头看，是个老妪，近了，才看清是王阿婆。矮老倌收起钓杆，挪了挪身子，要王阿婆坐下来。

"你今天钓了多少鱼？"王阿婆笑着问。

矮老倌脸上抽搐了一下，极不自然地笑了笑。王阿婆说："这清溪寡水的有什么鱼？可你豹子鸟似的，每天守在这里守丧啊？"

矮老倌显得坐立不安起来。王阿婆不看他继续说："说真的，我好可怜你呢。每天傍晚提着鱼竿空着手回家，村里人当着你的面奉承你好八字，可背地里说话好难听呢。"

"说什么来着？"矮老倌瓮声瓮气地问。

"你也甭问了。"王阿婆摇摇头说："有几回我倒是真动了念头，把集市上买来的鱼放到溪水里，来让你钓，可我拿不准这鱼会不会上你的钩。"

"我干我的，惹谁呢？"矮老倌心里窝火。

"话不能这么说嘛。"王阿婆说，"有人担心你再钓下去会发神经病。再说，你守在这桥头，从这儿来看波月洞的外地人都只好绕道走,你晓得吗?"

"有这等事?"矮老倌瞪大了眼睛,心想:怪不得这些日子从桥头走的人越来越少,有些人还用异样的目光看他。

"别人以为你守在桥头要买路钱呢……"

"放狗屁!"矮老倌"呼"地站起来,气咻咻地说:"我走,我走,哼!"

打那以后,村里人接连几天不见矮老倌的踪影。

第六天,有人在桥头插上一醒目路牌,上书:波月洞由此去。路标的箭头直指王阿婆门前那条路。

不久,王阿婆门前竖了面幡,上书"杏花酒家"。

枫树

我是在一个阴天的早晨跨出家门的。老实说，要不是妻那痛苦的呻吟一声繁似一声，接生婆急得一个劲地催我去取些枫树皮来，我是不会理会她们的。还在学龄前，爹就郑重其事地指着门前那棵伤痕累累的大枫树对我说："小子，你是难产儿。是枫树皮熬成的水救下了你，懂吗？"

从此，我常凝视那枫树，怀念母亲。

在我满十五岁的前一天，我忽然发现十几条大汉将一条大绳套在树枝上，用斧砍，用锯拉，爹一声不吭，背向枫树。我说："爹，他们疯啦！为什么要砍树？"爹一句话也没说，慢吞吞地走开了。我气呼呼地问砍树者，他们一声不吭，脸色十分难看，脖子上尽是一滴一滴的，弄不清是泪珠还是汗珠。我跑回家去，哭了。爹突然回过头来，恶狠狠地吼道："哭死！又没有挖根！"劈头就给了我一把掌。

枫树终于倒了。那晚，我叫爹吃饭，他躲在黑暗地里偷偷抽泣。我悄悄地退出来，面对倒下的枫树，我想到了母亲，不觉泪水流了下来。

几天后，我家分了两方好木头。我对爹说，等干了后劈开烧了吧。爹半天才嘀咕一句："我要用它作棺材的。唉！"

不久就真的做了棺材，放在楼板上。没事的时候我就坐在门槛上瞧它，想许多心事。

爹不敢出门，我也不敢出门。枫树倒了，难产者还大有人在。许多外地人急急忙忙赶来，来了就号啕，号啕后就大骂，但终究改变不了命运……一个又一个孕妇死了……

爹愈来愈喘息。爹咳嗽，爹吐血，爹刷牙，爹剪指甲，爹苍白……有一天中午，我喊他有事，他躺在木床上微微偏着头，一动不动。我过去一摸，他已经冷了，我没有哭，把他洗得干干净净，穿得整整齐齐，然后抱他放进枫树棺材里，按照爹的愿望，我把他葬在枫树旁边，垒完最后一铲土，我突然支持不住了，瘫痪下来，爬在爹的坟墓上泪流满面……

第二年，枫树蔸发了芽，每天放学回来，我要在爹的坟地上坐一会儿，凝望那根幼苗，怀念母亲，怀念爹。新苗无怨地继承了老树的遗志，茁壮成长。当它长到与我齐高的时候，我考取了高中，知道了许多原以为永远不会明白的事情，包括砍枫树那天乡亲们的种种表情。从那时起，我渐渐疏远了枫树，因为我必须寄宿，必须考大学。但是，每逢节假日回家，我总要上爹的坟地上坐坐，感受一种宁静。

然而，大学四年后，我分配了工作。特别组成了小家庭后，更没时间顾及枫树了，只是每到清明节或七月半该上坟该看看枫树的时候，我才感到愧对母亲，愧对爹……

而现在，妻的肚子高高在上，小家伙要出世了。接生婆催得紧，我只好硬着头皮，提着斧子，直奔枫树。

多年不见，枫树已像当年的老枫树一样刀痕累累。爹的坟地脚印叠着脚印，凸起的部分已渐渐磨平。我一阵难过，心想，生下小家伙后一定要重新垒垒坟。

一阵风吹来，枫树"沙沙"作响。我慢慢举起斧头，浑身发颤："这一斧砍下去是否砍在爹的身上？"

突然，一声吆喝传来："你要干什么？"是比我晚一辈的麻小三在喊，他装作不认识我的样子，伸出手，说："要枫树皮？好办，交五块钱!"

"为什么?"我的牙根打颤。

"我承包了,你懂不懂?"

"呼"的一声,手中的斧头掉了下来,正好砸在爹的坟头上……

鸽子

早晨是魏老公在长久的等待下用旱烟点亮的,但见那渺渺茫茫的雾寂寞般裹没了一切。太阳终于冉冉而出,便有千千万万温柔的金丝将雾帘慢慢拉开,露出赤裸裸的耀眼的孤独,也有鸡鸣,也有鸟语、炊烟,也有歌声、啼哭和铺满天空的红霞。魏老公重重地咳了两声,将旱烟杆往床沿边敲了敲,侧耳倾听着什么,没有动静。他急忙下得床来,趿着拖鞋,跟跟跄跄地来到窗边的鸽笼下,顿时呆了:"桂桂"不见了。

魏老公四十岁那年,喜从天降,桂桂出生了。老婆命薄,生下桂桂不久便死了,是魏老公一口牛奶一口饭将桂桂喂大。二十多年来,风风雨雨,桂桂长得虎头虎脑,委实叫魏老公兴奋。谁知前年,桂桂随一帮子人到涤山伐木,竟是一去不返。同去的人回来告诉魏老公,桂桂死了。魏老公听后一声哼,在门口呆坐了两个晚上。一天,他忽然发现房门前有只受伤的鸽子,真是又惊又喜,立即把它收养下来,并叫它"桂桂",他始终不相信桂桂真会不声不响地离开他。

山脚下,那驱也驱不散的雾又重新漫山遍野地浮上来。这个受伤的老伙计同魏老公生活了两年,彼此建立了深厚的感情,他不明白为什么"桂桂"竟舍弃了他,也怪自己在大意,昨晚喂食后忘了给鸽笼封门。望着空洞洞的鸽笼,魏老公进入一种万事悠悠的境界。

黄昏时分,魏老公正在喝闷酒,忽听见一声啼鸣,啊,老伙计回来啦!魏老公丢下酒杯迎出来。可不,"桂桂"还带回一个伴儿呢!瞧它们那羞羞涩涩的亲热劲儿,魏老公对它们点点头,笑了。

第二天上午,一老妪来到魏老公茅房,魏老公愣了下,心想,她准是"桂桂"伴儿的主人。他望着老妪,明知故问:"你有事吗?"

"唔,进屋坐吧。"魏老公说:"你是王家村的王阿婆吧?唉,很少出门,差不多认不出了。"

"是啊,是啊。"王阿婆坐下来,说"老了。"

"你比我命好。"魏老公说:"儿孙满堂,好福气。"

"有什么好?"王阿婆不乐意地说:"整天一个人呆在家里,怪腻人的。啊,对了,桂桂真的没消息?"

"唉,唉。"魏老公垂下头来。

"桂桂"站在鸽笼上望着魏老公,它的伴儿紧挨着它,不断地啄着羽毛。阳光照在它们身上,煞是美丽。

"别谈这些了。"王阿婆搓着手,说:"本来够沉闷的了,还谈这些真没意思,我们谈点别的吧。哎呀,我真觉得有许多话都不知道该怎样讲了。"

"可不,这两年我总共没说几句话……"

"做人真没味,不管多么光荣,反正要死的。"

"是啊,是啊。"

两只鸽子像一对久别的恋人紧紧地依偎在一起。风清清爽爽地吹来,树叶婆娑着,发出脆嫩的响声。两位老人这回谈起鸽子来,觉得它们真像是善解人意的小精灵,王阿婆说着说着,忽地一声鸽哨,她的鸽子立即离开伙伴飞到王阿婆肩上,"咕咕"地叫,似在向主人问好。魏老公那只在周围飞了一圈后也蹲到主人肩上,两位老人顿时开怀大笑……

随后几天,王阿婆天天来,同魏老公谈个没完没了,有时,他俩坐在一条凳上,阳光穿过树林温柔而来,鸽子在肩头歌唱,像小小天使。他俩微笑着,不说话,只惬意地看着鸽子,舒服极了。

可是,一周后王阿婆凄凄哀哀地走来,一副愁巴巴的样子。鸽子在身边飞来飞去,依然快活。良久,王阿婆才长叹一口气,说:"以后不能来了,儿子媳妇不让来。"

"你没说是来找鸽子的?"

王阿婆脸上抽搐了一下,没作声,招呼着鸽子,踽踽地走了。四周静极了。

下午,魏老公去找"桂桂",刚进王家村,但见许多人用奇怪的眼睛望着他,忽然听到一句"这么大的年纪还要风流……"魏老公猛地一激灵,一中年人截住他,恶声恶气地问:"你找谁?"

"我,我……"魏老公一慌说:"我、我找王阿婆……"

围观者大笑。中年人恼羞成怒,吼道:"滚回去吧,她不在。"

"我是来找"桂桂"的,我的鸽子。"这一回魏老公说得很冷静。

"鸽子?你什么时候买了鸽子?"

"捡的。"

"呸!"中年人冷笑一声,朝一茅屋招招手,但见一少妇拎起"桂桂"走来,中年人抓过鸽子的头,用力一绞,说:"我也捡了一只鸽子。"刹那间,魏老公又进入了那种万事悠悠的境界。

"桂桂"脖子上满是鲜血,魏老公亲眼所见,他还看见那漫山遍野的孤独正斧头般向他砍来……

荒夜

半个世纪前一个黑沉沉的荒夜。

他疲惫地坐在石板凳上，甜瓜搁在一边，风懒悠悠地吹，他的月光伸向庙外浓黑的山。

甜瓜一个也没卖倒是有点怪。从背上的酒葫里弄出些味儿来，喝风饮露也是享受。今夜却不行，没劲，还有好几里路，到家怕是后半夜了。

说是山庙，其实什么也没。不过几块砖瓦，挡挡雨和日头罢了。山人们累了坐下歇歇倒也不坏。

肚子早已饿，甜瓜不错，舍不得，二毛钱一斤哩，尽管今天没开秤，自认倒霉就是。

不久就有窸窣的响，打开一看，果然在墙后冒出人影来，近了才清楚，三个，怕是有些功夫。

瞧瞧甜瓜，也懒得挪，要吃黄不了。他回头看他们，他们扇风、抹汗、喘气、咳嗽。

他们说饿了，他们望着甜瓜有点流口水。

他就说想吃就拿，自己也拿了，吃出滋味来，弄不清为何在他们面前装大方，也许他真没装，他就这么个人。

他问他们一些事，他们不把他当外人就谈起自己的私事。

他们是三兄弟，他们要去杀他们的一个仇人。他们说他们其实并不认识这个仇人，从心里说，他们不愿意去杀他。但命中注定,他在他们尚未生下来以前就成了他们的仇人了,是什么时候与谁(他们的父亲抑或是他们的爷爷)结的仇他们都不知道,他们只是按母亲的意思去办的,母亲没有一句多余的话。不管怎样,他们终于来了,总得带个人头回去。也许,母亲也不认识这个仇人,总之,有关这个仇人的线索一无所知。

三兄弟吃着人家的甜瓜,等着他回话。他将扁担搁在膝盖上,望着天空,胡须微微地颤。良久,他举起酒葫,直到喝干最后一滴,他说:

许多年前,他在山上打柴为生。一天,山下小路上忽地跑来一男一女。女的在前没命地跑,并高呼后面那人是个疯子。他看得清楚,眼看后面那人要追上前面的女人,他跳了出来,扫了一脚,那人猛地跌倒,一打滚,到了山沟,一命呜呼。女人一看号啕大哭,他吓呆了。为了躲官司,他逃到深山去,而心每每不宁。第三天,他出来,仿佛什么也没发生,他等待女人来,他要赎罪,哪怕是用生命。可一天又一天,再也不见那女人。也许他们是新婚夫妇玩游戏,也许是其他的,反正,他相信自己害了别人一条命。后来,他才考虑那会不会是一场梦?

"你们说,那会不会是一场梦呢?"

"可你还没有告诉我们,我们的仇人是谁?"

"如果是我呢?"

三兄弟你看我,我看你,每人再抓起一个甜瓜,瞪了老人一眼,闷闷地走了。

他缓缓地站起来,拍拍屁股上的灰,抓起扁担。

远处,犬吠频频。

琴声

初冬的傍晚，风已有些高。天空毛玻璃般模糊不清，月亮朦朦胧胧的明。

田野、村庄和青削的山脉遂盖上疏疏朗朗的静。

此时，我默默地立在窗前，毫无睡意。按理，在这平和而温馨的氛围中不应去想那些事，可我总是抑制不住，妻太不理解我了，她不该撕我的稿纸折我的笔，不该哭我闹我凶我，尽管我一次又一次地失败，一次又一次将许她的诺言置于脑后，一次又一次于烦躁中把全部的苦恼泼给她。在去法院的路上我们耷拉着头，谁也没有说话。寒风在我流血的伤口上割来割去。唉，那句该死的话竟是我最先说出来的："离婚"。多么可怕的字眼！我怎么如此失去理智说出这样的话来？从我们家到法院不过二里地，可我觉得是那么长，长得没有边际。就在踏进庄严之门前的刹那间，我们对视了，呵，她的眼睛，那是怎样的一双眼睛啊！我扭头就跑，在一棵苔痕累累的苦楝树下差点大哭一场。我弄不清她是不是一路哭着回来的，反正，她双眼红肿，一脸泪痕，往日的娇媚丧失殆尽。我过去拉着她的手尖。

她猛地扑进我的怀里，消瘦的双肩剧烈地抽动，我赶忙转过头去，盯着窗户上一只小小的红嘴鸟。我知道，是双方冷静的时候了，我们请了假，回到乡下母亲的身边……

冷风孤箫一般吹，将凉凉的月光抹在脸上。有鼾声一闪一闪的飘来,夹着小孩的哭啼和母亲温柔的呢喃。她是否睡了?母亲呢?她老人家今天可乐坏了,又是忙这,又是忙那,她一直不晓得我与妻是什么原因回来的,她总以为像我们这些"吃皇粮"的都是天下最幸福的人。听说妻有了,老人家更是高兴得不行,把她那套怀小孩的体验喋喋不休地告诉妻。我与妻互望了一眼,什么话也没说。该说什么呢?

夜深了,月牙已挂到天大顶,薄薄地照,落在瓦楞上,哑默无声,不久遂凝为霜。

突然,有琴声自山后逸来,幽幽的,如呜咽的文字在弦上颤抖。我的心骤然一紧,多么熟悉的琴声!我立即将头探出窗外,屏住呼吸,侧耳细听,慢慢地,脑海里浮现出一个皱折丰富的盲哑老人来,他双腿盘坐在墙壁下,娴熟地拉着二胡,不时有硬币落在他面前的破铝锅里……是他,一定是他!可他怎么到了这里?这么晚了还在拉琴且如此的悲切,催人泪下?

"吱呀"一声,房屋的门开了。呵,母亲也还没睡?我立即回过头来,想扶住老人家,但她毫不领情地推开了我,把手上的油灯放到木桌上。母亲怎么啦?为何一下子变得不近人情?莫非妻把什么都告诉了母亲?蓦地,一股闷懑的情绪涌来,我咬着唇不哼不吭地坐下来。半晌,母亲才长叹一口气,说:"云奶崽,你听好,别以为长大了,什么都懂了,不要我操心了,远着哩。你其实是个蠢子!告诉你,找灯笼容易找媳妇难……"

"好了,好了,"我声音有些发颤,"她、她胡说什么了?"

"瞎说!她什么也没告诉我,我人老了,可心明镜似的,她的眼泪湿了枕头,她是个有心眼的女人,懂吗?"

琴声时断时续,风声好紧。我十分躁动,忍不住又站起来,踱到窗边:"要得哩,我的话你不愿听了,你翅膀硬了,不要娘了……"我打断了母亲的话,说:"我听着呢,娘,我也不好受嘛,冇看见我还没睡呢?"说到最后一句,喉头有点哽咽了,我赶紧别过脸去。

窗外，琴声如泣。

"唉，"母亲回到木桌边。"这个老瞎子也真不像话，又不是死了他的孙子，天天这么折腾，怪不得人家轰他赶他……"

"谁死了？"我胸口一紧，问。

"牵他走的那个小孩。"母亲把油灯拧小，端起来，说："好了好了，别管那些闲事，多想想自己的事吧，想想娘说的是不是错了。"

望着母亲佝偻得像犁弯一样的背，我眼角发热，极想问一句："她睡了吗？"但终于忍了，说不清为什么。我掩上门，却怎么也掩不住现实或幻觉里时时逸来的幽咽的琴声。

那大约是两个月前的一天，我看见一个小孩赤着双足向一学生模样的少女乞来五块钱，他是那么兴奋，两颊通红，瞳孔闪闪发光。他钻进了百货商店，但不久便目光呆呆地出来了，手里依然捏着那张皱巴巴的钞票。我赶忙过去，问他要买什么，他张开口，喉咙发出痉挛的呼声，就是没有话语，急得他泪水满面，这时我才知道他是个哑巴。他向我比划了许多，我明白了，他要买一根二胡外弦，而站柜台的不卖给他。我听后既吃惊又有说不出的难受。我替哑孩买了，他向我磕了个头，急急忙忙地向前钻去。我看见一个拉二胡的老人依在墙壁下，脸色苍白，双唇不断地颤抖：二胡的外弦断了！

夕阳落寞地投过来，天空很盛大。这时，哑孩汗渍渍地将外弦给老人。老人将哑孩抚摸了好一阵子后，摸索着上好弦。顿时，悠扬的琴声又意味深长地响了起来，哑孩趴在老人的膝下，如痴如醉地听着，脸上迸出纯洁的光芒。这时，围观的人议论起来，我才知道，哑孩并不是老人雇来的，他们互不相识，同大家一样，哑孩也是来听琴的。二胡的外弦断了以后，老人试图用一根弦来拉，终于不行，哑孩便悄悄地溜了出去……几天后，我又碰上了他们，哑孩牵着老人慢慢地走，脚上已有了双新布鞋，见了我，冲我一笑，极是幸福的样子，叫人不忍看他。我曾暗暗替他们高兴，谁知哑孩……

老人许是累了，琴声愈来愈小，有那么一瞬间，琴声完全止了，但忽地一声裂帛般巨响，随后万籁俱静。一丝不祥的预感猛地袭来，我有些不安，便悄悄拉开门出来。

凭着从小摸惯的山路，没多久，我便来到了哑孩的坟前，这里燃了一堆火。老人垂着头坐在小小的坟前。过一会儿，他伸出瘦骨棱棱的手，把二胡的断弦扔进火堆上……许久许久，老人才站起，转过身去，踽踽地、踽踽地往外走。

奇怪的是此时此刻，我的心已十分平静，仿佛看了一场寓意深刻的电视短剧。

就在我迈步上去准备携扶老人的时候，一只手搭在我的肩头。我猛地回头，妻什么时候也来了，我的心一热，很想拉拉她的手尖，只见她快步朝老人走去，我赶紧追去。

有风如梦，东方欲晓。

雪夜

隆冬时分,风已有些紧,那些脱光了身子的树木甚为可怜地站在旷野,瑟瑟发抖。浸满寒意的暮色将爪子伸向每个角落。远远的村庄被一两声嘶哑的犬吠拖进阴冷的山脚,并且仄仄闪闪地没入茫茫夜色中。

其时,一个男人裹着身子慢慢地走。小路已然结了冰块,那咯吱咯吱的声音便显得格外清脆,划破坚硬的静。

路旁的一个草垛瞪着朦胧而犹疑的眼睛,看着男人踽踽逝去的背影,这么沉冷的夜,这么孤单的人,这么决然地走,草垛委实不能知道。

岔道,一条溪沟干白得如一根无用的带子,男人却正要沿着这条带子的边缘艰难地走。四年了,他与她,一个前村,一个后村,相距不过两里,中间竟然就没有媒人,曾经天天见面,却什么事也不晓得,他的光脑壳只能让她缺了门牙地捂嘴傻笑。爬树,下塘,捉萤火虫,几多趣味。慢慢,居然羞涩,居然学会偷眼看人,居然虚慌得说不清心里就有些闷闷的难受。后来才知道长大了,才知道男男女女原本就不一样,才知道他愈来愈强壮她愈来愈伶俜,彼此愈来愈脸烧心跳都是有些缘故的。他与她谁也无法指破其朦朦胧胧的美丽,其憧憬,其酽酽的如山花芳香一样的心境,任坚韧的默契连结两颗不宁的心。

男人忽地叹了口气,仿佛一根细细的针扎进浓黑的夜,便没由来地颤栗一下，男人没有察觉，只知道有一双令他发烧的眼睛在他面前晃来晃去，那眼睛如清澈的水结冰的湖，蓝汪汪，无可奈何地远去……男人紧走几步，试图赶上，四面一望，只有沉沦的夜将身子捆得铁紧。那一天是什么日子呢？男人已是想不起来，但他真真切切能够想起，她的笑靥，她的皓齿，浑圆的月光下十分迷人。他说了什么呢？她说了什么呢？莫非什么也没说？是的，什么也没说，心里像有个小鹿在奔跑，待他勇敢地抱住她，才知道她心里也像有个小鹿在奔跑。他把一本书送给她，是亲切质朴的《唐诗三百首》，她最喜欢看的书，她摸了许久，终于掏出一块手帕，是丝绸的，上面有她身体的馨香。是的，他们什么也没有说，没说，只坐在石板凳上，望着美丽的天空，末了，两人几乎是异口同声地说了一句：

"月亮长高了。"

然而，今夜却没有月亮，连星星都没有。老天爷沉着脸，一副讨债的样子，让人望而生畏。没有月亮的夜晚男人依然稳稳地走，凭的是从小爬惯的山路，凭的是令人疼惜的痴情。她知道么？男人的脚步不知不觉慢下来，仿佛有什么东西阻了他，不用想，知道是她的母亲或母亲的影子。也是一个漆黑的夜，从电影场来，他倚在草垛里，她站在旁边，许久许久，她才结结巴巴说出那个意思，他几乎惊呆了。是的，他是穷，除了一棵苦楝树，两间泥房，三分田，半条牛，一只狗，别无他物，可他，可他能到外面去挣啊！钱都是靠人去挣才有的啊！现在政策好，冤不了他，能富起来的啊！可她说这是娘的意思，她拗不过娘，娘已经替她选了一个生意人，已经收了人家的彩礼，已经……她还没"已经"完，就捂着泪脸跑了。

唉！男人又叹了一口气，蓦然止步，知道已经到了，正是"月亮长高了"那个晚上的地方，男人摸着冷冷的石板凳不声不响地坐下来，他决计要说服她：跟一个永远的陌路人在一起，即使有钱，又有什么意思呢？

四周黑魆魆，风像僵而未死的虫从地上缓缓爬起来，将一抹一抹的黑从空中撒下……

如果她真的拗不过娘，而我又无法说服她呢？男人缩起脖子，愣愣地坐着。她约我上这儿为了什么呢？是为了一了百了还是下定决心跟我走？男人捉摸不透地直搓手，要是她真的舍他而去，他是没办法的。她那双水汪汪的大眼睛让他不忍心伤害她。

一团冰凉凉的东西打在男人脸上，他用手一摸，竟是雪！下雪了！男人抬头看了看空中，但立即垂下头来，不再理会。他觉得他的心已同这雪一样，冰凉凉的。雪，纷纷扬扬地密了起来。男人深深打了一个寒颤，依然痴痴地等着……夜慢慢地被雪冲淡，稀释，疏松，不多久竟泛起温柔的白。男人的身子也白起来，麻麻木木已感觉不了刺骨的冷，只飘飘渺渺看见她来了，笑盈盈地来了，那伶俜的身子又猫一般躲进他的臂弯，那水汪汪的眼睛又柔情四溢地凝望他，依然无语，依然是月光下的小天地，而后，他带着她轻裊裊地飞起来，飞呀飞，突地撞上一棵大树，刹那间，无影无踪了……黎明被一声尖厉的喊叫撕破。天空下，一个憔悴不堪的女人伫立在雪人旁。又一声嘶哑的喊叫刀片一样刺向空中，雪片遂惊得纷纷地剥落。

终于，女人不顾一切地搂住冻僵的男人，把脸轻轻地贴上去，无声，无息，无话，唯泪水恣意地流。她的后面站着一老妪和一男人，再后面是辽阔如爱情的盛大而葳蕤的早晨。

谣曲

夜早已没了声息，伸手可及的是乳汁般流过指缝的月光，茫茫的，无边无际。万物都在，唯有这瘦瘦的少年凝视着面前的小木桥，猛地一跺脚，转向疯跑，旋即消失得无影无踪。

没多久，前面曲曲折折的小路似有碎碎的响，一闪一闪的。慢慢地，便见一男人踽踽而来，瞧见木桥，愣了。往常总要绕远远的路，谁弄的桥呢？停了停，终不愿走冤枉路，男人踏上便桥，过去，心里甚是激动。

细条儿的路熟透了，拐五个小弯，过三丘田塍，隐隐地就透出一座茅棚，柔柔地卧入翠竹中。男人绾起被露水弄湿的裤子，就要上去，忽地传来了女人的叫声：

"狗娃，你上哪去了？"

男人止了步，探着头，极是想看个究竟，却是枉然。只听女人嘀咕道："咋又不在这儿睡了？死死的，唉。"声音幽幽地被雾裹了去，女人悄悄地出来，向外扬扬手。

关了门，便听见女人的低怨话："你咋又来了？昨晚摔破了腿还不死心？"接着是窸窸窣窣的响。

"我好奇怪，"男人喘息说，极是小声，"昨晚在那儿摔了，今晚来时竟有了木桥，怕是老天可怜我……"

"别说了，以后你别来了。"女人哽咽。"狗娃都十七岁了，有些事懂了。他爹在世时很疼他。"

"我不疼他爱他？"男人气粗了，声音渐渐高涨。"要不是当时没钱，你还不跟了我？狗娃也不就……"

"唉，都过去了。以后你别拿钱来了，积攒积攒找个会过日子的女人吧，我会熬过去的。"女人叹了口气，停了停，说："何况狗娃他爹也并不坏，他待我甚好，你别抹了他。"

接下来是凉凉的沉默。夜是美丽的，许许多多美丽的事便在美丽的夜发生。远处已有鸡鸣，有棱有角，将霭色啄一个窟窿，让清清丽丽的曙光疏疏朗朗地挤进来。

"狗娃，起床啦。"

女人亮亮地叫了几声，没有回音，很是诧异，推门进去，空空地不见了少年。女人刹时急了，山谷里就拉出了长长的"狗娃"。徒然折腾了大半天，女人已是丧魂落魄，嘤嘤地哭，许是上学去了，有村人提示道。女人便忧忧地回到家，瞧瞧，书包不见了。女人止了泪，扪着胸脯，长舒了一口气，嘀咕道："这孩子越来越乖僻，真……"后面的话终是没说出。

太阳渐渐勇猛，金灿灿的光芒四射，蓦地照见了山后杉林里，瘦瘦的少年正努力地砍树，书包孤伶伶地挂在枝上。少年满脸倦意，毫无血色。他抹一把汗，痴痴地凝视着倔强的树身子微微抽搐，终是力不从心，瘫下来，哭了。太阳悄悄地进了云层。

没多久，少年挣扎着爬起来，取下书包，从里面掏出一块半生不熟的羊肉，找来一把干柴，点了火。蓝幽幽的烟袅袅地上升，似无穷的孤独，飘向天空。少年嚼着烤羊肉，凝视着愈来愈小的黄火苗，终于，他把最后一口羊肉费劲地咽了下去，少年掏出书本，翻了又翻，然后咬着嘴唇，闭上眼，将书一页页撕下，扔进火堆，任泪水疯狂而出……

中午时分，少年歪歪仄仄地走出杉林，脸上火烧似的，煞是难看。他身上多处被杉针刺破，血凝了，他似乎没有察觉，急急地走，再走一段路，就到家了。

茅棚的门紧闭着,少年"怦怦"心跳,发慌得很,好久好久才定下神来,大声喊娘,里面静静的。娘上山砍柴了?少年以为无事,用力撞开了门,突然就呆了!女人与男人瘫在床上,死一般地盯着少年,赤条条的。少年捂着眼睛,怪叫一声,发疯般跑出去……

这一夜,少年没有回去。

溪里的水老是缓缓地流,蠢里蠢气的,没个歇息。少年望着孤伶伶的木桥,终是放声哭了。他躲在浅浅的芦丛里,捏紧身边的柴刀,愈想愈气,愈气愈急,恨不得立即宰了他。

然而,望穿眼睛,眼水都干了,也没有男人的影子。小路尽头,浓浓的雾如披头散发的巫婆,裹没了一切。少年极是懊恼,望着手掌上薄薄的月光发痴。后来便什么都忘了,醒来时,天空已经亮荡荡,不觉一惊,快快回去,娘定是等急了。

还未到茅棚,便见有围了许多人,不觉一愣,莫非……?

少年脸"唰"地白了,跟跟跄跄奔过去,但见娘美丽地躺在床上,没声没息的,永远。

村人唏嘘不已,少年号啕而昏厥。善心人陪着流泪,终是哭不活死人,便冷冷清清,凄凄切切,掩了则罢。

是夜,少年来到父亲坟旁,默默地抽泣了许久,拜了,又跪在母亲坟前。风软软地吹来,一起一伏,树林里便有了沙沙的响声,如悲如泣。月光很好。少年踽踽地回到家,磨了柴刀,溜出来,又一次来到木桥边,少年恨恨地把桥掀翻,遂直奔前村。

猛地,少年在一草垛边止了步。有人提着灯,敲着铜锣,恍恍惚惚地从村里出来。谁死了?少年心惊,疑惑时,敲锣者已慢慢过来,就听他唠唠叨叨说什么"为了一个寡妇死了不值啊",少年顿时愣了,懵了,僵了。

许久许久,少年趔趔趄趄往回走,似喝醉了酒,没高没低的。来到清溪流边,少年把柴刀往水里一扔,紧接着跳了下去,寻找掀下去的小木桥。

夜早已没了声息,伸手可及的是乳汁般流过指缝的月光,茫茫的,无边无际。万物都在梦中,夜温柔而体面地过去了,这样的事件便跟着美丽的夜发生了……

萤火虫

月光筛进窗格的时候,鸡叫了第二遍。丫丫呻吟了一声,摸摸屁股,肿了好大一块,极是疼。爸真狠,每次都揍这儿,疯了般,弄得人睡不好,走不好,偏偏能吃能干活,就觉着好伤心。

隔壁没什么响动,连常常有的鼾声也消失了,睡得真死。丫丫从竹席上爬起,眼睛好涩,睁都睁不开。昨天上午牧牛的时候,都怪老牛,山上到处是青草,绿油油,嫩极了,偏偏跑到麦地里,也怪自己,瞅个空,跑下山去听课了!才一会儿,就有人大喊牛吃麦苗,心都吓掉了,懵懵懂懂往回跑,就见爸森森地站在路口,老牛拴在一棵树上,甩着笨尾巴。丫丫知道跑不了,跪下。爸的巴掌锯子般在屁股上锯,后来就不觉疼了。爸打够了,拍拍手走了好久,才牵着牛一颠一颠回来。晚上又挨打了,不哭,真的。这回没错。晚上又没事,看书有什么错,干吗不让?怕耗了煤油,就不要油灯。丫丫去捉萤火虫,差点被蛇咬了,好歹捉了几十只,装在一个玻璃瓶里,做成灯,好亮。丫丫记得挺清楚,当时爸分明睡了,怎么就突然窜进来,霹雳似的吼一声,魂都散了。眼睁睁见他夺过书本,撕了;眼睁睁见他抢过萤灯,要她跪下,打木了手才气咻咻地走。她就只有哭,伤心地哭,无声无息地哭。渐渐就不知道了;渐渐就见到许许多多萤火虫飞来飞去,把许许多多食物和书本搬来;渐渐就有一个人在幽幽地叫她,是妈?她疯跑过去,却什么也没有⋯⋯只有月光薄薄地照着,只有猫头鹰躲在荒野里啼鸣。

丫丫抹了眼泪，下床。忽见地上亮晶晶，弯腰看，竟是萤火虫，被踏碎的萤火虫，身子都碎了，光却不灭。丫丫忽然就有些温暖，仿佛那是一堆堆小火苗。她重新找出一个瓶子，又点点滴滴收拾好，灯复又亮了。丫丫捧着，烫手，且有微微的颤。

风婆娑，树影幢幢，隔壁依然极静。丫丫蹑手蹑脚开门，出来，忍住疼，朝妈的坟地走去。爸那么凶，妈肯定是被他打死的。这时真有些恨爸了。丫丫提着萤灯，高一脚，低一脚往前走，虽说有月光，山野终究阴森森的。妈那地方太黑太黑，把这盏萤灯送去，不，以后送盏好的去，告诉妈，丫丫要读书，丫丫才八岁，才读了一年，丫丫好想读书呵……

刚刚爬到妈的坟地，喘口粗气，正要坐下来，忽见坟上躺着一个大人。丫丫尖叫一声，将灯一丢，拔腿就跑，且嘴里喊：妈，救救丫丫，救救丫丫。没跑几步，已被那人抱住，紧紧的，动都动不得。丫丫就抓，就咬，就拼命喊妈……许久，那人放下她。丫丫一看，竟是爸！丫丫顿时瘫下来，但她挣扎着爬起，跪下，露出红肿的小屁股，抖抖地说：爸——

一捆柴禾

刘慧在炒菜,煤气火旺,逼得人忙不过来。

忽听儿子叫:"妈,有人找你!"

"等一等,我就来。"刘慧将蛋卷翻过来,放进一些佐料。一会儿就好了,铲出,将煤气关小,放上饭碗。

"刘医生……"一张极其憨厚的脸出现在门口,嘴唇嚅动,满头是汗。

刘慧怔了一下:"您是……"

"我是春秀男人,在外伐木。三天前您去了我们村。"客人站在客厅里,十分激动:"春秀她、她生了,是、是刘医生您救的两条命。"

刘慧慌忙请客人落座。客人看看整洁的沙发,又看看自己脏兮兮的样子,有些尴尬,说:"山里人站惯了,不喜欢坐。"

刘慧又敬烟,客人讪笑:"刘医生您甭客气,我不会抽烟。"

"喝杯茶吧?"

"我不会喝……啊我,我不惯喝茶。"

"那么,洗洗脸?"刘慧很热情。客人只顾局促地摇头,双手直搓,不知说啥好。

正在这时,儿子叫:"妈,饭烧糊了呢!"

刘慧就冲客人笑笑,走向去厨房,饭果然有异味了。刘慧将煤气全关了,又把饭端开。

回来时，发现客人脸色苍白，异常难看，刘慧大吃一惊："您、您怎么了？"

"我、我……"客人抽搐一下，退到门口，结结巴巴地说："刘医生，山、山里人不知道您们是、是这么煮饭的。我、我挑来一捆柴禾，是干松节，山、山里人最好的柴禾……"

"等等！"刘慧眼睛一热，赶上去，说："我行医有个规矩，从不收别人的东西，但今天例外，您这柴禾就留下吧。"

"您……"客人怔怔望着刘慧，眼里一片潮湿。

月牙镯子

亚人看见竹房的时候正是寻找父亲的第五天,四周阴森森,静如墓地。竹房呈锥形,有些倾斜。亚人不明白怎么到了这儿。几天来,他不停地想:父亲究竟是个什么样子?村里人都说,父亲英俊、勇猛、力大无穷,以至在寻找父亲的过程中,碰上几桩棘手的事包括一只野狼的跟踪,都被他奇迹般地战胜了,他把这些归功于父亲。亚人常想,幸亏自己不像母亲,否则他就完蛋了。母亲不仅是个哑巴,而且简直是个侏儒!一辈子窝囊,五天前终于归天。村民们说:"亚人,你如今无牵无挂,还不快去找你父亲!"

亚人真的就去了。

竹房的门半掩,里面冒出嘶哑的咳嗽声。亚人摸进去,一股恶心的气味直刺鼻孔。黑暗中,亚人依稀看见床上瘫着一人,那么挣扎几下,终于坐起来。

他要亚人扶他出去。

是个瘸子!他的左脸已经僵死,鼻子几乎没有,眼睛也极小,乍一看像只放大的灰老鼠,奇丑无比。亚人本想拔腿就走,但老人病得太重,他不忍抛下他。

老人奇怪地瞪着亚人,脸微微地抖动。许久许久,老人似乎才透过气来,说:"从来没有人来这儿。"说着把头扭向一边。

亚人无话可说。

老人望着远处出神,一会儿,又淡淡地说:"你要干什么?"

亚人觉得没有必要告诉他，就继续沉默。

"你是哑……？"老人突然一抖，但立即刹住话头，停了停，说："不管你干什么，只要你愿意，我不会阻拦。并且，我是个入土的人了，这儿的东西全是你的。"

亚人仍然不说话。

许是许久找不到听众，老人打开了话匣子，林林总总，啰嗦一大通。亚人听得直厌烦，站起来想走，但老人乞求的目光迫使他违心地坐下来。老人突然转个话题，说："有一件事我至死不能原谅自己。那时，我三十五岁，同一个哑巴女人一起讨饭，有天夜里，我、我拿走了她身上不知从哪儿弄来的月牙镯子……"老人低着头，慢慢地从胸口掏出一件银灰色的月牙镯子。

亚人一闷，仿佛被谁狠狠地刺了一刀。他的手触及口袋里硬硬的东西，似乎很烫，烫得他几乎要喊叫一声：不，不可能！他甚至要揪住老人的胸襟，给他一耳光：你这个无耻的骗子！

老人看完月牙镯子，又小心翼翼地放回去，舒了口气，说："我从来没有说这么多的话，我得谢谢你。扶我回去吧，我拿些红参和鹿皮给你。我知道，你要走了。"

亚人木然地将老人扶进屋，低声而浑浊地说："我不要什么红参和鹿皮，我要你的月牙镯子……"

老人一惊，沉默好一阵子，有些不情愿，但最终还是拿出来，给了亚人，说："也好，了却一桩心事。"

亚人烫伤似的跑了出去，两个镯子并在一起，正好是个圆月！

太阳下山了。

半夜时分，一条阴影窜进竹房。没多久，一个活人扛着一具尸体走进森林。

林中无月。

蓝色天空

琴又在放《蓝色天空》。我进去的时候，琴有点慌，似乎将一个东西掖进了怀里。相片？我默默地看着琴，琴垂着头，小声叫我坐。房间真压抑，我试图打开窗户，琴说"别"，声音幽幽的有如瘦箫。我们对视的瞬间，我发现琴的眼睛太潮湿。

"怎么啦？"我习惯于这么问。

"唔，许是感冒了。"

"要不要去医院？"

"不，"琴抚着秀发，说："我能扛过去。"

无话可说，便挨了坐下来。琴挪挪身子，我粘过去。琴又挪了挪身子。我捏捏鼻子，盯着薄薄的手掌，想一些心事。琴仿佛病了，忧郁的美丽令人心疼。自从有了那些镜头，电视是不看的，我们时常这么坐着，可以摸对方的手，但今天例外，琴的眼睛太潮湿。不久，外面放响了鞭炮，葛的丧礼开始了。我继续盯着薄薄的手掌。琴忽的动了动，唱机音量大了，《蓝色天空》弥漫开来，模糊了一切。

"太惨了，"我嘀咕着："连个完整的尸体都没……"

琴颤栗了一下，起身朝洗手间走去。我像被蜂刺了一下，闭了嘴。真不该说话，尤其是有关葛的事。我知道，琴与葛曾有过一段罗曼史。他俩是高中同学，后来，琴上了卫校，葛上了军校。第一封含蓄的信是从军校发出的，卫校沉默了一天，作出了反应。

三年下来，感情已近炽热。后来一个残酷的日子，葛来信提出分手，非常突然，琴攥着泪绢，咬破了嘴唇……

洗手间的声音隐隐传来，时强时弱地打击我的耳膜。我清楚地记得，我是在一个打雷的下午认识琴的。当时，琴着素装，披柔发，亭亭玉立。在我看见琴的刹那间，我认定琴就是我苦苦觅求的梦中人。我们的谈话是从咖啡开始的。不知不觉，羞涩或非羞涩的触须都铺展开来。窗外细雨霏霏，沁人肺腑。为琴，我挥霍了那个夏天和之后许多光明的日子。我没有沿用许多人沿用过的曲折迂回的办法。我说琴"扪着胸脯上梦想着海盗"。琴银铃般笑，桃腮羞红。琴说："你使我热情奔放。"我勇敢地吻了琴，在街口，在初升的月牙下，在经历过众多的失败后。那晚，我醉了个透。

琴从洗手间出来，柔发一根根披开，软幽幽的，那温和的样子有如钢琴键盘上飘逸出的爱丽斯，扣人心弦。我承认，最初，我就是被这头秀发俘获的。一次，我想开个玩笑，将一根干草插在她头上，害得琴三天不理我。在我说了几箩筐好话后，琴还余怒未消，说："你根本不配看它！"说得我愧不堪言。也真是，琴因了这秀发灿烂如花，谁见谁爱，琴爱护自己的头发就像爱护自己的眼睛一样。

此刻，琴站在眼前，仰着脸，妩媚万分。我动情地抓起琴油腻丰腴的手，呵，琴，你真是一只美丽的狼。陡然，我脑海里浮现出一个青年军官的英俊头像，但这个头像立即被血糊糊的现实抹去。

"昨天，葛的骨灰盒从北京送回来了……"

"别……"琴猛地堵住我的嘴巴，说："别、别提他，好吗？"

我胸口一热，一把搂住琴，吻着她的香唇，喃喃地说："好，好，让我们永远别提他。"

窗外，风温柔。

琴无声地哭了。

我掏出手绢。

"答应我,好好爱我。"琴说。

"嗯。"

"不,跟我说,好好爱我。"

"好好爱我。"

"不,把'好好爱我'的'我'改为'你',快说。"

"好好爱你。"我说。

"再说一遍。"

"再说一遍。"我恍恍惚惚。

"不,再说一遍'好好爱你'。"琴用力摇着我的膀子。

"好好爱你。"

"行了。"琴把头埋在我的怀里,闭上眼睛,像可人的猫。唱片停了,房间宁静。

"今天星期天?"

"今天星期天。"

外面有了些许响动,送葬的人三三两两地回来了,小镇石板路上单调而厌人的脚步声。琴朝窗外瞥了一眼,站起来,说:"我一闻到爆竹的气味就特别难受。"琴说这话的时候有细碎的颤音。

我又一次盯着薄薄的手掌计数着指纹。琴将秀发用白净的手绢小心翼翼地包好后,走到唱机前,重新放上《蓝色天空》,琴看了我一眼,坐下来,有滋有味地欣赏。

"今天星期五?"

"你刚才已经问了一遍,今天是星期天。"

"不是星期五?"

"不是星期五。"

"为什么不是星期五呢?"

"为什么要是星期五呢?"

"告诉我，为什么不是星期五？"

"不为什么。"

琴忽地苍白地笑了，自言自语："不为什么，不为什么，可是，不为什么又是为什么呢？"

我再一次盯着薄薄的手掌，我发现了手掌上一无所有。血管和经脉被瘦瘦的皮包了，皱褶泛滥，毫无规则。

"几点了？"琴打了个哈欠，懒懒地问。

我看了看表，说："该回去了，你就好好休息吧。"

琴没有挽留，只附在我耳边悄悄地说："记住，我是爱你的。"说得我差点落下泪来。

走在宁静的小街上，有几分清冷，几分落寞，几分怅惘。古板上的足迹叠着足迹，有风，有鸟，有阳光，亦不乏疲惫和厌倦，我觉得自己有些不适，头隐隐的痛。

"这伢子……唉，唉。"待到拐弯处，一驼背老人瞪着浑浊的眼睛望着我，自言自语。我疑心他是说葛，不觉一阵颤栗，匆匆走过。

回到家，面对墙壁上一副取名为《希望》的现代派画，我突然想大哭一场，真说不清为什么。镜子里的我有点憔悴，仿佛失恋的秋，房间很清贫，屋顶虽有，却漏如风琴，常听某某弄多少大钱，心总有些酸……我闷闷扒了几口饭，想好好睡一觉，却怎么也睡不着，眼前晃来晃去的全是葛的形象。我曾不止一次地对琴说，军人不懂感情，看看那些影视、小说吧，哪一个军人能善待自己的女人？琴总是默默地听，间或点点头，话却极少。我没见过葛，只是从琴保密甚严的抽屉里偷看过他的照片。我承认，我工于心计，把琴弄得迷迷糊糊。葛永远不知道我在他背后所做的手脚。当他突然收到那封伤心之至的信时，他会想些什么？我只记得琴在一个灰暗的黄昏说："这是命中注定的。"现在，葛永远走了，临终前，他是否希望见见琴？我在房间踱步，墙壁上的阴影纷纷剥落。外面的世界很无奈,《蓝色天空》的余音还在我耳边缠绕。一个意念在敲打我,去墓地看看葛吧,你是应该去看看的,难道不是吗?

黄昏时分,我从花了大半个下午亲自制作的五朵纸花里挑出最好的一朵装进衣兜里,慢慢地踱出家门。依然有风,有鸟,有淡淡的阳光,也遇到几个戴黑纱的人,我的心已经平静。我去看望曾经作为情敌而长眠地下的朋友。他活着的时候,我们互不说话,他死了,我该在他墓前说些什么呢?是否要向他起誓:像枫树爱恋春天一样爱恋琴?

在山路上踽踽地走,细碎的石子引起我无限的联想,有关琴的葛的和非琴非葛的都有。快近目的地时,蓦地,我发现葛的墓地前已站着一个年轻的短发女子,她双手捧着什么默默地垂着头。我的心刹那间提到了嗓子眼,是琴!她剪了自己最最心爱的美丽的头发。许久许久,我压抑得喘不过气来,左手紧紧攥着那朵被压扁的纸花。

琴许是听到了什么,回过头来。我只好无声地走过去,把手中的纸抚平,轻轻地放在她的手掌上,琴的眼睛更加潮湿。我不忍多看,咬着唇,仰着头,耳边又依稀响起了那久久不去的低沉幽怨的音乐。哦,这片由蕨叶、松树和袅袅炊烟衬托出的天空是如此纯洁、高远而湛蓝……

后记　苦难的岁月，文学的馈赠

这是我的第六本散文集。在编辑这本集子、特别是重温《九重水稻》的创作背景时，我的内心突然滋生出一种久违了的情愫，一种纯粹的欢欣，一种宁静的诗意，以及透明而温馨的回忆。

我清楚地记得，写作《九重水稻》的时候，正是我在复旦大学求学最为艰难的时候。那是充满阴沉和压抑的一天，准确地说，是1990年10月30日。之所以清楚地记得这个日子，是因为这一天是《西湖》文学杂志举办全国散文大奖赛的截止日。大奖赛一等奖除了烫金的奖牌和到美丽的西湖参加颁奖大会外，还有令人心动的一千元奖金。说穿了，我就是奔这个奖金去的。

那个时候，我的月工资才四十五元，但我毅然辞掉了医院的工作，借着学费，义无反顾地去读书，没有固定的收入，只靠有限的稿费生活，十分拮据，生活有时难以为继。一千元对我来说是个天文数字。我相信大奖赛的公正，渴望用自己的文字得到这笔奖金。当时，我正在全力以赴备考当年的文艺学研究生考试，心情的紧张和时间的匆忙可以想见。

我在复旦大学校本部一间简单的教室里思考着一路走来的艰辛和伤痛，很快进入到一种熔浆般冲动的情境中。我想起自己的苦难生命，想起水稻和悠悠苍天的耕种者们的辛劳，对水稻，对沉重的故乡，对黑土地的情感岂是"爱与恨"就能说清的！一种发烫的情感掠过我的心尖，我在作业本上飞快地写下了"九重水稻"这个篇名,然后一口气写了下去,写到动人处,我竟无声地哭了——为父母、为水稻、为多灾多难的乡村岁月。大约写了两个多小时,竟然写了四五千字,写完后,我感觉是一篇有分量的文章,便找来一本稿子,又认认真真地抄写了一遍。我几乎来不及润色和修改,便原味原汁,于当天中午用挂号信寄了出去。很快,我收到了《西湖》杂志社的回信,说我的作品已经入围了。

我很兴奋,信心满满地等待着大奖的来临。然而,大奖没有降临到我的头上,最后连个优秀奖都没有得到。我不免有些沮丧,回头再看看这篇文章,觉得还是不错,于是将它先后寄给了几个有些联系的杂志编辑,但都没有回音。最后,我投给了只有一面之缘的《人民文学》的老编辑向前老师,她把我的散文转给了责任编辑高远先生。

大约是1991年1月的某天,我突然收到著名诗人、时任《人民文学》的副主编韩作荣先生的来信,说我的长诗《九歌》要在该刊发表,但因为先要发表我的散文《九重水稻》,所以何时发表诗歌尚未确定,请不要将诗作投寄他刊。接到这封信,我欣喜若狂,立即给韩作荣先生写信说,希望能够尽快将两文发出来,因为我正准备参加研究生考试。如果考不上,就得重新去找工作。

就这样,1991年《人民文学》第2期在散文头题位置推出了《九重水稻》,又在第3期诗歌头题位置推出了长诗《九歌》。也正是这一年3月,全国研究生考试录取分数线也公布了,我考取了研究生!好事接二连三,令人振奋。不久,《九重水稻》被《散文选刊》当年第9期头条推出,责编张若愚先生还给我写了一封很长的信,说我的散文提高了该刊的品位。之后,《九重水稻》又被选入《1991年散文年鉴》头题。再后来,这篇散文被选入了二十余个选刊选本。

1991年岁末年初,《人民文学》杂志的高远先生向我约稿,我很快寄给他一篇《保卫水稻》,该文再次于1992年第2期《人民文学》散文头题刊出,也选入了当年的《散文选刊》头题以及多种选刊选本。自1991年至1998年，连续八年，我每年都在《人民文学》上发表作品，为此，我深深感激这个刊物的老师们！

1994年，《人民文学》创刊四十五周年（1949—1994）之际，该作与冰心和周涛等人的作品一起荣获该刊优秀散文大奖，刚到湖南日报做记者的我也应邀赴人民大会堂领奖，当晚，中央电视台新闻联播作了报道。记得当时《人民文学》的主编刘白羽先生握住我的手，鼓励道："小伙子，你的创作路子走对了！"

最不可思议的事情是，《九重水稻》除了获得一座沉甸甸的奖牌外，还获得了一千元奖金……现在回想起这一切，可谓感慨万千——那真是一个激情飞扬的年代，令人怀想的年代，文心灿烂的年代啊！

一路走来，没有文学的这支火炬，没有复旦大学的这个平台，没有作家班同学的这份友情，没有老师、朋友和亲人们的真正扶携、悉心爱护与全力帮助，我不可能有今天。我默默铭记这一切，以感恩的心，过好每一天。

收在集子里的这些文章，共计七十七篇，分七辑，每辑十一篇，绝大多数是在全国各地报刊上发表过，风格混杂，有散文诗，有小小说，有抒情的，有叙事的，甚至还有两篇书评式的文章，但均可归入大散文之列。此外，由于时间跨度大，从现在的语境来看，有些文章令人陌生，感觉遥远。我原本要把它们一一修订过来，但想了想，觉得不妥。这些文字生涩也罢，幼稚也罢，粗糙也罢，都是时代的缩影和生活的镜像，都是自己的"孩子"，都有自己的心血和牵念。作为沧桑岁月和心路历程的见证，这些文字伴随着我，生命因苦难而饱满，生活因文学而精彩。

2018年10月于长沙岳麓山下抱虚斋

图书在版编目(CIP)数据

保卫水稻/聂茂著.—上海：复旦大学出版社，2019.8
(复旦大学中文系"高山流水"文丛/陈引驰，梁永安主编)
ISBN 978-7-309-14432-1

Ⅰ.①保… Ⅱ.①聂… Ⅲ.①散文集-中国-当代 Ⅳ.①I267

中国版本图书馆 CIP 数据核字(2019)第 157171 号

保卫水稻
聂　茂　著

出　品　人　严　峰
责任编辑　宋文涛

复旦大学出版社有限公司出版发行
上海市国权路 579 号　邮编：200433
网址：fupnet@fudanpress.com　http://www.fudanpress.com
门市零售：86-21-65642857　团体订购：86-21-65118853
外埠邮购：86-21-65109143　出版部电话：86-21-65642845
常熟市华顺印刷有限公司

开本 890×1240　1/32　印张 10.125　字数 241 千
2019 年 8 月第 1 版第 1 次印刷

ISBN 978-7-309-14432-1/I・1162
定价：52.00 元

如有印装质量问题，请向复旦大学出版社有限公司出版部调换。
版权所有　侵权必究